FRANÇOIS COPPÉE

Mon Franc parler

QUATRIÈME SÉRIE

(Mars 1895 — Janvier 1896)

FAC ET SPERA

PARIS

ALPHONSE LEMERRE, ÉDITEUR

23-31, PASSAGE CHOISEUL, 23-31

NEW-YORK, 1127 BROADWAY

M DCCC XCVI

Mon Franc parler

8'Z 13ʃ 8ʃ

ŒUVRES COMPLÈTES

DE

FRANÇOIS COPPÉE

ÉDITION ELZÉVIRIENNE

Volumes in-12 couronne, imprimés en caractères antiques
sur papier teinté.

FRANÇOIS COPPÉE

Mon Franc parler

QUATRIÈME SÉRIE

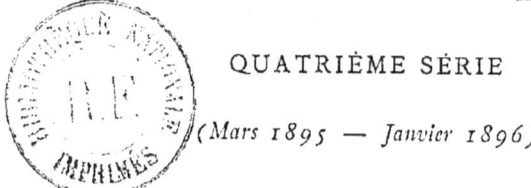

(Mars 1895 — Janvier 1896)

PARIS

ALPHONSE LEMERRE, ÉDITEUR

23-31, PASSAGE CHOISEUL, 23-31

NEW-YORK, 1127 BROADWAY

M DCCC XCVI

Le Bonheur

UELLE étrange chronique de rentrée j'écrirais aujourd'hui, si je pouvais me rappeler mes songes de dormeur éveillé de la semaine dernière, pendant que j'étais si malade!

Je n'aurais qu'à vous décrire les spectacles fantastiques que le délire faisait apparaître devant moi sur le papier de tenture de ma chambre à coucher ou sur les feuilles de mon paravent japonais. Jamais l'imagination d'un Callot ou d'un Goya n'évoqua tant de monstres et de coqueci-grues. Mais, à la place même où naguère grouillait tout ce sabbat, je ne vois plus maintenant que des feuillages en chicorée imitant une ancienne « verdure » ou les grêles branchages des kakémonos. C'est vainement aussi que je cherche à me souvenir d'une seule des folles et innombrables idées que la fièvre faisait continuellement éclore dans mon cerveau et que je trouvais toutes si séduisantes et si nouvelles. Quelle sotte chose que la maladie! Toute cette dépense d'invention et de pensée est perdue. Il ne m'en reste qu'une extrême fatigue; la langueur et l'anémie me terrassent, et je m'excuse d'avance des faiblesses de cette page écrite avec une plume qui me semble si lourde.

Dieu vous garde de la fluxion de poitrine!

Cependant une lettre, reçue ce matin même, me fournirait, si j'étais plus en verve, un sujet d'article assez intéressant. Un Ariégeois, que je n'ai pas l'honneur de connaître, m'annonce qu'il vient de finir et qu'il va publier un livre intitulé : *l'Art d'être heureux*. Le titre, comme il le dit lui-même, est plein de promesses. Mais, de plus, une idée assez ingénieuse est venue à l'auteur : c'est de faire, dans un appendice, connaître à ses lecteurs — je cite ses propres expressions — l'opinion, sur cette importante question du bonheur, de tous ceux de ses contemporains qui, par leurs talents ou par des fortunes diverses, sont parvenus à une exceptionnelle notoriété.

« Puisque vous êtes, ajoute-t-il, du nombre de

ces heureux privilégiés, voudriez-vous être assez bon pour me faire connaître votre avis? »

Pourquoi ne satisferais-je pas tout de suite mon correspondant et ne lui dirais-je pas — ainsi qu'à mes lecteurs du *Journal* — ce que je pense du bonheur? Il sera toujours loisible à ce moraliste de reproduire ces lignes dans l'appendice de son ouvrage.

Mais d'abord, je dois lui déclarer que ce titre *l'Art d'être heureux* n'est pas aussi excitant qu'il le suppose. Il n'est pas nouveau non plus; il a déjà servi au philosophe Droz pour un livre d'un optimisme anodin, dont la lecture est décevante. Selon moi, il ne peut exister ni science ni art du bonheur. La faculté de bien jouir de la vie est un don de nature, je dirai presque une affaire de tempérament; et l'on est heureux comme on est sanguin ou comme on est brun.

Aucune des définitions qu'on a données du bonheur n'est d'ailleurs satisfaisante. La plus belle, la plus élevée de toutes le fait naître de la joie d'une conscience intacte, de la pratique habituelle de la vertu. J'y consens, j'applaudis même; mais alors bien peu d'hommes, et parmi les meilleurs, doivent être heureux. « J'ignore, a dit Joseph de Maistre, ce que peut être l'âme d'un scélérat; mais je connais celle d'un honnête homme. C'est horrible! » Sans tomber dans cet excès de misanthropie, nous savons que le plus grand saint pèche sept fois par jour et qu'il n'est pas de conscience absolument pure. On songe sérieusement à cela — je viens d'en faire l'expérience — lorsqu'on croit voir, comme je l'ai cru tous ces derniers jours, la main de la Mort écarter les rideaux du lit et qu'on récapitule sa vie.

Hélas! Non, il ne suffit pas, pour être heureux, d'avoir fait le moins de mal possible. Au contraire, les moins coupables sont ceux qui souffrent le plus des fautes commises et se les reprochent le plus sévèrement, tandis que les natures basses et vicieuses oublient leurs mauvaises actions avec autant de facilité qu'elles ont eu peu de scrupule à les accomplir. C'est seulement dans les mélodrames que les meurtriers sont poursuivis par les spectres de leurs victimes. Il faut, j'en suis persuadé, une certaine délicatesse d'âme pour éprouver un remords durable; et tel assassin, s'il est sûr de l'impunité, doit dormir d'un sommeil plus tranquille qu'un homme de bien qui a, dans son passé, quelques légères mais irréparables défaillances.

Si je crois fermement que les méchants sont peu tourmentés par le mal qu'ils ont fait, je ne me les imagine pas, pour cela, plus heureux que les bons.

Les êtres d'une moralité inférieure ne poursuivent la félicité que dans les satisfactions matérielles; et rien n'est moins paradoxal que de constater combien c'est une erreur grossière et funeste. Sur le front de tous les jouisseurs, je vois les marques de l'assouvissement et du dégoût. Qu'ils sont courts, dans les vingt-quatre heures de la journée, les instants qu'on peut consacrer aux voluptés sensuelles ! Nul n'est capable d'imiter Hercule auprès du beau sexe, et, malgré ses millions, M. de Rothschild ne mange pas trois côtelettes à son déjeuner. L'habitude blase, l'excès épuise. J'ai toujours découvert une tristesse infinie au fond de l'homme de plaisir ; car ses jouissances sont empoisonnées par la décadence physique qui les lui mesure plus avarement chaque jour et par la pensée de la mort qui va tout à l'heure les lui ravir.

« Si j'avais encore la folie de croire au bonheur, gémit Chateaubriand avec un magnifique accent de mélancolie, je le chercherais dans l'habitude. »

Oui, mais dans laquelle ?

« Dans celle du travail, » me souffle un énergique.

Pas trop mal. Ancien paresseux, converti depuis longtemps, je considère en effet le courage à la besogne comme le meilleur spécifique contre le monotone ennui de vivre. L'Ecclésiaste luimême, ce terrible refuseur, fléchit un peu, un tout petit peu, sur un seul point. Pour lui, le travail est sans doute vain dans ses résultats, mais non pas en lui-même. « J'ai travaillé, dit-il, et

c'est tout ce que j'ai eu de tout mon travail. »
C'est, je crois bien, une des paroles les plus profondes de l'antique sagesse.

Va donc pour le travail; mais ce n'est qu'un
opium.

Vraiment, je me demande avec curiosité
comment mon philosophe ariégeois va se tirer
de son Manuel Roret, de son livre de recettes
pour faire des heureux. J'ai bien peur, pour ma
part, que nous ne puissions l'être que par minutes,
par bribes, et encore il doit exister quelque part
un grand-livre relié en cuir vert, avec des coins
de cuivre, sur lequel sont inscrits, par doit et
avoir, nos bons moments et nos fichus quarts
d'heure. « Tout se paie, » disait l'Empereur à
Sainte-Hélène, où le malheur, impitoyable créan-
cier, lui présentait sa note. Certes, ma joie était
très vive, en janvier dernier, à l'Odéon, le soir
de la première de *Pour la Couronne*. Mais, un
mois après, la congestion pulmonaire me conduisait au seuil du monument, et me voici valétudi-
naire pour de longues semaines. Mon compte est
balancé, n'est-ce pas?

Allons, le mot de l'ouvrier est bon : « Chacun
son fade, » et il était aussi dans le vrai, le vieil
Azaïs, avec son système des compensations.

Nous avons donc tous notre part de bonheur
et de malheur. C'est la loi; et celui qui pense
avec amertume au sort de son voisin et se dit, la

bile dans la bouche : « Il est plus heureux que moi, » n'a pas le sens commun. Qu'en sait-il? Que savons-nous des autres? Les hommes sont si différents; ils se connaissent, se pénètrent si peu. Nous ne possédons pas de pierre de touche pour éprouver la sensibilité d'autrui. Ce coup de fortune, qui nous comblerait de joie, tombe peut-être sur un indifférent qui ne s'en soucie guère; ce deuil cruel, qui nous réduirait au désespoir, frappe peut-être un égoïste qui ne le sent pas. Celui-là, plein de gloire ou d'or, ne souhaiterait qu'un peu de santé; celui-ci, dont la misère nous émeut, l'oublie dans un grand sentiment ou dans un beau rêve.

Et l'envie se trompe souvent, — hélas! autant que la bonté.

Cependant, l'instinct est juste, qui nous fait plaindre nos semblables; car l'ordinaire de la vie, c'est la souffrance. La pitié ne s'inquiète pas de la qualité des douleurs qu'elle rencontre; elle se contente de les consoler et de les secourir. Restons-lui fidèles. Tâchons que ceux qui nous approchent nous quittent moins tristes et moins malheureux. Et puisque mon correspondant me demande une définition, je lui offre celle-ci :

« Le bonheur, c'est d'en donner! »

14 mars 1895.

Paul Bourget

———

AUL BOURGET n'avait pas vingt ans et j'en avais trente à peine quand il vint me lire ses premiers vers.

Au premier abord, ce beau et vigoureux jeune homme, aux traits énergiques et réguliers, au front volontaire, à la chevelure fougueuse, et dont une moustache naissante ombrait à peine la lèvre, faisait songer à un soldat romain. Mais le teint précocement pâli, la légère meurtrissure des paupières, et surtout les yeux, brûlants, dévorants, admirables, révélaient l'homme de pensée et d'étude. Je ne sais rien de plus touchant, sur un tout jeune visage, que ces témoignages des nobles fatigues du travail intellectuel.

Ces premiers vers, où se sentait l'influence de
Leconte de Lisle et que Bourget a sans doute
condamnés, car il ne les publia pas, étaient fort
intéressants et annonçaient le poète très personnel
qui devait bientôt se manifester dans *la Vie inquiète*. C'était, autant qu'il m'en souvienne, des
strophes sur la Passion de Jésus-Christ. Nous cau-
sâmes, et j'eus tout de suite la certitude que cet
adolescent d'hier serait, était déjà un homme supérieur. Ignorant, je ne pouvais me rendre compte
du vaste savoir de cet écolier qui gagnait sa vie
en enseignant à l'âge où presque tous s'instruisent.
Mais je fus séduit, ébloui.

C'était alors, c'est encore davantage aujour-
d'hui quelque chose d'extraordinaire que la conversation de Bourget. Aucune intelligence n'est
mieux outillée, mieux informée que la sienne, par
le moyen de lectures énormes et constantes. Sans
trace de pédantisme, que dis-je? toujours avec
grâce, il se trouve prêt et armé pour n'importe
quel entretien. Cet homme de poésie et d'imagination a la tête philosophique, et son cerveau
adopta de bonne heure la ferme discipline de la
méthode. Il a le don de fantaisie; il a le mot, le
trait, l'ironie, mais il les met toujours au service
d'une solide pensée. Il ne s'amuse pas à enfler les
bulles de savon, diaprées et brillantes, mais aussitôt dissipées, du paradoxe. En d'autres termes,
il ne parle jamais pour ne rien dire. Léger quand

il le faut, jamais frivole, il garde toujours présentes devant lui, même dans la causerie la plus déchaînée, la raison et la vérité.

A vingt ans, il était ainsi. Mais conscient de sa valeur, impatient de réaliser ses légitimes ambitions, surmené d'ailleurs de travail, il n'avait pas encore acquis ce parfait équilibre qui lui permet à présent de donner à tous ses ouvrages une composition si harmonieuse, une force de style si soutenue. L'enfant qui me montra ses poésies d'écolier était fébrile et nerveux, et subissait tour à tour des crises de morne tristesse et de folle joie. Mais de ses discours et de sa personne émanait un charme. Je fus l'ami de Paul Bourget, dès notre première entrevue; et, bientôt après, j'éprouvais pour lui la tendresse d'un frère aîné.

Sa vie était alors très solitaire. J'eus ce bonheur que mon foyer devînt un peu son foyer, ma famille un peu sa famille. Il se rencontra chez moi et se lia d'amitié profonde avec Barbey d'Aurevilly, qui considérait aussi comme sien mon modeste « home ». Je savais même que le vieux « laird », le « connétable » — pour rappeler, avec un respectueux sourire, les surnoms que ses amis donnaient au grand écrivain — tenait tellement à son habitude de s'asseoir à ma table une fois par semaine, que, lorsque je partais en voyage avec ma sœur, je laissais l'ordre à la vieille servante, gardienne du logis, de mettre quand même

le pot-au-feu tous les dimanches; et d'Aurevilly
venait dîner dans la maison déserte, ayant pour
seule compagnie mes chats qu'il aimait beaucoup.

Je compte bien que quelques-uns de mes
péchés me seront remis pour cet acte d'hospitalité.

Il y eut, à ma table, de charmants et glorieux
tournois de paroles entre Paul Bourget et Barbey
d'Aurevilly, entre le jeune poète et le vieux maître.
D'ailleurs, nous étions devenus, Bourget et moi,
inséparables. Combien nous avons flâné ensemble,
battu, côte à côte, le pavé de Paris! Je revois son
logement sous les toits, rue Guy-de-Labrosse, près
du Jardin des Plantes; je revois le lit de fer, le
vieux fauteuil, les livres — et le buste de Balzac.
Dans cette modeste chambre, qui semblait im-
prégnée d'une atmosphère de pensée, Bourget
m'apparaissait comme un d'Arthez, un héros de
la *Comédie humaine*.

N'est-ce pas, monsieur l'auteur de trente volumes, monsieur l'académicien, mon cher confrère, n'est-ce pas, maintenant que vous êtes au
premier rang dans les lettres françaises, que vous
permettez à votre vieux compagnon d'évoquer
votre belle, pauvre et fière jeunesse, toute d'honneur, de travail et de poésie?

Mais pourquoi fais-je revivre ce lointain passé,
quand je voulais seulement vous dire quelques

mots du livre de Bourget sur l'Amérique, que Lemerre vient de m'envoyer quelques jours avant la publication? C'est que, dans ma captivité de convalescent, je n'ai plus guère que cela, la lecture et le souvenir.

J'ai donc dévoré *Outre-Mer,* qui sera l'événement littéraire de la saison. Deux gros volumes, s'il vous plaît, pleins de faits contrôlés, de choses vues, de tableaux d'après nature; — le Nouveau-Monde, décrit par un poète, pénétré par un observateur, jugé de haut, avec la bienveillante impartialité des forts, par un historien et par un philosophe. J'ai lu ce puissant et beau livre, et je me suis souvenu du temps où j'appelais, par caresse, l'auteur d'*Outre-Mer* « mon petit Bourget ».

J'ai déjà mis les deux tomes de côté, pour le prochain « train » du relieur; mais ils ne sont pas les seuls à qui je fasse cet honneur. J'y joins *l'Armature,* car c'est une âpre et juste satire de ce vilain monde qu'est souvent le beau monde; et voici Paul Hervieu passé maître. J'y ajoute encore *En route,* de J.-K. Huysmans, œuvre d'art raffiné, de curiosité rare et — j'en suis persuadé — de foi sincère. Les causes de la conversion de celui-là sont, à coup sûr, très spéciales : dégoût du monde moderne, admiration du plain-chant, attrait de la vie mystique. Mais, enfin, il est converti. Très franchement, je l'envie, moi qui, malgré tout, ne parviens encore à être qu'un chrétien de cœur et de désir. Ces pensées-là m'obsédaient, pendant les heures sévères que je viens de traverser. Heureux ceux qui prient !

Mais ce n'est pas tout, et je ne me contente pas de réserver, pour un rayon favori de mes casiers, ces ouvrages de haute littérature. Vertueux bourgeois, m'accorderez-vous encore votre coup de chapeau quand je vous aurai avoué que je vais cacher, avec une joie un peu monstrueuse, dans « l'enfer » de ma bibliothèque, le deuxième recueil des chansons d'Aristide Bruant ? Du moins, cet homme ne vous prend pas en traître. S'il est botté, c'est pour vous conduire dans les égouts. N'importe, il met dans ses refrains crapuleux de la vérité et de l'émotion. Oui, je sais bien. C'est un autre genre que *le Génie du Christianisme* ou que l'ancien *Magasin pittoresque;* mais c'est fameux tout de même.

Voilà le seul avantage des longues maladies. On a le temps de prendre un bouquin, de le feuilleter et de passer à un autre. Je ferme donc *Dans la rue* et je reviens à l'*Outre-Mer* de mon cher Bourget.

Dans son livre si vivant, il m'a fait connaître l'Amérique, mais je ne puis dire qu'il me l'ait fait aimer. Après m'être promené avec lui — par l'imagination — dans cette trépidante société des États-Unis, je me sens brisé de fatigue, comme après deux nuits de wagon. Décidément, je n'ai

rien d'un « glob-trotter ». Oh! je vois bien tout
ce qu'il y a là-bas de fort, de grand même. Cette
liberté vraie, ce triomphe de l'individu, cette
explosion de l'initiative privée, cette absence de
réglements et de paperasses, ce respect de la
femme, cette puissance du sentiment religieux,
cette intensité de travail, tout cela prouve, clair
comme le jour, que l'Amérique a encore ce que
nous n'avons plus, hélas! la jeunesse. Mais, sans
même regarder le revers de la médaille, que
Bourget d'ailleurs ne dissimule pas, — furieuse
âpreté au gain, manque de scrupules, absence
d'idéal, brutalité de mœurs, — disons que, si l'on
infusait à la vieille Europe, comme une sorte de
vaccin à la Brown-Séquard, les habitudes et les
institutions des Yankees, elle deviendrait, pour
les gens comme vous et moi, tout à fait inhabitable.

Méfions-nous. La chose n'est pas impossible,
avec la folie d'imitation qui nous empoigne quelquefois. N'oublions pas que nous ne pouvons respirer qu'une atmosphère saturée de traditions et
que le passé, c'est notre oxigène. Lisez *Outre-Mer*
et admirez du monde américain tout ce qu'il a
d'admirable. Mais faites attention au mot de Forain, cité par Bourget.

Comme un milliardaire de New-York ou de
Chicago faisait admirer à ses hôtes, dans son
palais, un buste de Louis XIV, un superbe marbre

de l'époque, l'amer caricaturiste mâchonna entre ses dents cette épigramme féroce :

« Oui, ils ont le portrait du Grand Roi... mais ils n'ont pas celui de leur grand-père. »

21 mars 1895.

Arbres parisiens

Une émotion très vive — je l'ai partagée — s'est répandue, ces jours derniers, dans Paris, à la nouvelle qu'on avait abattu beaucoup de vieux arbres sur l'Esplanade des Invalides.

Aussitôt un *tolle* s'éleva contre cet acte de vandalisme. La plupart des journaux s'indignèrent. M. de Montebello fit entendre, du haut de la tribune de la Chambre, une protestation éloquente; et tout cet effort, heureusement, ne fut pas vain. Aujourd'hui, le ministre a suspendu l'œuvre de destruction.

Écoute, bûcheron; arreste un peu le bras,

s'est-il écrié avec Ronsard; et le funeste ingénieur

de la Compagnie de l'Ouest, qui était en train
de gâter et d'enlaidir — et qui a pas mal gâté et
enlaidi, en effet — ce coin de la rive gauche, a
bien voulu se reposer un instant, une main sur sa
hache, en s'essuyant le front du revers de sa
manche.

Mais ouvrons l'œil et le bon, nous autres qui
avons encore quelque souci de la beauté de notre
ville, et méfions-nous. Le mal déjà fait est, m'as-
sure-t-on, considérable. Ce temps aigre et froid
ne permettant guère à un convalescent de sortir,
je n'ai pu m'assurer, par mes propres yeux, de
l'importance du massacre, mais je sais qu'un très
grand nombre d'ormes plantés sous Louis XV
sont par terre. Or, si nous n'y prenons pas garde,
les horreurs vont recommencer, et nous avons
maintenant la preuve que presse, opinion, Parlement, tout cela ne pèse pas une once pour les
assassins de vieux arbres.

Il s'agit, paraît-il, de construire là une gare?
Pourquoi là plutôt qu'ailleurs, à quelques centaines de mètres plus loin, par exemple, à la
place de cette manufacture des tabacs qui nous
fabriquerait, quand même et n'importe où,
d'aussi mauvaises cigarettes? Mystère et pots-
de-vin! On préfère, en encombrant de bâtisses
l'esplanade des Invalides, détruire un des plus
admirables paysages urbains, je ne dis pas seulement de Paris, mais de toutes les capitales de

l'Europe, et, pour faire la place nette, on vend quinze francs pièce des têtes d'arbres plus que centenaires.

Est-ce que cela ne vous fait pas bouillir les sangs, comme disent les commères?

Pour déshonorer une capitale par un édifice vraiment laid et inutile, — la Tour Eiffel, si vous voulez, — il suffit de peu d'années. Pour orner la même ville d'un grand arbre, qui est toujours une chose belle et salutaire, un siècle suffit à peine. Ajoutons que le déboulonnage de cette Tour absurde et gênante, qui fait en ce moment le désespoir des arrangeurs de la prochaine Exposition, exigerait beaucoup de temps, beaucoup de travail et beaucoup d'argent, tandis que le meurtre d'un orme historique, c'est l'affaire de cinq minutes et de vingt coups de cognée, que cela ne coûte rien et que la Caisse municipale embourse, au contraire, quelques maravédis.

Navrante antithèse, n'est-ce pas?

Parisiens, mes amis, ne nous endormons point. Il faut défendre nos arbres. Ils donnent un charme tout particulier à notre ville. Aucune des grandes cités de l'Europe ne lui est comparable à cet égard. Interrogez les étrangers qui viennent pour la première fois chez nous; tous sont étonnés, séduits par tant de verdure. Ne laissons pas arracher inutilement à notre cher Paris une seule feuille de sa fraîche couronne de feuillage.

Et, pendant que j'y suis, qu'on me permette, en ma qualité de flâneur et d'amoureux de Paris, quelques mots de plainte et d'avertissement sur les plantations récentes de nos boulevards et de nos avenues.

L'ancien régime, que personne ne regrette, avait cependant, en cette matière, d'excellentes habitudes. Il n'était pas pressé. Il plantait comme l'octogénaire de La Fontaine et murmurait devant ses rangées de jeunes et grêles arbrisseaux :

Mes arrière-neveux me devront cet ombrage.

Aucun des arbres dont on embellissait jadis de préférence les jardins et la ceinture suburbaine de Paris ne pousse vite. On y rencontre le marronnier, d'une verdure un peu sombre et triste, pour mon goût, mais dont la floraison est éblouissante ; le charmant tilleul, qui parfume les nuits de juin, et surtout l'orme, qui a ce premier mérite de prospérer dans tous les terrains, — l'orme cher à Sully, l'arbre français par excellence, à qui la puissance de sa charpente et la légèreté de son feuillage donnent à la fois tant de grâce et de majesté.

Ils sont devenus rares les verdoyants et gigantesques témoins qui attestent chez nos ancêtres ce souci de l'avenir, ce goût des choses faites pour durer. Quelques invalides, comme le marronnier du 20 mars, attristent les Tuileries de leur décrépitude. Les ormes sont de plus robustes vieillards; mais beaucoup d'entre eux furent abattus pendant l'horrible hiver de 1870. C'est un de mes plus tristes souvenirs du siège d'avoir vu transformer en bûches et en fagots les arbres vénérables du boulevard d'Enfer, aujourd'hui boulevard Raspail. Ils dataient du Roi-Soleil. Deux hommes pouvaient à peine embrasser leurs troncs rugueux, et leur beauté était célèbre chez les peintres. Ces vieux modèles ont donné notamment plus d'une séance au maître paysagiste Français, et je les retrouve dans les tableaux et les aquarelles de sa jeunesse.

Sans doute, on a remplacé les morts; mais nos plantations nouvelles trahissent l'impatience de posséder et de jouir, qui est un des caractères de notre époque. On a choisi les espèces hâtives, on a voulu tout de suite des frondaisons et de l'ombrage. Voici bien quelques tilleuls adolescents qui ne feront bonne figure que dans une cinquantaine d'années. Mais c'est l'exception. Presque partout, je vois des platanes à qui le sol parisien ne convient probablement guère, car la plupart sont malades et tordent des branches étêtées, semblables à des moignons. Les plus vieux n'ont pas trente ans, — à peine l'adolescence pour un arbre. Ayant grandi trop vite, ils ont l'air languissant de rhétoriciens fatigués par le surmenage et la croissance. Hélas! ils mourront à la fleur de l'âge.

De vilains, d'abominables arbres, par exemple, et que j'ai en horreur, ce sont les vernis du Japon; mais ils poussent comme champignons et on nous les prodigue. Mon vieux boulevard Montparnasse en est particulièrement empoisonné. J'insiste sur l'expression, elle est exacte. Non seulement le feuillage du vernis est lourd et bête, mais sa fleur exhale, au printemps, une odeur infecte. C'est à croire que tous les matous en folie des environs se sont donné rendez-vous dans les branches pour y commettre des incongruités. Mais je ne puis me faire comprendre que par une citation classique : « Tirez! tirez! ils ont pissé partout, » comme il est dit dans *les Plaideurs*.

La société moderne est fort égoïste et s'inquiète peu de la postérité. Je n'espère donc pas que nous revenions aux arbres lents, aux ormes de nos aïeux. Du moins conservons pieusement ceux qui subsistent.

L'explosion de colère de la population parisienne devant l'imbécile abatis de l'Esplanade m'a fait grand plaisir, et je m'y associe de tout mon cœur. Mais que nous soyons sûrs de triompher, je n'ai pas la naïveté de le prétendre; et si, en 1900, la vue des Invalides et de l'admirable dôme de Mansard était bouchée par une gare avec tous ses accessoires, — hôtel-terminus, sta-

tion de tramways, cafés, brasseries et chalets de
nécessité, — j'en serais plus désolé que surpris.
Quoi qu'on en dise, nous sommes ici dans le
pays des oppositions vaines et des frondes impuissantes.

Sous le second Empire, quand il fut question
de toucher à la Pépinière, ce fut, comme à présent, une indignation générale, et, d'ailleurs,
parfaitement justifiée; car cette partie du jardin
du Luxembourg, la plupart du temps solitaire,
avait un charme presque sauvage, était délicieuse.
La protestation fut unanime et trouva même un
écho dans la presse très domestiquée d'alors.
J'avais fait, dans la Pépinière, mes premières
chasses aux rimes, et je me revois, apprenant par
cœur les jolis vers de Victor de Laprade, sur ce
coin de vraie campagne en plein Quartier Latin,
sur cet asile fleuri où plusieurs générations d'é-
tudiants avaient promené leurs studieuses rêve-
ries et leurs volages amours, où, comme disait le
poète,

> *On feuilletait un jeune cœur,*
> *On s'absorbait dans un vieux livre.*

Haussmann courba le front sous l'orage, laissa
le temps faire son œuvre, attendit qu'on fût las
de crier; et la Pépinière fut anéantie.

La voix du public sera-t-elle aujourd'hui mieux
écoutée que sous l'Empire?

A l'heure qu'il est, je tremble; car la Ville et la Compagnie de l'Ouest me paraissent bien d'accord pour détruire un des plus nobles et des plus magnifiques aspects de Paris; et, de plus, ce crime de lèse-beauté est à moitié consommé déjà. N'importe! Tâchons d'empêcher qu'il s'accomplisse jusqu'au bout, et traduisons par des paroles les gémissements des vieux ormes qui, l'autre jour, en tombant sous la hache, agitaient leurs branches dépouillées avec des gestes de malédiction.

28 mars 1895.

Un Secrétaire Perpétuel

Au lendemain de la mort de Camille Doucet, la presse a répété sur tous les tons qu'il fut le modèle des secrétaires perpétuels. C'est la vérité pure. Mais je crois bien que beaucoup lui ont adressé cet éloge sans renseignements ni contrôle, — de *chic,* comme disent les rapins. Car, pour quiconque n'a pas pénétré plus ou moins dans le monde très fermé, dans l'intimité peu accessible de l'Institut, il n'est point aisé de se rendre compte du rôle si important et si délicat qu'y jouent les secrétaires perpétuels, et principalement celui de l'Académie française.

Le public n'a pu voir et juger Camille Doucet que dans la partie officielle de ses fonctions. Tous ceux qui ont assisté à la séance annuelle où sont présentés les deux rapports sur les prix de vertu et sur les concours littéraires, se rappellent la physionomie du maigre et frileux vieillard, engoncé dans le col de son habit vert, qui se tenait à la gauche du directeur et proclamait, d'une voix un peu affaiblie, les titres des ouvrages et les noms des auteurs, en distribuant à chacun des lauréats sa part de louange mesurée et de bienveillante critique.

Il est permis de ne goûter point l'éloquence académique; il est aisé de rajeunir, pour la railler, d'antiques plaisanteries. Cependant, elle exige un style tout particulier, constitue une littérature spéciale. Elle est un peu artificielle, soit; mais il faut tout de même, pour y exceller, une forte syntaxe, du goût, du tact, de l'esprit; et livres et journaux ne nous gâtent pas tellement sous ces divers rapports que nous ayons le droit de faire à ce point les dédaigneux.

Et puis le genre est traditionnel, il date de la vieille France, et, à ce titre, nous aurions tort de le répudier. Ajoutons qu'il compte des chefs-d'œuvre. Il n'a nullement gêné Buffon pour écrire quelques-unes de ses plus belles pages. Il existe, si vous voulez, entre un livre librement composé et un morceau académique la même différence qu'entre une forêt et un jardin de Le Nôtre; et, pour ma part, tout en préférant la grandiose majesté des futaies de Fontainebleau, je ne méprise pas la savante correction du parc de Versailles.

Ce qu'on m'accordera sans peine, par exemple, c'est que le genre est très difficile, et que, seul, un maître jardinier du style peut arrondir ses périodes comme des ifs taillés en boule, et tondre ses phrases comme les gazons d'un boulingrin.

Quant au rapport sur les ouvrages couronnés que Camille Doucet lisait chaque année, je ne puis mieux le comparer qu'à un travail de mosaïque. Avec un soin extrême, avec un art très ingénieux, le patient vieillard y incrustait, en quelque sorte, ce qu'il trouvait de plus brillant dans les rapports partiels que lui avaient fournis les membres des diverses commissions.

« Tout ce qu'on applaudit dans mon rapport, nous disait-il avec tant de grâce et de sincère modestie, ce n'est pas de moi. Je le dois à mes confrères. »

Il se diminuait trop et ne parlait pas de l'adresse, de la légèreté de main qu'il lui fallait pour grouper tous ces fragments en un ensemble harmonieux. Néanmoins, que les ironistes se méfient avant de « blaguer » quelque phrase de Camille Doucet. Elle est peut-être d'un grand

écrivain, — d'un Taine ou d'un Renan, qui
sait?

Le rapporteur de nos séances publiques était
donc très remarquable. Cependant, notre secrétaire perpétuel ne montrait dans ces circonstances
que le moindre de ses mérites, et, pour savoir
combien il nous était précieux, c'était dans nos
commissions, dans nos séances du jeudi, et même
dans l'étroit cabinet de son logement particulier,
qu'il fallait le voir à l'œuvre; car partout il ne
songeait qu'à l'Académie, ne se préoccupait que
de l'Académie.

Il n'avait qu'un souci, celui du prestige, de la
dignité, de l'indépendance du grand Corps auquel il était si fier d'appartenir. A tout ce qui
intéressait la vieille Compagnie, il apportait un
zèle extraordinaire, une passion véritable, là con-
sidérant, avec raison, comme une des parures de
la France. Le maintien de nos traditions, qui fait
notre force, n'avait pas de plus ardent, de plus
fidèle défenseur. Son grand âge, sa prudence, sa
finesse, sa profonde expérience des relations
sociales, son désir du bien surtout lui donnaient
parmi nous une très haute autorité, et nous le
tenions, à peu près, pour le chef de notre conseil
de famille. On entendait dire à chaque instant :
« Il faut consulter Doucet... Qu'en pensera
Doucet?... » Et dans toutes les difficultés, il ima-
ginait immédiatement une solution pratique,

honorable, et toujours dans le sens le plus large, le plus libéral.

La curiosité publique se demande quelque-fois : « Que fait-on à l'Académie? » Le sommaire procès-verbal publié par les journaux nous re-présente comme absorbés par la préparation du Dictionnaire. Mais, entre nous, le Diction-naire ressemble un peu à la tapisserie qu'une dame quitte et reprend entre deux visites. Que fait-on à l'Académie? On y donne des prix et l'on y prépare les élections. Les prix, c'est un assez gros travail qui dure trois mois. On s'en tire. Le reste du temps, il faut l'avouer, la partie la plus intéressante de la séance, c'est la conversation entre confrères autour de la che-minée, devant la copie — bien médiocre, entre parenthèses — du *Richelieu* de Philippe de Cham-pagne.

Or, comme il y a, presque toujours, au moins une vacance dans la Compagnie, de quoi voulez-vous que nous causions, sinon de notre recrute-ment? Les choix futurs, les candidatures probables sont donc discutés, sous les yeux du grand Car-dinal, parfois avec vivacité, mais dans les termes les plus courtois. Camille Doucet ne manquait pas de prendre part à ces entretiens, et il y était attentivement écouté. Jamais, je puis le dire, il n'y soutint un candidat que guidé par l'intérêt supérieur de l'Académie, et cela en sacrifiant même ses préférences, ses sympathies particulières.

On ne sait peut-être pas assez qu'il se déclara résolument en faveur d'Émile Zola, non par banale admiration du succès, non sans comprendre les répugnances que devaient soulever, dans un tel milieu, certaines parties de l'œuvre du puissant écrivain, mais parce qu'il estimait que l'Académie commettait une faute en fermant obstinément sa porte au maître romancier et parce qu'il craignait que le nom de l'auteur des *Rougon-Macquart* ne fût un jour inscrit sur la liste déjà trop longue du quarante et unième fauteuil, après ceux de Balzac, d'Alexandre Dumas père et de Théophile Gautier.

L'Académie française perd, dans la personne de Camille Doucet, un guide sûr, un conseiller plein de sagesse. Elle abonde en hommes du premier mérite et elle remplacera dignement, j'en suis certain, son secrétaire perpétuel. Pour moi, je tiens à répéter ce que je disais en quelques lignes hâtives, le soir même de sa mort. Je prends le deuil d'un ami qui, depuis plus de vingt-cinq ans, fut pour moi tout à fait paternel.

L'origine de mes relations avec Camille Doucet mérite peut-être d'être contée.

Au lendemain du *Passant,* je vis arriver le directeur général des théâtres, que je n'avais pas l'honneur de connaître, dans l'humble logis, à

Montmartre, où je vivais avec ma mère et ma sœur aînée. Il m'annonça que l'Impératrice désirait entendre ma pièce, qui fut, en effet, jouée aux Tuileries quelques semaines plus tard, et m'offrit, de la part de l'Empereur, une pension. J'avais, au ministère de la guerre, un modeste emploi; le succès que je venais d'obtenir me donnait l'espoir de vivre, un jour, de ma plume. Je refusai, mais non sans exprimer une vive reconnaissance — que je garde encore — pour la généreuse intention du souverain, ou plutôt du haut fonctionnaire qui l'avait inspirée.

L'excellent homme, qui était, par sa position, plus habitué aux sollicitations qu'aux refus, m'a-t-il su gré d'une action si simple? Je ne sais; mais, à partir de ce jour, il me témoigna une bienveillance et, bientôt après, me voua une affection qui ne se sont jamais démenties.

Dans la foule de ceux qui ont éprouvé son zèle à servir ses amis, je fus certainement l'un des plus favorisés. Pourquoi ne le dirais-je pas? Il m'a mené par la main à l'Académie. Chaque fois qu'il m'est arrivé quelque chose d'heureux ou de funeste, il accourait, m'apportant sa joie ou sa consolation. Je l'ai tendrement aimé. Ses habitudes de prudence dans la conversation et quelques inoffensives malices ont pu tromper sur son compte ceux qui le connaissaient mal. C'était un cœur d'or; et les malveillants n'ont à lui reprocher que son bonheur. On s'est encore amusé, ces jours-ci, à relever, dans ses aimables comédies, les vers les plus prosaïques. Il serait plus long et plus difficile de compter toutes ses bonnes actions.

4 avril 1895.

Science et Foi

ous ce titre, *la Science et la Religion*, vient de paraître, en brochure et corsé de notes copieuses, l'article de M. Brunetière — qui a fait tant de tapage — sur la « banqueroute de la Science ». Et, moi aussi, je viens ajouter ma goutte au fleuve d'encre qui a coulé à propos de ce morceau fameux et des discours prononcés au banquet offert à M. Berthelot. Mais je soupçonne que les vrais croyants et les vrais savants ont continué, les uns à prier et les autres à travailler, sans se passionner beaucoup pour cette polémique. La discussion, tout intéressante qu'elle fût, et malgré le talent de plume et de parole déployé dans les deux camps, a gardé un caractère académique. Je sais bien que, si j'étais chimiste, je n'aurais pas interrompu, pour si peu, une seule de mes expériences, et que, si j'étais dévot, je n'aurais pas sacrifié un *ave* de mon chapelet. Par contre, l'agitation fut extrême parmi les politiques et les beaux esprits, c'est-à-dire chez ceux qui n'ont ni foi bien vive ni profond savoir. Philamintes et Francs-Maçons sont encore très excités, à l'heure qu'il est; et, s'il me prend fantaisie d'aborder à mon tour cette périlleuse question, c'est — j'en ai peur — parce que je suis moi-même plein de doute et d'ignorance.

Qu'a dit M. Brunetière dans son magistral article? A peu près ceci, que le téléphone n'avait apporté aucune consolation à la misère morale du genre humain et que les tramways à air comprimé ne donnaient la paix du cœur à personne. C'est incontestable; mais téléphones et tramways ont-ils jamais eu cette folle prétention? Sous ce rapport, les plus belles découvertes sont impuissantes. Quand Galilée eut prouvé que la terre tournait, les hommes ont-ils été moins inquiets de leur destinée que sur un globe qu'ils croyaient immobile?

La science a rendu et rendra, dans l'avenir, la vie de moins en moins douloureuse, la nature de moins en moins hostile, le monde de plus en plus habitable. Elle ne changera pas l'âme humaine; elle ne supprimera pas l'angoisse qui nous étreint lorsque nous pensons à la mort et que nous sentons qu'il faudra bientôt disparaître, sans avoir atteint notre idéal de justice et de bonheur, et plonger au fond du gouffre en emportant notre indéracinable instinct d'immortalité.

Suis-je le jouet d'une illusion? Chaque fois qu'un homme intelligent m'affirme qu'il est tout à fait athée et matérialiste, je le regarde dans les yeux. Il me semble toujours y lire une arrière-pensée, y deviner on ne sait quelle gêne, quel singulier mélange d'orgueil et de terreur. Cependant, beaucoup de savants — et non des moindres — affichent ces négations, font les rodomonts devant le mystère.

« Voilà plus de trente ans que je dissèque, disait Dupuytren devant qui l'on prononçait le mot « âme », et je n'ai jamais vu le bout de l'oreille de cet animal-là. » Il est vrai que le même Dupuytren laissait tomber de sa poche un eucologe dans les petits appartements de Charles X.

La phrase est digne d'un garçon d'amphithéâtre. Elle résume pourtant à merveille l'état d'esprit de certains hommes de science, et on la retrouverait, en grattant les grands mots, au fond de quelques-unes des harangues prononcées, l'autre jour, à Saint-Mandé.

Cela m'étonne toujours, un homme niant l'infini qui nous accable, l'éternel cri d'épouvante et d'espoir de l'humanité, — et pas seulement capable de guérir un rhume de cerveau ! Mais le malheureux est sincère. Il a mordu dans la pomme du jardin d'Éden, mangé le fruit qui rend orgueilleux.

Beaucoup de savants — je m'empresse de l'ajouter — n'en sont pas là.

L'un des plus grands de notre siècle et de notre pays, l'admirable Pasteur, est un spiritualiste et un chrétien.

Mais, en général, ils ne sont pas modestes, et la science devrait être, au contraire, la plus forte école de modestie. Car quiconque s'enfonce un peu dans l'étude de la nature et dans la pensée, finit toujours par donner du nez contre l'incompréhensible. Et là, il est attendu par Pascal, qui lui dit : « Tout ce qui est incompréhensible ne laisse pas d'être, et la dernière démarche de la raison est de reconnaître qu'il y a une infinité de choses qui la surpassent. »

Étincelante vérité, contre laquelle l'orgueil se révolte en vain, et qui donne, à ceux qui la méditent et s'en pénètrent, l'humilité du cœur et la résignation devant tout ce que la vie a d'obscur et de douloureux.

On va me trouver bien naïf. Mais je le demande de bonne foi. L'esprit scientifique et l'esprit religieux ne pourraient-ils pas enfin conclure, sinon la paix, au moins une trêve dans ce pays de France où l'on envoie ses enfants à l'école, mais où l'on tient à son clocher? La science n'a-t-elle point d'assez beaux domaines à conquérir, sans faire invasion dans ce royaume de la foi, qui, selon la parole évangélique, n'est pas de ce monde? Qui donc est importuné — quand se taisent les âpres voix de la vie et du travail, les sifflets stridents de la vapeur, la trépidation des machines — d'entendre, dans le calme ciel du soir ou dans l'atmosphère paisible du dimanche, tinter une cloche, pieuse et douce? Esprits positifs, je vous en prie, grâce pour l'idéal! Comment, voilà une pauvre âme affamée d'illusion, qui croit qu'elle va recevoir une nourriture délicieuse, se réconforter du pain des anges. Et vous lui arrachez ce pain avec dureté, et vous lui dites : « Ce n'est qu'une pierre, qu'un caillou. » Impitoyables rationalistes, et vous, moins excusables encore, sceptiques dilettantes, qui éteignez les croyances comme on souffle des cierges, regardez! Les dernières vont s'éteindre. Ce que vous appelez vos lumières — et combien, hélas! sont fragiles la plupart de vos certitudes! — n'éclairent que les intelligences. N'êtes-vous pas effrayés parfois de mettre tant de nuit dans tant de cœurs?

La Science et la Foi! L'année dernière, en des heures que je compte parmi les plus cruelles de ma vie, j'ai pourtant constaté combien elles pouvaient s'entendre et se seconder, ces deux puissantes rivales.

C'était dans une maison de santé de la banlieue parisienne, que dirigent des religieuses. Je revois le petit jardin, le ciel de mai, l'ironique et joyeux soleil, et, devant le banc où j'étais assis, le massif de rosiers en boutons. Je revois surtout par le souvenir — avec un frisson qui me traverse le cœur — les carreaux dépolis jusqu'à hauteur d'épaule, de la salle d'opérations. Derrière ces vitres aveugles, ma plus chère amie était plongée dans la léthargie du chloroforme et livrait son corps au couteau d'un illustre chirurgien. Il le fallait — sous peine de mort.

J'ai touché, là, le fond même de la détresse. La vue de ces boutons de roses me faisait monter les larmes aux yeux. Je me disais : « Elle ne les verra peut-être pas s'épanouir. » Et mes regards se tournaient sans cesse vers l'horrible fenêtre, où je vis brusquement apparaître, après trois éternels quarts d'heure, au-dessus des vitres brouillées, l'épaule d'un homme en bras de chemise, avec la bretelle. Et, au mouvement de cette épaule, je devinai que l'homme lavait ses mains, ses mains sanglantes!...

La malade fut sauvée, car l'intervention du doc-

teur Bouilly est, presque toujours, infaillible. Mais
cet homme au grand cœur m'approuvera de l'associer dans ma reconnaissance aux pieuses filles
qui entourèrent de si tendres, de si admirables
soins, la créature douloureuse qui leur était
confiée. A celles-là aussi elle doit la vie; et j'ai
vu alors à quel point la foi candide, la foi des
simples, rend plus caressantes les voix qui bercent
la souffrance, plus légères les mains qui touchent
aux blessures.

Aussi, comme le maître chirurgien les aimait
et les admirait, les excellentes Sœurs! Une surtout, — que mon respect pour sa modestie chrétienne me défend de nommer, — mais que je
n'oublierai jamais, avec ses coiffes blanches, ses
yeux de bonté et ses mains pendantes sur son
tablier d'interne, ses fortes mains, toujours prêtes
pour le grand œuvre de la charité. C'était la
préférée du docteur; c'était aussi son aide indispensable, son bras droit, à l'heure pathétique
des opérations; et, même en lui jetant un ordre,
il avait toujours pour elle le sourire cordial et le
charmant regard d'un ami.

Que, sur le seuil de sa pharmacie, M. Homais
continue à se sentir plein de haine et de mépris
pour le curé Bournisien qui passe. Moi, je vous
assure que je les ai vues, la Science et la Foi,
vraiment égales et tout à fait d'accord devant
leur bienfaisante besogne, dans la personne du

grand chirurgien, qui travaillait par amour de l'humanité, et dans la personne de la pauvre servante de Jésus, qui travaillait pour l'amour de Dieu.

11 avril 1895.

La Propriété

MONSIEUR PAUL LAFARGUE, ayant écrit un ouvrage sur l'origine et l'évolution de la propriété, a offert son manuscrit à M. Delagrave, l'éditeur bien connu. Celui-ci lut le manuscrit du communiste et lui tint ce langage ou à peu près : « Je ne partage aucune de vos idées et je me ferais un scrupule de les répandre. Mais, si vous m'autorisez à demander à M. Yves Guyot une réfutation de vos doctrines, je publierai à la fois la thèse et l'antithèse et mettrai sous les yeux du public les pièces essentielles du procès. »

Impossible, n'est-ce pas, d'être plus libéral?

M. Lafargue consentit, et nous avons maintenant ce livre mi-parti, comme le maillot d'un
personnage du XVe siècle.

Il n'est pas d'une lecture légère et facile. Le
mot « galette de plomb » convient assez au style
des économistes et des sociologues. Je viens
d'avaler le volume, et la digestion me travaille
encore. Je veux bien convenir que, des deux
avocats, c'est M. Yves Guyot qui parle avec le
plus d'agrément; mais j'ajoute, pour être juste,
que sa cause est, sinon la meilleure, du moins la
plus sympathique au tribunal, c'est-à-dire aux
propriétaires. Et puis, pour les impressionnables
comme moi et comme beaucoup de gens, c'est
toujours le dernier plaideur qui a raison, surtout
lorsqu'il possède, comme M. Guyot, l'avantage
de manier l'ironie avec quelque grâce.

Cependant, l'avouerai-je? les idées de M. Paul
Lafargue ne me paraissent pas absurdes et scandaleuses autant qu'à M. Yves Guyot. Si j'ai bien
compris, M. Lafargue exécute une charge à fond
de train contre les conséquences de la Révolution au point de vue de la répartition des biens
de ce monde. Il semble au socialiste que, pour
avoir été engraissée de tant de sang, la récolte
fut maigre; que c'est un mince résultat que la
fondation d'une nouvelle classe de privilégiés,
fût-elle plus nombreuse que celle qui la précédait;
que le prolétariat reste une forme à peine atté-

nuée du servage et de l'esclavage; qu'il n'y a pas, en un mot, grand'chose de changé, et que la plupart des belles promesses de justice et de bonheur, formulées en 1789 et en 1792, sont en faillite.

Tout cela ne me paraît pas, en vérité, si déraisonnable.

Où j'ai plus de peine à suivre la pensée de M. Lafargue, c'est lorsqu'il jette un regard rétrospectif sur le passé de l'humanité et qu'il donne un regret à toutes les institutions collectivistes qui s'y sont succédé et ont disparu tour à tour.

On éprouve d'abord quelque étonnement à voir un révolutionnaire recueillir avec un pieux intérêt les vestiges de communisme primitif qui subsistent chez les sauvages habitants de la Terre de Feu, et à l'entendre vanter les mœurs farouchement égalitaires des barbares du plus lointain moyen âge. Mais, quoi qu'en dise M. Yves Guyot, — et d'une façon assez amusante, — son adversaire ne prétend nous ramener ni à l'anthropophagie, ni à la féodalité.

Le rêve de M. Lafargue est une sorte d'évolution circulaire qui doit rendre un jour la société humaine à la vie en commun des premiers âges, mais en tenant compte du progrès moral et matériel qui atteindrait ainsi l'extrême perfection; et l'utopiste imagine alors un état de paix et d'harmonie, un monde fraternel, dans lequel rien n'étant à personne, tout appartiendrait à tous, et où, par conséquent, toutes les convoitises et tous les crimes qu'elles engendrent seraient supprimés. C'est proprement le Paradis, l'Age d'Or des anarchistes.

On peut être stupéfait d'un aussi robuste optimisme, d'une telle puissance d'illusion, d'une aussi téméraire négation du mal. On peut se sentir plein d'épouvante et de pitié en songeant que beaucoup de malheureux, séduits par ces douteuses et lointaines chimères, ne sont plus en état de supporter leur sort et mûrissent pour des révoltes dont le lendemain aggravera certainement leur misère. Mais de là à conclure que le droit d'acquérir, de posséder et de transmettre librement de l'argent ou des terres soit le dernier mot de la sagesse et du progrès, il y a loin.

Le principe — ou, pour mieux dire, l'instinct — de la propriété n'est nullement indiscutable et sacré; et cela est si vrai que nous la voyons, à toutes les grandes dates de la civilisation, se résigner à des sacrifices, accepter et subir des modifications profondes. A la veille du christianisme, Caton vendait sans scrupule ses esclaves quand ils devenaient vieux, et croyait seulement faire acte de bonne économie. C'était, du reste, un des hommes les plus vertueux de son temps. Quelques siècles plus tard, le seigneur féodal le moins inhumain trouvait légitime et naturel d'aliéner un domaine avec les serfs qui y étaient attachés; mais déjà l'on ne trafiquait plus des personnes. C'était un grave échec pour les propriétaires.

Sans remonter si haut, est-ce que la victoire des Américains du Nord n'eut pas pour résultat un immense mais très moral attentat contre la propriété? Le coup ne fut pas moins sensible que lui porta le tsar Alexandre II en abolissant le servage. Elle ne fut pas respectée, lors de la suppression du droit d'aînesse; elle le sera de moins en moins par les impôts sur le revenu et même sur le capital, qui sont choses imminentes, et par l'accroissement progressif des taxes de transmission.

J'en suis désolé pour ceux qui font de la propriété la troisième personne d'une trinité dont les deux premières sont la religion et la famille; mais elle n'est pas impérissable et sainte comme la prière et l'amour. Les gens positifs haussent les épaules lorsqu'on affirme devant eux cette vérité qu'on n'obtient rien de bon des hommes qu'en s'adressant à leur imagination et à leur cœur. L'ordre social, disent ils, n'a pour base que l'intérêt, et tout marche avec des cours fermes à la Bourse, un bon cadastre et des gendarmes. Pour ces terribles bourgeois, la propriété, c'est l'arche sainte, la citadelle inexpugnable. Qu'ils y prennent garde! Leur Capitole est menacé et, ajoutons, bien mal défendu.

Ah! serons-nous donc toujours si aveugles, si imprévoyants, si égoïstes? Pourquoi ne reconnaissons-nous pas que les lois qui régissent actuellement la propriété sont caduques, lézardées, qu'elles tombent en ruines? Vainement le capital perd chaque jour de sa puissance productive et les revenus vont diminuant sans cesse; vainement le travail devient pour tous une obligation, une nécessité. Nous ne parvenons pas à nous habituer à l'idée d'une société renouvelée et rajeunie, — oh! maternelle et prévoyante pour tous, indulgente et largement secourable pour les infirmités de la nature humaine, — mais qui n'admettrait pas d'autre loi que celle du travail, qui exigerait de chacun sa part de labeur et ne lui accorderait qu'à ce prix son salaire et sa récompense.

L'avenir est là, c'est évident. Mais nous lui tournons le dos. Nous nous cramponnons désespérément à des traditions vieillies; nous nous abritons dans des ruines qui finiront par s'écrouler sur nous-mêmes, si elles ne sont pas violemment renversées, d'ici là, par des mains impatientes et furieuses. Nous maintenons le droit du plus riche, qui ne vaut pas mieux que celui du plus fort. Nous laissons aux hommes de loisir tous les privilèges, aux travailleurs tous les fardeaux; et nous oublions qu'il est de stricte justice d'occuper tous les bras et toutes les intelligences, de donner à tous de la besogne et du pain.

D'ailleurs, notre apathie et notre indifférence ne changeront rien au dénouement, car, malgré tout, la force d'inertie finit toujours par être vaincue. Par une loi naturelle, historique, infaillible, le droit de propriété deviendra le partage d'un plus grand nombre, et la répartition des richesses entre les travailleurs se fera tôt ou tard plus équitablement. Mais, à bien des symptômes, on peut craindre que les retards apportés par nos lâches cœurs à ce juste progrès ne le hâtent, au contraire, hélas! au prix d'une sanglante révolution.

Est-il donc impossible de l'accomplir dès aujourd'hui, ce progrès salutaire, graduellement, pacifiquement, et de le faire passer dans les mœurs et dans les lois?

Je me pose cette question mélancolique en fermant le livre à double tranchant, où — semblables à deux cardinaux, dans un procès de canonisation — MM. Lafargue et Yves Guyot jouent les rôles de l'avocat de Dieu et de l'avocat du diable. Cette lecture me donne une autre tristesse. Elle m'est inspirée par les monstrueuses exagérations auxquelles les deux adversaires en arrivent pour se donner raison. Car, à lire M. Paul Lafargue, on croirait, par moments, qu'il trouve le sort du prolétaire européen plus affreux que celui d'un serf des temps carlovingiens ou d'un cannibale du cap Horn; et, après un de ces calculs fantasmagoriques dont les statisticiens ont le secret, M. Yves Guyot nous prouve, du ton le plus convaincu, que plus de huit Français sur dix ont, à l'heure qu'il est, part à la propriété foncière!

Les deux polémistes sont sincères, je n'en doute pas. Mais admirez jusqu'où mène le parti-pris! Et comment voulez-vous que deux hommes pareils se fassent jamais la moindre concession et se mettent d'accord sur quoi que ce soit?

C'est très beau, la bonne foi; mais, pour réaliser quelque chose de juste et d'utile, comme un peu de bonne volonté vaudrait mieux!

18 avril 1895.

L'Omnibus

APRÈS une absence de quelques jours, je trouve Paris sans omnibus.

Avril est la saison des grèves. En hiver, les pauvres gens se résignent difficilement à ce moyen extrême de faire valoir leurs droits. La misère est alors trop dure pour qu'ils l'aggravent de bonne volonté. Mais, dès que les lilas sont en fleurs, les syndicats s'agitent, et il faut nous habituer aux grèves printanières. Celle des Omnibus menace de devenir périodique.

Ces deux jours derniers, ayant dû sortir dès le matin, j'ai rencontré, à tous les coins de rues, des escouades de sergents de ville et des pelotons de

municipaux en armes. Par-ci par-là, se dressaient
même les silhouettes guerrières des gardes à cheval. J'ai lu, comme tout le monde, les réclama-
tions des grévistes. Elles m'ont paru très modérées,
presque timides. Était-il indispensable de donner
à Paris, pour si peu de chose, ce faux air d'état
de siège? Après tout, peut-être oui, si l'on inti-
mide ainsi les violents et si l'on prévient les bat-
teries et les coups de poing. C'est égal, au cas
où la richissime Compagnie des Omnibus serait
forcée de coucher les pouces et de faire à son
personnel, dont le service est très pénible, quelques concessions, nous n'en serions point autrement désolés, n'est-ce pas? Espérons que tout
va s'arranger à la satisfaction du petit monde,
promptement, sans trop de tapage, et que demain
ou après-demain nous verrons de nouveau rouler
les lourdes voitures et entendrons sonner joyeusement les compteurs.

Depuis d'assez longues années, je ne voyage
plus guère en omnibus. Je le regrette, mais le
temps me manque. Si je suis pressé, je saute dans
un fiacre, et lorsque j'ai devant moi — ce qui est
trop rare — une heure pour la flânerie, je prends,
comme disent les bonnes gens, l'omnibus de mes
jambes. Mais, en vieux Parisien que je suis, j'ai
beaucoup pratiqué, autrefois, ce démocratique
moyen de transport, et il m'inspire toujours un
vif intérêt.

Dans ma première enfance, l'omnibus ne ressemblait guère à l'imposant véhicule d'aujour-
d'hui, avec sa double banquette d'impériale, son
escalier en tire-bouchon, sa plate-forme et son
attelage de trois chevaux, — un de moins seulement qu'au Char du Soleil. On parlait alors de
prendre l'*Hirondelle*, la *Tricycle*, la *Béarnaise* ou
la *Dame Blanche* — car chaque ligne avait un
nom particulier — comme s'il se fût agi d'un
long voyage. Certaines de ces voitures n'avaient
pas de conducteur. On payait sa place d'avance
en un bureau où l'employé vous délivrait un reçu
détaché d'un registre à souche; et, quand on
voulait descendre, on prévenait le cocher en tirant
une corde qui flottait au plafond. Ces omnibus
des anciens jours se retrouvent encore dans de
petites villes de province où ils font le service du
chemin de fer.

J'ai vu naître la « correspondance », délivrée,
comme aujourd'hui, par le conducteur; mais il
portait alors l'ancien uniforme du personnel des
diligences, avec un cheval au galop brodé en argent sur le collet de sa veste et une casquette en
forme d'accordéon. Par exemple, le public était
semblable à celui d'à présent, et il y avait déjà
trop de gens à paquets et de dames obèses.

L'omnibus doit sa première apparition dans la
littérature à Paul de Kock. Le titre du roman
m'échappe, mais je me rappelle l'épisode. C'est

en été, par une lourde journée d'orage. Tous les voyageurs se sont endormis. L'un d'eux est un paysan, tenant sur ses genoux un panier rempli d'escargots. L'atmosphère humide et chaude invite les mollusques à faire un tour de promenade ; ils se répandent dans la voiture, se posent sur les vêtements, sur les mains, sur les visages des dormeurs, et même sur des parties plus mystérieuses de leur individu. Enfin les voyageurs se réveillent et poussent des cris d'effroi... Et je ne me charge pas de vous dire jusqu'où le campagnard, qui tient à rattraper ses limaçons, pousse ses fouilles indiscrètes sur la personne de ses compagnons et de ses compagnes de route.

Ces grivoiseries innocentes faisaient rire nos pères. Il nous en faut de plus perverses. On érigera, ces jours-ci, paraît-il, dans la commune des Lilas, le buste de Paul de Kock. Si je compare ses écrits à deux ou trois articles que je viens de lire dans les journaux, je suppose que c'est à titre d'homme vertueux et pudibond que l'auteur de *la Pucelle de Belleville* est l'objet de ce tardif hommage.

Mais revenons à l'omnibus et à mes souvenirs de petit garçon.

Pour moi, comme pour tous les enfants, c'était un grand plaisir d'aller en voiture. Mon père, l'excellent homme, ne pouvait m'offrir cette joie que dans la mesure de ses moyens, c'est-à-dire

moyennant trente centimes. Ma satisfaction n'en
était pas moins parfaite, surtout dans les voyages
nocturnes, et quand nous occupions la place du
fond. Assis sur les genoux paternels, j'aplatissais
mon nez contre la vitre d'où l'on voyait trotter
les deux chevaux de l'attelage. La lueur de la
grosse lanterne, attachée sous le siège du cocher,
n'éclairait, dans la nuit, que leurs croupes pom-
melées et leurs crinières flottantes. Dans mon
cerveau d'enfant visionnaire, les deux percherons
prenaient l'aspect de bêtes fantastiques. Je ne me
lassais pas d'admirer le puissant effort de leurs
cuisses, le jeu vibrant des muscles de leurs croupes,
et, là-bas, si blanche dans les ténèbres, cette
écume d'argent qui se soulevait et s'éparpillait
sans cesse sur leurs cous régulièrement secoués.

Plus tard, et longtemps encore, l'omnibus
resta mon équipage ordinaire. Mon esprit plein
de songes confus trouvait un calme singulier, un
isolement favorable au travail intellectuel, dans
le fracas des roues sur le pavé et des vitres fré-
missantes. Le soir, dans l'ombre et dans la chaleur
de la voiture, absorbé, les yeux demi-clos, j'ai
roulé amoureusement dans ma pensée bien des
mots et bien des images.

Heureux le poète qui naît et grandit en pleine
nature. C'est le murmure du vent dans les arbres,
c'est le bruit des lames sur la grève qui lui ré-
vèlent les lois secrètes du nombre et de l'harmo-

nie. Je ne suis qu'un enfant de la grande ville; mais, dans son tumulte, flottent aussi de vagues et exquises musiques; et le rythme est partout pour celui qui sait l'écouter. C'est dans l'omnibus, bercé par son roulement monotone, que j'ai scandé quelques-uns de mes premiers vers.

Là encore, j'ai fait de beaux rêves d'amour. Tout jeune, pauvre, très timide, j'avais une palpitation et un désir pour toutes celles qui passaient avec une gentille frimousse et des lèvres fraîches. Ah! je n'aurais pas été exigeant et j'étais prêt à adorer la première venue. Mais la passante, aimée dans l'espace d'une seconde, n'avait qu'à me regarder pour me faire baisser les yeux. Du moins, aux heures de nuit, dans la demi-obscurité de la voiture, s'il y avait une jolie voyageuse, elle ne voyait pas mon trouble, et je pouvais l'admirer tout à loisir, me jeter avec elle, par l'imagination, en une folle et délicieuse aventure de cœur. Le reflet d'or d'une chevelure, deux yeux profonds sous une voilette, un profil pensif, c'était plus qu'il n'en fallait pour déchaîner au fond de moi-même des tempêtes de passion et de volupté!... Ah! si elles avaient su!...

J'ai passé aussi de bien bonnes heures sur l'impériale, dans les étroites rues des quartiers populaires, par les tièdes soirées d'été, quand les fenêtres sont ouvertes. Emporté par l'omnibus au grand trot, je voyais défiler devant moi, sous le plafond bas des entresols, en scènes successives, la vie des humbles dans son intimité.

Ici, l'on dînait en famille, sous la suspension, tous les nez baissés dans la fumée de la soupe. Plus loin, un couple s'était déjà levé de table et mis à l'aise, et l'homme, en bras de chemise, fumait sa pipe, accoudé à la fenêtre auprès de sa bourgeoise en camisole. Dans chaque intérieur, un détail, rapidement aperçu, — une machine à coudre, deux verres sales près d'une bouteille, des livres sur une planche, un portrait d'homme célèbre accroché au mur, — révélait toute une existence. J'ai surpris ainsi plus d'une idylle, — fi! les effrontés amoureux! voulez-vous bien tirer les rideaux! — plus d'un drame, — oh! le lâche, qui lève la main sur une femme! — Puis, c'était une maman qui couchait le bébé; une jeune femme, pâle, l'air très las, qui se coiffait pour la nuit; un petit vieux qui jouait de la clarinette pour lui tout seul.

Ces fenêtres étaient comme des cadres; elles bordaient des tableaux de genre, variés et pleins de bonhomie, dignes d'un Téniers contemporain, d'un Chardin moderne.

L'omnibus! Je l'aime et je lui suis très reconnaissant; car je lui dois beaucoup. C'est surtout grâce à lui que j'ai coudoyé les petites gens, que j'ai appris à les connaître et les aimer. C'est là-haut, sur l'impériale, que j'ai causé avec les ouvriers. Je respecte infiniment les écrivains de noble compagnie, dont les livres sont bourrés de ducs et de comtesses. Mais, quand ils ont occasion de parler du peuple et de la rue, cela sonne faux, c'est fait de chic. On dirait vraiment qu'ils ne sont jamais sortis qu'en coupé de maître. Qu'ils aillent donc recevoir des leçons de vérité dans la voiture à tout le monde!

Quant à moi, je me reproche de n'y plus monter et j'en veux reprendre la bonne habitude. Aussi, j'ai hâte que cette vilaine grève soit finie. C'est en omnibus, parmi les humbles, que j'ai chance de rencontrer encore l'inspiration d'un conte ou d'un poème qui mérite de me survivre et — pourquoi pas? — qui transmette mon nom à la postérité.

« S'il vous plaît, contrôleur... Un numéro... pour la ligne du Panthéon. »

25 avril 1895.

Portraits

ETTE année, je suis allé au « Vernissage » du Salon des Champs-Élysées.
Ordinairement, redoutant la cohue,
j'attends quelques jours avant de visiter les expositions. C'est déjà une assez grande fatigue de
passer en revue deux ou trois kilomètres de tableaux, pour ne pas y ajouter celle de manœu-
vrer dans la foule et de traiter de « cher ami »
une centaine de particuliers dont on ne se rappelle pas le nom. Mais, cette fois, je voulais
montrer quelque empressement à voir, sur la
cimaise, mon portrait peint par M. Louis-Édouard
Fournier, et je tenais à serrer la main de l'artiste
devant son œuvre, qui est fort intéressante et
fort remarquée.

Il existe un assez grand nombre de portraits de
moi. Ce n'est pas, croyez-le bien, que je sois,
comme Narcisse, épris de ma propre image et
que je passe mon temps à me mirer dans le cristal
des fontaines. Au contraire. Je me déplais, plutôt. Mon visage est maintenant celui d'un vieux
garçon rangé des voitures et n'offre plus aucun
intérêt au point de vue de la bagatelle. Mais
j'avoue que, dans ma jeunesse, il m'eût été assez
agréable que mon sourire découvrît de moins
vilaines dents et que mon teint ne rappelât pas
si exactement la couleur des revers de bottes.
Vous voyez que je n'ai pas d'illusions sur mon
physique.

Si donc le pinceau, le crayon et le burin ont
plusieurs fois essayé de fixer mes traits; si leur
reproduction plus ou moins fidèle fut moulée en
plâtre, fondue en bronze et même taillée dans le
marbre, ne m'accusez pas de fatuité. Je ne fus
que complaisant.

Des camarades, voués aux arts plastiques, me
réclamèrent pour modèle, et je consentis, voilà
tout. Je ne m'explique pas très bien leur caprice,
mais c'est ainsi. Il paraît que ma physionomie
excite les statuaires et les peintres. Devant ce
teint, qui, comme je viens de le dire, n'a aucun
rapport avec les lys et les roses, mais est plutôt
comparable à du cuir sortant de chez le mégissier,
les hommes à palette prennent tout de suite leur

tube de jaune de chrome, en s'écriant : « Sacristi! Vous êtes d'un beau ton. » Je suis trop poli pour les contredire; mais, entre nous, j'ai eu naguère le regret de constater que ce n'était pas toujours l'opinion des dames.

Notez que ce goût des peintres pour mes « faibles attraits », comme disent les princesses de tragédie, date de loin, du temps où je n'avais aucune espèce de notoriété et où rien ne faisait présager que je dusse en acquérir un jour.

Enfin, pour une raison ou pour une autre, j'ai passé de nombreuses heures, assis sur mon derrière et sage comme une image, à contempler l'envers d'une toile posée sur un chevalet ou un bloc de terre glaise sur une selle de sculpteur, et à recevoir, à de courts intervalles, le choc du regard d'un artiste, de ce regard rapide et troublant, qui semble, à chaque coup d'œil, saisir et emporter un peu de votre personne. Pour un nerveux, ce n'est pas amusant de poser, mais à la longue, j'en ai pris l'habitude, et je pose aujourd'hui comme un romain. Quand j'additionne tous les instants que j'ai perdus à m'entendre dire : « Regardez-moi... Souriez un peu... Penchez la tête à gauche... Là! très bien!... » il me prend un regret de ne les avoir pas employés à écrire le poème épique qui manque à la France. J'en aurais eu le temps.

Mon iconographie est donc considérable. J'ai

beaucoup de portraits, qui tous me ressemblent,
si l'on veut, mais dont aucun ne ressemble aux
autres. Il y a bien, dans tous, un je ne sais quoi
qui donne la sensation qu'ils ont été faits d'après
le même individu, ce qu'on appelle un air de
famille; mais pas davantage. La chose n'a point
de gravité, quand il s'agit d'un gentilhomme sans
importance comme votre serviteur. Mais il en va
de même pour les plus grands personnages.

Titien et Holbein ont peint le roi François Ier.
C'est à peine s'il y a quelque rapport entre le
profil héroïque, évoqué par le grand Vénitien, et
le groin tuméfié, soigneusement copié par le
maître allemand. Les innombrables images de
Napoléon, que la mode exhuma des cartons dans
ces dernières années, sont, à cet égard, tout à fait
décourageantes. J'en suis désolé; mais je ne sais
pas au juste quelle était la figure de mon Empereur.

Le Coran aurait-il raison, quand il interdit de
reproduire, par les arts du dessin, la forme humaine? D'ailleurs, qu'il le défende ou non, absolument parlant, c'est impossible.

Un peintre, si réaliste qu'il soit et quand même
il ne serait pas plus ému devant un visage que
devant une carotte, a toujours cependant sa façon
particulière, spéciale, personnelle, de voir et de
sentir la nature. Sans parler des couleurs, qui, à
coup sûr, sont différentes pour les yeux de chacun

de nous, la forme, non plus, n'est jamais identiquement la même pour tous. Celui-ci voit sec et dur; celui-là, « flou » et enveloppé. Ajoutons que la part est grande, chez tous les artistes, de la manière, du parti-pris, du procédé, de l'habitude, — et chez quelques-uns, chez les plus grands, chez les meilleurs, — de l'idéal. On pourrait presque dire qu'un artiste, quels que soient sa conscience et son amour de la vérité, ne fait jamais que le portrait de son rêve.

Et que la Science ne se hâte pas de triompher, en brandissant des photographies, et de se croire supérieure à l'Art. L'objectif lui-même n'est pas infaillible. Il ignore les lois de la perspective. Par exemple, je n'ai rencontré encore, dans aucune photographie, un nez, vu de face, qui fût pareil au modèle. On trouve, ici, plus de précision, plus de détails; mais il existe, entre plusieurs portraits photographiques de la même personne, de fortes dissemblances, et l'écart est encore très notable qui sépare l'image de la réalité. De plus, point de couleur, — du moins jusqu'à nouvelle découverte. — C'est encore le peintre qui peut le mieux fixer, du bout de ses brosses, l'impression générale d'un visage humain.

Dieu me pardonne! Je tombe dans l'esthétique, alors que je n'y entends goutte et que je considère cette prétendue science — entre nous soit dit — comme de la viande à gens soûls. Excusez-moi.

La ressemblance d'un portrait n'est intéressante que tant qu'on peut le comparer au modèle vivant ou tant qu'il reste, du moins, des témoins qui ont connu ce modèle. Au bout d'un temps plus ou moins long, le portrait ne garde que sa valeur d'art et n'a de chance d'être conservé que s'il est beau. Tout au plus, le pieux souvenir des familles respecte-t-il quelques croûtes. Mais il ne faut pas s'y fier, et les familles, elles aussi, s'éteignent et disparaissent tôt ou tard. La qualité du modèle, ressemblant ou non, n'a aucune influence sur la destinée d'un portrait. Franz Hals a peint, il y a plus de deux cents ans, une servante de cabaret qui triomphe au Louvre et qui y restera peut-être pendant des siècles; et j'ai vu, l'autre jour, devant l'échoppe d'un marchand de bric-à-brac, un toutou qui levait la patte sur l'aristocratique image d'un grand seigneur à cordon bleu.

Mardi dernier, au « Vernissage » du Salon des Champs-Élysées, d'innombrables portraits ont défilé devant mes yeux. Quelques-uns, bien peu certainement, — on peut le dire sans offenser le talent et l'effort des artistes, — deviendront un jour la parure et l'honneur des musées et des collections. Le sort des autres est trop mélancolique pour que j'y arrête ma pensée. « Vieux tableau » est un des plus cruels termes de mépris créés par l'argot populaire.

Cependant, c'est pour l'homme un besoin très
légitime de laisser après lui sa ressemblance ou
— pour mieux dire — son spectre. Et l'on con-
tinuera de s'asseoir près des chevalets et de faire
braquer sur soi le canon des appareils photographiques. On n'aura pas tort, après tout; car il
est encore des cœurs fidèles qui n'oublient pas
les disparus et s'attendrissent devant leur image,
même inexacte et informe. Je sais un homme en
cheveux gris, qui tire parfois du fond d'un tiroir
la carte-portrait, toute jaunie et presque effacée,
d'une jeune femme en crinoline et en manches
pagode, et qui la regarde, je vous assure, sans
sourire de la toilette surannée. Beaucoup d'entre
nous ne s'estiment-ils pas très heureux d'entrevoir
encore, dans le miroitement d'une vieille plaque
de daguerréotype, les traits de parents chéris et
vénérés?

J'ai, dans ma chambre à coucher, les portraits,
brossés par un peintre d'enseignes, de mes aïeux
du côté maternel. Je ne les ai connus ni l'un ni
l'autre, et le barbouilleur les a, très probablement,
défigurés. N'importe! Je sais que la vie de ce vieux
serrurier en redingote des dimanches et de sa
femme en bonnet à ruches fut probe et pure; et
j'ai plaisir à garder sous mes yeux les deux mé-
chantes toiles. Je ne sens plus du tout le ridicule
de ces icones naïves et presque caricaturales.
Que dis-je? Elles me sont précieuses et sacrées.

C'est si bon de savoir qu'on descend d'honnêtes gens !

Faisons-nous donc portraiturer, sans nous inquiéter de ce que deviennent les vieilles peintures. Il est incorrigible, notre instinct de nous survivre autant que possible, et nous ne nous résignons pas à admettre la douloureuse vérité que Victor Hugo formula en ces deux admirables vers :

L'homme, fantôme errant, passe sans laisser même
Son ombre sur le mur.

2 mai 1895.

Ma Correspondance

———

E soir, j'entre dans ma chambre de travail et je jette un regard désolé sur les
paperasses qui l'encombrent. Que de
livres dont le couteau de bois n'a pas encore
coupé les pages! Que de manuscrits dont le canif
n'a pas fait sauter la ficelle! Que de lettres, surtout, auxquelles je n'aurai jamais le temps de
répondre! Il y en a sur le bureau, sur le divan,
sur les fauteuils, sur la tablette de la cheminée.
Tout cela dans un désordre qui pourrait séduire
un peintre de nature morte, mais qui me remplit
de chagrin. Car ces piles écroulées de volumes et
de brochures, ces rouleaux amoncelés comme des
bûches dans un hangar, ces lettres accumulées sous

le presse-papier, sont autant de remords pour moi. Tous ces imprimés, tous ces manuscrits m'adressent des reproches amers. Ils me disent : « Tu ne nous as pas lus... Tu ne nous as pas répondu... » Hélas ! c'est vrai !...

Remarquez que je suis encore un naïf, un consciencieux. Je fais de mon mieux, je vous assure. Chaque soir, le coude dans l'oreiller et malgré ma vue fatiguée, je lis ou, du moins, je parcours un volume. Je feuillette, quand j'ai une heure à moi, les nombreux cahiers de vers ou de prose qu'on m'envoie. Je réponds ou je fais répondre à presque toutes les lettres. Il y a des jours où j'ai la langue séchée à force de coller des timbres-poste.

« Mais la mer montait toujours ! » comme déclamait superbement Frédérick Lemaître, dans *le Docteur Noir*. Depuis deux ans surtout, depuis que ces libres causeries m'ont mis en communication directe et constante avec le grand public, je me noie dans cette marée de style, je m'enlize dans ce sable littéraire. Très différent de Camoëns, qui sauva son manuscrit de la fureur des flots, je vais être englouti par des flots de manuscrits. Au secours !

Sérieusement, je demande grâce à mes correspondants.

Il y a la corbeille aux papiers, me direz-vous ? J'en use. Il y a aussi la cheminée ; et, cet hiver, j'ai failli, trois fois, y mettre le feu. Mais on ne peut jeter au panier ou aux flammes que les choses insignifiantes ou ridicules — on en reçoit beaucoup — et les injures anonymes. Pour tout le reste, on a des scrupules. On répond ou quelquefois — la paresse est si douce! — on se dit : « Je répondrai demain. » Et la besogne s'amoncelle, et l'on est débordé.

Comme le monde est mal arrangé, tout de même! Un écrivain arrive à... cherchons un mot modeste... à la notoriété? Comment y est-il parvenu? Par son travail. Mais à partir du jour où le voilà célèbre, tout conspire à l'empêcher de travailler. On lui prend son temps, son repos d'esprit. Adieu la bonne flânerie, le rêve fécond.

Dès le matin, la tasse de café au lait ou de chocolat qu'on lui apporte dans son lit — voyez-vous, le sybarite! — est empoisonnée par le paquet de lettres. Et, toute la journée, ding, ding, c'est la sonnette, c'est le défilé des visiteurs et des quémandeurs. Il essaie de se défendre, de se barricader, donne à la femme de chambre des consignes terribles. Il n'y gagne rien. Pour son malheur, le roi Louis XI, qui se connaissait en tortures, inventa la poste; et l'importun repoussé a sous la main une vengeance toute prête, la vengeance épistolaire. Il se multiplie sous forme de télégrammes, de missives recommandées, toujours « urgentes », toujours « absolument

personnelles ». Et, quand le persécuté s'écrie :
« Finissons-en ! » et prend la plume pour répondre, — ding, ding, ding ! — c'est la sonnette
qui recommence et qui l'interrompt encore. La
bonne lui présente une carte. Le nom qu'il y lit
est celui de quelqu'un à qui, sans outrage, il ne
peut fermer la porte au nez, presque d'un ami. Le
malheureux donne donc avec résignation l'ordre
de faire entrer, et se répète mélancoliquement le
mot de Théophile Gautier : « Ceux qui viennent
me voir me font honneur; ceux qui ne viennent
pas me font plaisir. »

Et l'article pour demain n'est pas fini, souvent
même n'est pas commencé ! Et il y a là, dans ce
carton, dont le maître du logis n'a pas touché
depuis de longs mois la poignée de cuivre, les
premières pages du poème qu'il désespère d'a-
chever jamais, du testament intellectuel et sentimental dans lequel il voulait naguère, en des
heures moins dévorées par les devoirs inutiles et
parasites, mettre l'essence de sa pensée et de son
cœur !

Vous haussez les épaules, peut-être. Vous ne
me croyez pas. Vous dites : « Quel énervé ! Ne
saurait-il, comme un négociant ponctuel, consacrer une heure à son courrier tous les matins ? »
Mais je les envie, les négociants. Ce n'est pas
compliqué, leur correspondance. Ils écrivent po-
sément, avec des plumes de fer nettoyées dans

de la grenaille de plomb, sur du papier à en-tête
gravé, ils abrègent les mots, ils ont un jeu de
phrases et de formules. C'est tout de suite fait;
et ils n'ont que l'inquiétude des échéances. Tandis
que l'homme de lettres!...

Tenez, dépouillons, s'il vous plaît, mon stock
de correspondance en retard.

Voici d'abord les demandes de secours. C'est
la tristesse quotidienne. Impossible de donner à
tous, de donner autant qu'on voudrait, autant
qu'il faudrait. Et puis, les malheureux sont pro-
lixes, couvrent quatre pages d'écriture serrée et
de prose attendrissante pour aboutir à la demande
d'une pièce de cent sous. Relisez, à ce point de
vue, dans *les Misérables,* les lettres de mendicité
rédigées par Thénardier, et admirez-en le style et
l'orthographe. Ce sont des chefs-d'œuvre de vérité. Mais je n'insiste pas. *Res sacra miser.*

Que désirent ce collégien, ce bas-bleu allemand, cette jeune fille américaine? « Une ligne
de votre main qui... Quelques mots tracés par
cette plume dont... » Après tout, la corvée n'est
pas longue, et souvent je m'exécute. — Oh!
qu'elle est imprudente, la ligne que je viens de
tracer! — Mais j'avertis les braves gens à qui j'ai
envoyé un peu de mon écriture qu'ils ne pos-
sèdent pas un trésor. Elle ne vaut pas grand'-
chose, ma calligraphie; on les a pour rien, mes
autographes. Ce que c'est d'être bon enfant et

d'avoir écrit « Mignonne, voici l'Avril! » sur d'innombrables albums! A la salle Sylvestre, j'atteins trente sous tout au plus, au feu des en- chères.

Déchirons quelques autres enveloppes et soyons navrés par ce monotone refrain : « Un emploi, une place, du travail... Du travail, une place, un emploi... Vous n'avez qu'un mot à dire... On ne peut rien vous refuser, etc... » O candides solli- citeurs! Mais je suis le moins influent des hommes auprès des puissants du jour. Dans ce monde-là, il n'existe qu'une morale : donnant donnant. Le seul service que je puisse leur rendre, c'est d'imprimer, à l'occasion, sur leur compte, ce que je crois être la vérité; et ce genre de ser- vice-là est toujours payé d'ingratitude. Adressez- vous ailleurs. Ma recommandation ne vaut pas celle d'un garçon de bureau.

Pouah! que nous veut ce billet empuanti de musc?... En croirais-je mes yeux? comme on dit dans le vieux répertoire. Un rendez-vous galant! Répondre aux initiales M. E. X., poste restante! Mais, romanesque inconnue, ouvrez le Larousse. Vous y verrez que je suis né sous la tyrannie de Louis-Philippe, et je vous réponds que mes pho- tographies sont très retouchées, très rajeunies. D'ailleurs, je la devine, la détraquée qui poursuit de ses entreprises amoureuses les poètes et les gens de lettres. Alphonse Daudet prétend que c'est toujours la même, et depuis trente ans! En ce cas, madame, si je me sauve en vous abandonnant mon manteau, ce n'est pas parce que je me trouve trop vieux. Et puis, j'ai de la méfiance. *Latet anguis...* Il doit y avoir un manuscrit sous roche.

Regardez maintenant défiler quelques « raseurs » : le chapelier qui prétend avoir le physique et l'organe de Mounet-Sully et qui tient absolument à me hurler les fureurs d'Oreste et la grande tirade de Fénoux au troisième acte de *Pour la Couronne;* l'homme à projets — je ne le connais pas, mais il doit avoir le crâne en pointe — qui veut m'entretenir — oh! pendant une heure ou deux seulement — d'un « clou » merveilleux qu'il a inventé pour la prochaine Exposition; le toqué qui désire m'expliquer un moyen simple et pratique de résoudre la question sociale en cinq sec... Au panier! Passons...

Enfin, voici — très nombreuses — les lettres de jeunes poètes. Ah! ceux-là, ils me font de la peine, car je les aime. Presque toujours, leurs vers ne sont pas fameux, ou bien, quand ils sont bons, ne le sont pas assez. Et toujours l'éternelle question, où l'on sent palpiter un pauvre cœur de vingt ans : « Soyez mon juge... Dois-je travailler, persévérer?... » Que répondre? J'ai bien, présent à la mémoire, le mauvais exemple donné par de très grands maîtres : « Je salue en vous

une aurore... Vous êtes plus poète que moi... »
Mais ces mensonges intéressés me font horreur.
Je tâche de m'en tirer poliment et franchement à
la fois. Hein? pas commode? Je leur dis : « Ne
rêvez pas la gloire... Soyez d'abord un homme
utile... » Comprendront-ils? Suivront-ils mon
conseil? Dans tous les cas, ils vont souffrir, et
par moi. Et puis, des regrets me saisissent. Si je
m'étais trompé? Ces vers qui me semblent im-
parfaits, je ne les juge qu'avec mes habitudes
d'esprit, mes préjugés littéraires. Peut-être y a-t-il
là une espérance? Ce serait affreux, plus tard, le
remords d'avoir méconnu, contristé, découragé
le poète génial et nouveau qui doit venir, que
nous attendons, que nous saluerons d'un cri
d'enthousiasme — et qui nous mangera tous en
salade.

Ah! ces manuscrits et ces volumes que m'a-
dressent les « jeunes », c'est mon gros souci. Et
encore, je ne puis les lire tous, écrire à tous.

Pourtant, demain matin, j'aurai une joie, en
essayant de mettre à jour ma correspondance.
Je remercierai par un billet Henri Barbusse du
plaisir que m'a donné le tendre et triste rêve de
son premier livre, *les Pleureuses*. Les pièces du
début sont un peu obscures pour mon goût; mais,
plus loin, la brume se dissipe, et l'on assiste à ce
frais et charmant spectacle, l'aube d'une jeune
âme.

Mais, j'y songe. A quoi bon le billet? Quelque bon camarade mettra bien ces lignes sous les yeux d'Henri Barbusse. Pour moi, qui suis accablé de besogne épistolaire, c'est une lettre de moins à écrire — et j'y gagne un timbre-poste.

9 mai 1895.

A propos de Romans

AVEC l'âge, la lecture des romans me devient difficile. Évidemment, j'ai tort, car ils occupent une place considérable — peut-être même la première — dans la littérature de ces vingt dernières années, et c'est la forme sous laquelle se sont manifestés presque tous les maîtres modernes.

Flaubert, les frères de Goncourt, Daudet, Zola, Maupassant, Bourget, Loti, c'est la pléiade en prose de la seconde moitié du dix-neuvième siècle. Et je ne cite que les hommes du premier rang. Il y a, autour d'eux et derrière eux, toute une phalange de romanciers qui ont du talent, et beaucoup. Le théâtre et la poésie — avouons-le —

sont loin d'être dans un état aussi florissant. Jamais
il ne s'était fait encore une si large dépense d'observations et de connaissances sur la vie et sur
'homme dans ce genre littéraire, lequel s'est,
d'ailleurs, absolument transformé et a pris le caractère sérieux de l'étude morale et sociale.

On a raillé le mot de Zola, « la grande enquête ».
Pourquoi? Il est fort juste. Bien plus que leurs
devanciers — en mettant à part, bien entendu,
l'immense Balzac — les romanciers contemporains fourniront aux historiens de l'avenir des renseignements très précieux sur notre temps.

Pour prendre un exemple, est-ce que les personnages de George Sand, si prestigieux qu'ils
soient, nous paraissent maintenant possibles et
vraisemblables — autrement qu'à titre d'exceptions extraordinaires — dans le monde bourgeois
du règne de Louis-Philippe? Mais nous coudoyons
à chaque pas les prolétaires de *Germinal* et de
l'Assommoir; et la jeunesse du jour nous offre,
hélas! de trop nombreux exemplaires du « petit
féroce », comme le Paul Astier de Daudet, ou le
Casal de Bourget, capables de tout pour la satisfaction de leurs appétits et de leurs vices.

Nos romanciers ne font plus, à proprement
parler, œuvre d'imagination. Ce qu'ils nous ra-
content est tout au plus une anecdote, longue-
ment développée; et les intransigeants de la
chose se contentent même de nous servir une

tranche de vie, saignante et fraîchement coupée.
Tout l'intérêt réside, non dans le récit quelconque,
mais dans les descriptions et les analyses qui l'accompagnent. Petits poissons, longues sauces.
Celles que nous ont fait goûter les psychologues
et les naturalistes sont d'une merveilleuse saveur.

Soyons justes pour les conteurs modernes. On
vit rarement artistes plus sincères et plus probes.
Ils ne travaillent que d'après nature, ont le viril
amour de la vérité. Mais ils ont deux gros défauts,
la tristesse et le pessimisme. Chose singulière!
Ces romanciers sont des espèces de médecins qui
ont entrepris de nous guérir du romanesque et
qui nous traitent par les amers. En avions-nous
tellement besoin? Et l'idéal et la chimère sont-ils
les maladies dont nous souffrons le plus ordinairement? Mais ne sortons pas de la question. Ce
n'est pas la faute des romanciers si l'air qu'on
respire à notre époque ne contient pas un gaz
exhilarant et si nos grimaces désolées sont fidèlement réfléchies dans les miroirs qu'ils nous pré-
sentent.

Je reconnais donc, comme vous voyez, tout
leur mérite. Pourtant, je le répète, depuis quelques
années, le plaisir est moins franc, moins vif, que
j'éprouve à lire un roman, fût-il parfait. Symp-
tôme de vieillesse, j'en ai peur. Mais c'est ainsi.
Qu'il est loin, le temps où je languissais d'amour
pour Emma Bovary!

Aux pages les plus émouvantes, je me dis :
« Après tout, cela n'est pas arrivé; » et me voilà
tout de suite consolé des peines de cœur de l'hé-
roïne, qui n'a pas trouvé l'homme de ses rêves
dans la personne de son troisième amant. Qu'est
devenu mon formidable appétit de jeune homme,
mon ancienne boulimie de fictions? J'avalais tout.
J'ai digéré jusqu'à du Gustave Eymard, du Ponson
du Terrail. Que ne suis-je la grisette qui achète,
dès l'aube, son *Petit Journal,* et se jette sur le
feuilleton, avec un battement de cœur, pour savoir si cette canaille de marquis est bien l'enfant
qu'on a changé en nourrice, au prologue, ce qui
modifierait terriblement son état civil et ferait
de lui le fils d'un guillotiné !

Vainement je me dis que mon sens critique
s'est affiné, que je suis devenu plus difficile. La
belle avance! Aimer la lecture et avoir du goût,
c'est un malheur comparable à celui d'un gour-
met affligé d'un mauvais estomac. Et puis, non,
je ne suis pas devenu si raffiné. Si les romans ne
m'amusent plus autant qu'autrefois, c'est, selon
toute apparence, que je crois de moins en moins
aux événements qui s'y passent, c'est que j'ai
perdu le don de me figurer les personnages qui
s'y agitent, c'est que je vieillis, en un mot, et
que je deviens plus économe de mon imagination
et de ma sensibilité.

Le croiriez-vous ? J'incline aux lectures sérieuses, aux voyageurs, aux historiens, aux moralistes. Je sais bien, pourtant, qu'ils sont, eux aussi, des marchands d'illusion, que les voyageurs peuvent mentir impunément, que les historiens sont pleins de partis-pris et de jugements téméraires, que toute vérité formulée par un moraliste fait songer immédiatement à la vérité contraire, qui a souvent l'air d'être aussi vraie. Il y a bien encore les poètes ; mais je préfère à présent ceux que je sais par cœur. Relire, alors, comme Royer-Collard ? Si mon latin ne s'était pas évaporé, j'en arriverais à me promener dans la campagne, avec un Horace dans ma poche, comme un président de tribunal ou un colonel du génie en retraite.

Est-ce que je tournerais au vieux monsieur? Holà ! Pas encore !

D'ailleurs, quoique les romans aient perdu beaucoup de leur charme à mes yeux, je les lis quand même, par devoir professionnel, pour me tenir au courant ; et, hier soir, j'ai eu une très bonne surprise. *L'Autre Femme,* par J. H. Rosny, m'a passionné, intéressé et — pour tout dire — m'a fait veiller jusqu'à deux heures du matin.

Oh ! toujours l'analyse ! Rien ici que des sentiments et des sensations. Imaginez un malheureux homme, — pas méchant, ayant même du cœur et de la délicatesse, mais égoïste et sensuel, — qui, après plusieurs délicieuses années de ménage, subit une furieuse crise de polygamie, prend une

maîtresse, néglige sa femme, souffre de la faire
souffrir et la supplicie de jalousie, sans qu'elle
arrive jamais à lui arracher un aveu ou à trouver
une preuve positive de la trahison.

Voilà tout, mais j'ai rarement lu quelque chose
de plus poignant. Et quelle simplicité de composition ! Rien que l'époux et l'épouse. Les enfants,
à peine entrevus. La maîtresse n'apparaît même
pas, n'est désignée — une seule fois — que par
une initiale. Mais un enfer moral arde dans ce
livre de douleur : l'adultère de l'homme, avec
toutes ses bassesses, toutes ses misères, toutes
ses tortures. En vérité, cela est très fort et très
nouveau.

Ne me soupçonnez pas, je vous prie, de complaisance amicale. Des deux Rosny — car cette
signature, J. H. Rosny, cache une collaboration
fraternelle — je ne connais que l'aîné et fort peu.
Nous sommes-nous rencontrés cinq ou six fois ?
Tout au plus. Mais ce que je sais de l'existence
des deux frères est héroïque et touchant. Ce sont
des isolés, des farouches. Ils vivent au fond d'une
de ces banlieues parisiennes, trop peuplées, mais
où l'on trouve, tout de même, encore quelques
jardinets, et qui, par ces chaudes soirées de printemps, sentent la sueur et les lilas. Ils sont là,
près du peuple, travaillant avec une joie acharnée,
dans une sorte de délire littéraire, atteints jusqu'aux moelles de la maladie du chef-d'œuvre.

Depuis peu d'années, ils ont déjà publié treize volumes, — treize, vous entendez! — bourrés de choses, trop touffus, — du moins les plus anciens, qui sont, je crois, de l'aîné seul, — mais tous pleins de puissance et de talent.

Les lettrés, sans doute, estiment les Rosny. Les frais paysages anglais de *Nell Horn,* les scènes du peuple révolutionnaire dans le *Bilatéral,* le beau poème préhistorique, *Vamireh,* où passe un grand souffle qui rappelle Chateaubriand, cette descente dans les abîmes de la misère, intitulée: *l'Impérieuse Bonté,* tout cela est connu, apprécié par quiconque sait tenir proprement une plume. Nous avons aussi constaté avec grand plaisir, dans les plus récents livres des Rosny, que la composition s'est simplifiée, que le style a secoué sa vermine de mots scientifiques, s'est purgé d'une partie de son vocabulaire, qui était rebutante et pédantesque. Enfin, les gens de lettres n'ignorent pas la haute valeur des Rosny comme écrivains et comme artistes.

Pourquoi restent-ils cependant couverts d'une demi-obscurité? Pourquoi ne sont-ils pas encore parvenus au grand public? Après avoir lu leur dernier ouvrage, et aussi l'avant-dernier, *l'In-domptée,* qui, l'un et l'autre, s'adressent à la masse des lecteurs, j'éprouve le besoin de crier: « Cela est injuste! » Est-ce que les critiques ne finiront pas par rendre justice à ce labeur imposant, à

cette production persévérante, à ce progrès constant et manifeste? A tout hasard, je leur signale
l'Autre Femme.

Dans cette œuvre cruelle, mais saine et robuste,
ils découvriront ce je ne sais quoi qui vous force
à tourner passionnément les pages, jusqu'à la fin,
et qui s'appelle la maîtrise.

16 mai 1895.

En Corse

IL y a longtemps, me semble-t-il, que nous n'avons parlé politique. Mais, si vous le voulez bien, nous continuerons à la négliger; car elle n'a jamais été moins intéressante.

Nous avons bien eu le discours de Bordeaux, véritable modèle de stérile abondance, qui, imprimé en petit texte compact, encombre plusieurs colonnes grand in-folio du journal *le Temps*, et dans lequel je n'ai trouvé de précis que la promesse d'un impôt sur les domestiques. Le budget sera désormais équilibré par des mesures fiscales concernant les cochers et les cuisinières. Soit. Mais peut-être serait-il préférable de mieux surveiller les Collignons politiques qui accrochent, à chaque coin de trottoir, le fiacre de l'État, et d'empêcher les gâte-sauces parlementaires de faire danser l'anse du panier. Nous avons eu aussi une petite interpellation, pas bien méchante, sur les mœurs électorales en Corse. Elles ne doivent pas pourtant — j'en ferais le pari — être plus dégoûtantes qu'ailleurs. Et voilà, n'est-il pas vrai? bien des heures et des paroles perdues.

Cependant, ce mot de Corse, que je retrouve, depuis quelques jours, dans les journaux, me rajeunit de quinze ans. Je me retrouve sur le pont du *Zouave,* l'un des paquebots qui faisaient alors le service entre Marseille et Ajaccio. Il est cinq heures du matin. Nous entrons en rade devant une éclatante et pure aurore de la fin de mai, et, bien avant d'avoir accosté, nous respirons le délicieux parfum du maquis.

« Rien qu'à l'odeur, disait l'Empereur à Sainte-Hélène, je reconnaîtrais la Corse, les yeux fermés. » C'est, en effet, la sensation qu'on éprouve en approchant de l'île fameuse. Cette montagne, qui surgit en pleine mer, embaume comme un bouquet.

Je me suis promené en Corse pendant une quinzaine de jours seulement, comme un simple touriste, et je n'ai pu y faire, par conséquent, que des observations fort superficielles. Mais j'ai gardé, de ce voyage, un souvenir enchanteur.

Le pays est admirable; et, pour ceux qui ne craignent pas la chaleur, — moi, je l'adore, — c'est le meilleur des climats. Quelques heures torrides; mais, deux fois par jour, la caresse de la brise marine. Et quelles nuits! Tièdes, parfumées, splendides! Un ciel de velours sombre, où palpitent de resplendissantes étoiles! Pendant les quelques soirées que j'ai passées à Ajaccio, je ne pouvais me décider à rentrer à l'hôtel. Je m'attardais, bien après minuit, sur le quai, — près du bassin des plantes aquatiques, au milieu duquel se dresse un buste triomphal de Napoléon, — à écouter le chant éperdu des grenouilles, à contempler l'azur lumineux du ciel et de la mer, à respirer cette atmosphère de bonheur.

Les environs d'Ajaccio, c'est un coin d'Afrique. Partout, l'aloès érige sa hampe rigide, le figuier de Barbarie échafaude le désordre de ses raquettes vertes. J'étais là au moment où les cistes sont fleuris et criblent la verdure noire de taches, jaunes, roses ou blanches. Mais ces fleurs sont inodores. Ce qui sent bon, ce qui lance des effluves capiteux et salubres, ce sont les branches et les feuilles, c'est le maquis lui-même, — un taillis presque impénétrable de toutes sortes d'arbres résineux.

Si vous vous élevez dans la montagne, le décor change, et vous pourriez vous croire dans les plus riantes vallées des Pyrénées. Par malheur, les torrents sont à sec. Le manque d'eau, c'est l'infortune

de la Corse. Mais voici les arbres forestiers de chez
nous, les hêtres, les chênes, les châtaigniers; et
vous voyagez dans la fraîcheur et sous l'ombrage
des majestueuses futaies.

Une île enchantée, vous dis-je!

Mais les habitants?

Eh bien! ils ont de très grandes vertus, les
Corses, les vertus essentielles, celles des peuples
primitifs. Ils sont hospitaliers, sobres, de mœurs
sévères, d'une parfaite honnêteté, surtout. Il y a
des années où la cour d'assises de Bastia n'a pas à
juger une seule affaire de vol. Elle voit toujours
défiler devant elle, il est vrai, un assez grand
nombre de meurtriers. Mais tâchez donc de faire
comprendre à un Corse que la *vendetta* est autre
chose qu'une espèce de duel à l'américaine. La
victime était prévenue, vous disent-ils, et, avant
de lui envoyer une balle dans le corps au tournant
d'un chemin, son ennemi lui avait jeté, devant
témoins, le défi traditionnel : « Garde-toi. Je me
garde. » Tant pis pour l'assassiné; il n'avait qu'à
tirer le premier.

Un général en tournée d'inspection, fort aimable homme dont j'avais fait connaissance sur
le paquebot, m'a mis en rapport, pendant mon
séjour à Ajaccio, avec le commandant de gen-
darmerie, qui m'a dit des choses fort intéressantes
à propos de la *vendetta*. Elle n'éclate jamais que
pour trois causes : les affaires de femmes, d'abord,

bien entendu ; puis, assez rarement, la politique, les querelles électorales ; et, quelquefois aussi, le partage des eaux. Car l'eau étant très rare, là-bas, comme je viens de le dire, le fait de détourner un ruisseau au détriment du voisin est considéré comme abominable. Des meurtres pour si peu de chose, voilà, certes, de détestables habitudes. Pourtant, le bandit n'est pas un brigand. Il est sans exemple qu'un de ces criminels, après s'être jeté dans le maquis, se soit mis à détrousser les passants. Dans aucun pays, le voyageur ne court moins de dangers qu'en Corse.

Le brave gendarme, qui me renseignait sur les mœurs locales, m'a raconté, entre autres choses, une histoire assez bouffonne.

Le maire d'un village des environs de Sartène, à qui l'un de ses voisins avait déclaré la *vendetta*, n'en continua pas moins à aller, tous les jours, au café, faire sa partie de dominos. Seulement, par précaution, tout en essayant de boucher les six, il gardait son fusil tout armé sur ses genoux ; et, chaque fois que s'ouvrait la porte de l'établissement, il empoignait son arme et se tenait prêt à faire feu.

Je vous accorde que ce sont là de mauvaises conditions pour méditer une pose savante et infliger une « culotte » à son adversaire. Mais, tout de même, un pays où il n'y a presque pas de voleurs, hein ? c'est cela qui nous changerait !

Une autre vertu des premiers âges, qui s'est conservée intacte en Corse, c'est l'hospitalité. Un homme du pays peut traverser l'île d'un bout à l'autre, sans un sou dans sa poche; et il n'a même pas besoin de demander l'hospitalité; on la lui offre. Ce souci que le Corse a de son hôte, — même à l'auberge et quand il paie son écot, — j'en ai moi-même recueilli une preuve, passablement comique, mais touchante quand même.

Voyageant en landau dans la montagne, j'arrive, vers le soir, au gros bourg de Vico, et je me présente à l'unique hôtel de l'endroit, tenu par une respectable demoiselle, qui répondait au nom historique et ronflant de Pozzo di Borgo. Je lui étais recommandé. Elle m'accueille à merveille, me sert un excellent dîner; mais la maison étant pleine, — c'était, si j'ai bonne mémoire, la veille du marché, — elle m'annonce que je coucherai en ville, chez son oncle, qui vient, en effet, me chercher après le repas. C'était un vieux paysan à barbe grise, coiffé d'un feutre, vêtu de velours marron, portant — comme tout Corse qui se respecte — son fusil en bandoulière, et qui ne savait pas un mot de français. Il prend ma valise, me guide à travers les ténèbres du village endormi, me mène au fond d'un cul-de-sac, me fait monter au troisième étage d'une maison d'apparence sinistre et m'introduit dans une chambre rustiquement meublée. Puis, après m'avoir jeté un rauque

buona sera, il sort, et — cric! crac! — m'enferme
à double tour.

J'étais prisonnier, pour la nuit, dans ce logis
inconnu, qui ne ressemblait pas mal à un coupe-
gorge. Ce n'était pas — avouez-le — très rassurant. Mais je suis insouciant de nature, et sans
chercher davantage à m'expliquer l'action du bonhomme, je me mis au lit et m'endormis profondément. Au matin, je fus réveillé par un bruit
rythmique et, au milieu de la chambre ensoleillée,
je vis le vieux Corse, toujours armé de son fusil,
qui cirait vigoureusement mes bottines. Je fis ma
toilette; il me reconduisit jusque chez sa nièce;
et, quand je demandai à l'aimable demoiselle pourquoi son oncle m'avait ainsi mis sous clef, elle me
répondit sans aucun étonnement : « Mais, monsieur, vous lui étiez confié. Il répondait de vous.
Sa précaution est toute naturelle. »

Forte race, en somme, et digne d'estime, que
ces Corses. Ils n'ont qu'un tort, leur rage de venir
sur le Continent pour y grignoter quelques miettes
du budget. On est pauvre là-bas, je le sais bien;
et d'ailleurs il serait injuste de leur reprocher, plus
qu'à d'autres, cette manie des places. Elle est commune à tous les Français, et, dans cent ans d'ici,
si les choses vont toujours du même train, le la-
bourage et la moisson seront confiés à des fonctionnaires.

N'importe, si j'étais Corse, je ne quitterais pas

si facilement mon beau pays, et, à l'existence tri-
viale et précaire du douanier, du gendarme, du
petit employé, je préférerais la noble et libre misère d'un chévrier, nourri de châtaignes, dans l'île
parfumée.

23 mai 1895.

La Retraite

I vient d'arriver, dans le monde littéraire, un événement qui mérite de fixer un moment l'attention.

Un écrivain, qui touche à peine au seuil de la vieillesse et que la faveur du public n'avait nullement abandonné, a fait savoir à ses lecteurs que c'était fini, qu'il déposait sa plume pour toujours, en un mot qu'il prenait sa retraite. M. Hector Malot n'écrira, ne publiera plus rien désormais. Il l'a déclaré solennellement, dans un assez long morceau, qui, jadis, aurait eu pour titre : « Adieux à la muse ».

Mais les adieux du romancier sont en prose et

ne rappellent que de fort loin ce vers de Racan,
l'un des plus suaves de la poésie française :

Il est temps de jouir des délices du port.

Je distingue là plutôt l'accent modeste, mais
satisfait, du notable commerçant qui, sentant l'âge
venir et ayant acquis une honnête aisance, quitte
sagement les affaires. Peut-être eût-il mieux valu
ne point proclamer, *urbi et orbi,* une résolution si
légitime, si naturelle, et se retirer tout simplement
à l'anglaise? Ce manque de discrétion — faute
très vénielle, d'ailleurs — m'étonne d'autant plus
de la part de M. Hector Malot, qu'il avait été,
jusqu'à présent, irréprochable sous ce rapport,
menant une vie très digne et très solitaire, fuyant
les coteries, dédaignant la réclame.

Hélas! il faut toujours se méfier de l'apparente
modestie des gens de lettres, de leur mépris de la
gloire et de leur air de n'y pas toucher. M. Malot
tient à nous faire remarquer le vide laissé dans
nos rangs par son départ, et il nous oblige à mesurer ce vide. Nous sommes persuadés que sa
nombreuse et fidèle clientèle le regrettera; nous
n'ignorons pas ses solides succès; nous rendons
justice à son labeur considérable, à son talent
consciencieux et robuste. Pourtant, la littérature
française, il faut bien le dire, ne perd pas en lui
un de ses grands chefs; ce n'est qu'un lieutenant-
colonel qui prend sa retraite.

Mais écartons les questions de personnes. L'action d'un écrivain qui s'arrête en pleine production, en plein succès, obéissant au seul souci d'éviter la décadence, n'est pas d'une âme médiocre, a quelque chose de noble et d'émouvant. Je dirai même que c'est une action héroïque; et la preuve, c'est qu'elle est fort rare.

Mais un doute s'empare de moi. Peut-on renoncer à son art, quand on l'aime? Un spirituel moraliste a dit : « Le châtiment de ceux qui ont trop aimé les femmes, c'est de les aimer toujours. » Le supplice n'est-il pas le même, du vieux littérateur qui s'obstine à écrire et à publier? Car, si bonne opinion que nous ayons de nos écrits, nous nous jugeons. Il est impossible que le poète ou le prosateur sur son déclin ne sente pas, pendant son travail, l'impuissance de l'effort, ne s'aperçoive pas du tarissement de sa pensée et de son imagination. Oh! que ce doit être douloureux, cette fuite des idées, cette désertion des mots! Hier, pourtant, toute cette armée intellectuelle était sous vos ordres, obéissante et disciplinée; elle manœuvrait docilement, au moindre signe. Et voilà que se tait l'artillerie des verbes, que se débandent les régiments d'épithètes, les escadrons de métaphores. L'horrible sensation doit être pareille à celle d'un général, le soir d'une bataille perdue, au milieu d'un sauve-qui-peut.

Eh! oui, mille fois oui! Il serait très sage, très

raisonnable de jeter la plume dès qu'on la sent
un peu lourde dans sa main, de ne pas attendre
l'heure des défaillances. Mais un homme de lettres
digne de ce nom n'a pas d'autre goût que les
lettres. S'il n'écrit plus, que voulez-vous qu'il de-
vienne? En lui supposant des rentes, croyez-vous
qu'il puisse se résigner à l'existence imbécile d'un
vieux rentier, qui fait sa manille au café, en hiver,
pêche à la ligne, en été, et tapote le baromètre
tous les matins pour savoir s'il faut prendre un
parapluie? Allons donc! Rien ne pourra lui ôter
l'envie de mettre du noir sur du blanc. Car on l'a
dans le sang, ce besoin-là.

Aujourd'hui, moi qui vous parle, je suis souffrant et fiévreux, et, de plus, me voici encore une
fois en retard pour cet article. J'en ai écrit les premières lignes avec peine et sujétion, comme disent, dans leurs mémoires de travaux, les entre-
preneurs de bâtisse. Eh bien! c'est fini. Déjà, je
me reprends à l'amusement de couvrir ma page;
et, ce soir, quand on m'apportera les épreuves,
j'aurai une demi-heure d'innocente volupté à respirer l'odeur à la fois aigre et fade que produit la
combinaison du papier humide et de l'encre
fraîche, à faire la chasse aux « coquilles », à
changer un mot par-ci par-là, à donner le dernier
coup de peigne. Et, demain matin, quand je ferai
sauter la bande du *Journal,* un nouveau plaisir
m'est encore réservé, celui de voir mes deux co-

lonnes en première page, imprimées en « neuf »,
avec ma signature en caractère gras. Et je vous
défends de vous moquer de moi. Qu'y a-t-il de
moins ridicule qu'un ouvrier qui aime son état?

Que dites-vous? Que je devrais être blasé? Je
le suis, en effet, sur pas mal de choses. J'ai trop
lu, par exemple; et c'est tout au plus, à présent,
si trois ou quatre volumes par an me donnent la
secousse de l'inattendu. Le théâtre aussi a perdu
pour moi son prestige, et tout de suite je m'a-
perçois que le jeune-premier parle du nez et que
l'ingénue doit avoir un fils en mathématiques
spéciales (classe des vétérans). Que me reste-t-il?
Pas grand'chose. La cigarette, la conversation; —
et voici que je sens s'approcher — avec désespoir,
d'ailleurs — le temps où la vertu de Scipion me
deviendra très facile. Blasé, soit; mais pas sur la
joie honnête et permise de faire de la « copie ».

Tout de même, la question se pose. L'homme
de lettres doit-il songer à la retraite?

J'ai, dans le jardin de mon asile de campagne,
un vieux poirier qui fait peine à voir. Son tronc
fendu, crevassé, est rongé de chancres, de gommes
malsaines. La plupart de ses branches sont mortes;
deux ou trois seulement donnent, en avril, quelques maigres fleurs, en mai, des feuilles sèches et
noirâtres. Pourtant, à l'automne, l'affreux vieillard
m'offre encore ses dernières poires, racornies,
dures comme pierres, immangeables. Il faut,

comme moi, pousser jusqu'à la superstition le respect des vieilles choses, pour avoir épargné cet arbre, dont la sénile laideur attriste le verger. Devant lui, je songe quelquefois à l'agonie intellectuelle du poète caduc et ne produisant plus que des fruits ratés et difformes; et alors, je veux que ce cadavre de poirier disparaisse.

« Par ici, jardinier, prends ta hache. Il nous faut du bois mort, sous le hangar, pour les flambées du soir, au prochain octobre. »

J'hésite pourtant. L'ordre cruel expire toujours sur mes lèvres; et, depuis plusieurs années, je laisse la vieille souche épuiser sa dernière goutte de sève, je recueille sa récolte hideuse.

Et j'ai raison. C'est le même scrupule qui m'empêcherait d'accabler d'une ironie, qui me ferait même louer d'un pieux mensonge l'œuvre mal venue d'un vieil écrivain. A coup sûr, il eût mieux fait de ne pas s'attarder, d'entendre sonner le couvre-feu. Mais que sait-on? Peut-être a-t-il encore besoin de travailler pour vivre, malgré ses succès d'autrefois, l'homme de plume? S'il a vécu par le cœur et par l'imagination, s'il a été généreux et prodigue, — c'est dans l'ordre, — sa fin doit être précaire et laborieuse.

Un de mes amis m'a raconté que, vers la fin du second Empire, ayant affaire au *Petit Journal,* que venait de fonder Polydore Millaud, il remarqua, dans l'antichambre où stationnaient de nombreux

solliciteurs, un grand et lugubre vieillard, en redingote râpée, assis sur une chaise, dans une attitude anguleuse de sauterelle, et tenant son chapeau gras sur ses genoux, avec un geste de pauvre.
La feuille d'audience était, ce jour-là, très chargée,
et le maigre bonhomme attendit longtemps son
tour, sans que personne fît attention à lui. Enfin,
le domestique, qui introduisait les visiteurs, l'ap-
pela tout haut par son nom :

« Monsieur de Lamartine. »

C'était l'immense poète, l'ancien maître de la
France, qui venait proposer sa « copie » dépré-
ciée au directeur de la feuille populaire, et lui demander aussi, sans doute, une petite avance.

Vous frémissez de pitié ? Que n'avait-il, le pauvre
homme de génie, réformé sa vie en temps utile, payé
ses dettes, purgé les hypothèques de Saint-Point ?

Taisez-vous donc ! Devant la satisfaction d'un
négociant de lettres qui ferme boutique après
fortune faite, j'admire, moi, cette fin abominable
du vieux Pégase attelé à un fiacre et mourant dans
le brancard. Lamartine, dites-vous, a galvaudé sa
plume, noyé sa gloire dans le fatras de ses derniers écrits. Qu'importe ? Infaillible abeille, l'admiration de la postérité ne s'y trompe pas et ne
se pose que sur les chefs-d'œuvre.

30 mai 1895.

Pour un Buste

———

Il y a, dit Hamlet, quelque chose de pourri dans l'État de Danemark. »

Cette citation bien connue de Shakespeare m'a trotté par la cervelle, l'autre jour, dans le train de banlieue qui m'emportait, pour tout l'été, vers ma retraite champêtre. Il est vrai que j'avais pris les journaux à la gare et que j'y avais lu le compte rendu de l'interpellation sur les Chemins de fer du Sud. Oh! soyez tranquilles. Nous sommes écœurés de scandales, et je n'ai pas l'intention d'insister sur celui-ci, lequel, d'ailleurs, comparé à ceux d'il y a deux ans, n'est que de la petite bière et n'a pas fait plus d'effet qu'une chandelle romaine en retard éclatant après le bouquet d'un feu d'artifice.

Nous sommes blasés, je le répète, et nous avons perdu, en pareille matière, jusqu'à la faculté de l'étonnement. Quand on nous a appris que plusieurs hommes politiques — déjà nommés, comme disent les palmarès — étaient mêlés à cette opération véreuse, nous avons haussé les épaules en murmurant : « Naturellement! » et nous sommes allés à nos petites affaires. Nous ne nous troublons plus pour si peu ; et notre indifférence égale celle du fameux grammairien, l'abbé de Dangeau, qui, apprenant le désastre de Malplaquet, se bornait à répondre : « C'est très fâcheux, sans doute; mais tout cela n'empêche pas que j'aie, dans mon tiroir, deux cents verbes bien conjugués. »

Pas un instant non plus, nous ne nous sommes bercés de l'espoir que l'interpellation aurait le moindre résultat et qu'on ferait enfin la chasse aux fripons. Instruits par l'expérience, nous avons perdu les illusions d'un autre âge. Nous savons fort bien que l'égalité devant la loi, dès que la politique est en jeu, n'existe plus. Nous voyons briller le ruban et même la rosette rouge à certaines boutonnières, pour lesquelles on devrait créer une distinction spéciale qui serait précisément le contraire de la Légion d'honneur, tandis que, l'autre jour, les tribunaux ont cassé de son grade de chevalier, gagné sur le champ de bataille, un pauvre diable de vieux soldat, qui

avait braconné deux ou trois lapins; et ces énor-
mités ne nous indignent plus. A quoi bon envoyer de nouveau des hommes politiques en vil-
légiature à Mazas? Le budget des prisons est déjà
bien assez lourd; et l'on prétend justement que,
cette année, les haricots seront hors de prix.

L'accès de vertu, d'ailleurs suspect, qui a
poussé, l'autre jour, radicaux et socialistes à la
tribune, a donc raté; et l'opinion ne s'en est nullement émue. Il n'est pourtant pas inutile de si-
gnaler, dans cette discussion, le système de défense adopté par l'un des politiciens mis en cause;
car il est absolument nouveau et il va sans doute
établir un précédent.

« Eh bien, oui, — a dit, ou à peu près, l'ancien panamiste avec une désinvolture charmante,
— oui, je fais des affaires, et les affaires qui me
plaisent, et je gagne de l'argent comme bon me
semble, et cela ne vous regarde pas. Et je suis
encore trop bon de consacrer quelques heures
de mon précieux temps et une partie de mes
hautes capacités à vous aider à bâcler des lois.
C'est, de ma part, un sacrifice, et vous devriez
me remercier. Pendant que, dans cette enceinte,
moyennant une indemnité qui représente à peine
mes timbres-poste, je vous apporte mes lumières
sur les raisins secs ou sur les bouilleurs de cru,
sachez que je manque d'excellentes occasions de
tripoter et d'arrondir ma fortune. Vous croyez

que je tiens à la vie politique? Pas du tout. J'y
perds; et, si vous étiez justes, loin de faire les dégoûtés, vous me féliciteriez de mon patriotisme
et de mon désintéressement. »

Ce discours — dont j'exagère à peine les
termes — n'a d'ailleurs soulevé que de rares pro-
testations. On a plutôt admiré l'aplomb, « l'estomac » de l'orateur; car les effrontés sont à la
mode. Tout cela est bien vilain, n'est-il pas vrai?
et le mot d'Hamlet s'applique à merveille au
monde parlementaire. Il y a là quelque chose de
pourri, décidément.

Pour combattre l'odeur de faisandé qui me
poursuit toujours après la lecture d'une séance
de la Chambre, je m'installe devant les roses
nouvelles de mon jardin avec un volume âgé de
quarante ans et plus, les *Scènes de la vie de Bohème*. Le remède est bon. Jeunes fleurs et vieux
livre ont le même parfum de printemps.

Henri Mürger est un peu oublié, et je n'aurais
pas songé à le relire, je l'avoue, sans l'aimable
visite de quelques étudiants, qui sont venus m'in-
téresser à leur projet d'élever, dans le jardin du
Luxembourg, un modeste monument à ce poète
de l'amour et de la jeunesse.

C'est une excellente idée, et j'ai tout de suite
promis mon concours. Il y a deux ans, nous
avons installé, parmi les lilas, l'image de notre
cher Banville. Celle de Leconte de Lisle y aura

bientôt sa place. Mettons-y Mürger, d'autres encore.

Créons, dans ces verdures, ce qu'ont les Anglais sous la nef de Westminster, le « coin des poètes ». Dans notre pays, que les haines politiques ou religieuses rendent, hélas! iconoclaste par accès et où les statues triomphales ne sont jamais bien solides, on respectera du moins ces édicules érigés en souvenir d'esprits charmeurs et bienfaisants. Nous le savons par expérience. La colonne du conquérant est moins ferme sur sa base que le buste du poète.

Mürger mérite l'honneur que veulent lui faire ces jeunes gens du Quartier Latin. Je me rappelle que, jadis, dans le cénacle parnassien, nous n'étions pas tout à fait justes pour l'auteur de *la Vie de Bohème*. La forme de ses vers — un peu molle et incertaine — ne nous contentait pas ; et j'entends encore les plaisanteries de mon cher ami Catulle Mendès à propos de cette image, assez malheureuse, en effet :

> *Et si tu frappais à ma porte,*
> *Mon cœur, Musette, irait t'ouvrir.*

Nous avions tort. Si le style de Mürger n'est pas exempt de manière et d'afféterie, ce défaut se rachète, chez lui, par des dons très originaux et très naturels de sensibilité, d'esprit et de grâce. Et puis — rare mérite — il est un sincère amoureux.

N'est-ce pas dans une page d'Anatole France que j'ai lu cette jolie pensée : « La principale fonction des poètes, c'est qu'ils aident à aimer! » Mürger a rendu ce service sentimental à tout jeune homme ayant le cœur délicat, mais né près du peuple et débutant par d'humbles amours. La folle et volage Musette, la douce, maladive et touchante Mimi sont des créations délicieuses. Mes contemporains et moi, — je ne parle, bien entendu, que des pauvres, — nous n'avons eu d'abord pour amies que des femmes qui leur ressemblaient. Elles nous ont aimés — et trompés — et nous fûmes pour elles, comme le bon Mürger, très tendres et très indulgents. C'est lui qui nous fit comprendre que ces pauvres filles étaient encore bien généreuses de nous aimer un peu, que dis-je? de nous « préférer », malgré notre misère, et qui nous enseigna à recevoir Musette à bras ouverts, sans jaloux amour-propre et sans reproches injustes, quand elle revenait à nous, et à couvrir des larmes et des baisers du pardon celle qu'il appelle si gentiment « Muse de l'infidélité ».

Ils m'ont fait plaisir, ils m'ont rajeuni pour une heure, ces jeunes gens qui veulent rendre hommage à Henri Mürger. L'auteur du monument, le sculpteur Bouillon, m'a montré sa maquette, qui m'a beaucoup plu. Un socle enguirlandé de roses et, dessus, le buste du poète, très

ressemblant, chauve et mélancolique. Vous le
voyez, c'est bien simple : et l'artiste ne veut être
payé qu'en gloire. Pourtant, la somme nécessaire
pour le travail matériel n'est pas encore tout à
fait réunie.

J'ai souscrit. Faites-en autant, vous tous qui
n'étiez riches, à vingt ans, que de poésie et d'a-
mour, vous qui avez cueilli les fraises des bois
avec une Musette, vous qui avez pleuré sur la
main maigre et fiévreuse d'une Mimi agonisante !
Souscrivez vite ; et le poète des amours pauvres
triomphera dans le Luxembourg, avant que soient
fanées les dernières roses de la belle saison !

Pour moi, je songe qu'un de ces politiciens
dont la dernière honte me remuait la bile tout à
l'heure, mourra demain peut-être et qu'on voudra
qu'il se dresse en airain dans sa ville natale.
Alors, n'ayez pas peur, grâce à la niaiserie et à
la mauvaise foi d'un parti, les listes de souscriptions seront immédiatement couvertes. Mais,
quand il s'agit d'avoir un peu de bronze et de
pierre pour honorer la mémoire d'un charmant
poète, il faut tendre la main.

Eh bien ! je la tends.

6 juin 1895.

L'Impôt sur les Célibataires

———

E voudrais donner mon modeste avis sur l'impôt qui menace les célibataires. Mais j'ai bien peur que les gens mariés ne me coupent tout de suite la parole avec fureur. Je les entends déjà d'ici.

« Vous êtes un vieux garçon. Vous ne pouvez être juge et partie. Vous n'avez pas voix délibérante. L'homme qui s'attarde dans le célibat est un égoïste, un inutile, un jouisseur, un être immoral. Comme le coucou, il dépose ses œufs dans le nid des autres. Il s'affranchit des devoirs les plus essentiels, il mange à lui tout seul la part de plusieurs; il est une non-valeur sociale. Qu'on le taxe, et raide! Le projet de loi est excellent, et nous espérons bien qu'il sera voté. »

Tout beau, messieurs les époux! Moins de violence, je vous en prie! Prenez garde! On pourrait
croire, à la passion haineuse que vous apportez
dans le débat, que vous nous enviez et que vous
en avez par-dessus les oreilles, de votre bonheur
conjugal et de vos joies de père de famille! Je
me rappelle la profonde maxime de La Rochefoucauld : « Il est de bons mariages; il n'en est
pas de délicieux. » Modérez donc vos transports,
et laissez-moi pousser mon venin.

D'abord, l'impôt ne sera pas voté — ou bien
passons vite une couche de badigeon sur le premier mot de la devise qui orne nos murailles.
S'il me faut payer pour rester garçon, ou, du
moins, si l'on m'oblige à donner au percepteur
— qui pourra ne pas les admettre — les raisons
qui m'empêchent de convoler en justes noces,
— j'en suis bien fâché, — mais les droits de
l'homme sont dans le troisième dessous. Naguère,
dans les pays d'esclaves, le commandeur accou-
plait, à sa guise, sous le nerf de bœuf, les noirs
et les négresses; et le seigneur russe mariait
aussi, le knout en main, ses serfs, selon sa fantaisie; mais ces abominations, grâce au Ciel,
n'existent plus.

Notre République athénienne veut-elle en revenir là? Cet impôt humiliant et vexatoire, frap-
pant une classe très nombreuse de Français, ne
serait qu'une forme atténuée de mesures aux-

quelles on a renoncé dans les steppes de Russie et dans les plantations de canne à sucre.

Ah! elle va bien, la liberté! Elle est jolie, la démocratie indulgente et paternelle! On nous imposera, un de ces jours, le vote obligatoire, et plus tard, sans doute, le mariage à coups de bâton, comme dans Molière. En attendant, si tu prétends dormir seul, il faut passer à la caisse, mon bonhomme! Ah! un tyran, s'il vous plaît, un Néron, un Nabuchodonosor, mais qui ait le sens commun et qui ne permette même pas la discussion de pareilles insanités!

Savez-vous que je suis un peu inquiet et que les articles sur la question, qui me sont tombés sous les yeux, à droite et à gauche, m'ont désagréablement étonné? La plupart, j'en conviens, ne montrent que peu de confiance dans le succès du projet de loi. Mais, nulle part, je n'ai lu qu'il constituait un absurde attentat contre un droit naturel et élémentaire. En général, on s'est contenté de décrire les délices du foyer et de la famille et de déclarer que le vieux garçon était suffisamment puni par sa solitude, mais sans demander contre lui d'autres châtiments. Seulement, on déclarait toujours bien haut qu'il avait été très coupable en ne se mariant pas, et toujours on prêtait à son abstention les motifs les plus bas, principalement l'égoïsme et la débauche.

Voyons, ce n'est pas sérieux. Est-ce un procédé

loyal de représenter tout célibataire comme un
personnage de Forain, un satyre du trottoir nocturne, rôdant sans cesse devant la devanture des
magasins de modes et guettant la sortie des
trottins? Le type existe, je n'en disconviens pas,
et il est fort répugnant. Mais — dites-moi —
tous les hommes mariés sont-ils vertueux et mo-
nogames? Combien d'austères bourgeois, à cheval sur les principes devant leur femme et leurs
enfants et se gargarisant, dans tous leurs discours, de la morale la plus sonore, vont chercher
honteusement, loin du nid conjugal,

De l'amour sans scandale et du plaisir sans peur.

Chez le célibataire, qui n'a pas un intérêt capital à cacher ses fredaines, le vice est plus appa-
rent, soit; et c'est d'un mauvais exemple. Mais,
si les cyniques me dégoûtent, les hypocrites me
font horreur. Ne sait-on pas que les libertins,
mariés ou non, sont presque tous incurables? Le
fait de se présenter, en compagnie d'une jeune
personne coiffée de fleurs d'oranger, devant un
monsieur ceinturé de soie tricolore, est un remède inefficace contre les folies de la chair. Le
Code, qui est, en cette matière, une forte école
de scepticisme, ne tient pas compte, sinon dans
des circonstances particulièrement graves, de l'a-
dultère masculin; et, malgré la loi, beaucoup

d'hommes mariés pratiquent l'amour ancillaire
et se constituent un petit harem. Rappelez-vous
la phrase si souvent prononcée entre commères :
« Cette pauvre madame une telle ne peut pas
garder une bonne. »

Laissons ces turpitudes, et, parce qu'un homme
vit dans le célibat, ne l'accusons pas gratuitement
de n'avoir pris ce parti que pour se livrer à de
plus libres débauches.

La plupart du temps, c'est, au contraire, un
obstacle fort respectable qui l'a obligé de lutter
contre l'instinct, si impérieux pourtant, de se
choisir une compagne, de se survivre dans une
descendance. J'ai interrogé bien des vieux garçons. Presque tous m'ont donné de leur célibat
une raison très légitime, et souvent très douloureuse. C'était la misère, la mauvaise santé, une
grande peine de cœur, un devoir. L'un soutenait
du produit de son travail ses proches parents
sans ressources, une mère pauvre et veuve, des
sœurs non mariées ; l'autre, jusqu'au delà de
l'âge mûr, ne gagnait qu'à peine son pain et ne
s'est pas cru le droit d'associer une femme à son
existence chétive et précaire, de faire souche de
misérables. Celui-ci avait aimé sans parvenir à
faire partager son sentiment, avait été rebuté par
la seule qu'il eût souhaitée pour épouse. Celui-là,
plus à plaindre encore, savait qu'il charriait dans
son sang les germes d'un mal héréditaire, et fré-

missait à la pensée qu'il naîtrait de lui des innocents condamnés à la souffrance.

Prétendez-vous, ô bâcleurs de lois, stigma-
tiser ces malheureux de votre impôt ridicule, les
mettre à l'amende comme des coupables, ou bien
faudra-t-il qu'ils fassent valoir leurs cas d'exemp-
tion? Exigerez-vous qu'ils comparaissent devant
un fonctionnaire spécial pour lui avouer leur
honte ou leur chagrin intime, lui raconter leurs
drames de famille, lui montrer leur plaie secrète
ou leur cœur brisé? Instituerez-vous un jury de
psychologues pour apprécier les ravages senti-
mentaux, une commission médicale qui s'assurera
que le contribuable est, pour de bon, scrofuleux
ou épileptique?

Allons! vous voyez bien que votre projet d'impôt est grotesque.

Une fois de plus, nous touchons ici du doigt
l'erreur démocratique et jacobine, qui veut réformer les mœurs par lois et décrets. S'il y a
tant de célibataires, c'est parce que, dans la société moderne, l'existence d'un chacun devient
toujours plus difficile, plus coûteuse et plus compliquée; et le nouvel impôt n'y changerait rien.
Prenons un exemple. Il n'y a, pour ainsi dire,
pas d'ouvrier dont le salaire suffise à entretenir
une ménagère et des enfants; et, s'il épouse une
femme qui travaille de son côté, plus de ménage,
plus de famille. Il ne s'agit pas de faire des

phrases sur les foyers et sur les berceaux. Un ouvrier qui recule devant une perspective de misère certaine pour lui et les siens, et qui reste
garçon, est simplement raisonnable. Le projet
de loi propose, contre lui, l'impôt — d'ailleurs
excessif — de dix jours de travail. Cinquante ou
soixante francs, c'est énorme. Cependant il les
paiera; car cet homme de bon sens sait fort bien
que l'état de mariage lui coûterait beaucoup plus
cher. Et vous n'obtiendrez pas une famille de
plus, et vous ne verrez nullement décroître, dans
les statistiques, le total des enfants naturels.

Inutile, l'impôt sera, de plus, inique, et à tous
les degrés de l'échelle. Il épargnera, sur son très
honorable titre d'époux et de père, l'intrigant
qui aura « tombé » une héritière, et il atteindra,
au contraire, le gentilhomme ou simplement
l'homme d'honneur qui n'aura pas voulu trafi-
quer de son nom ou de sa personne. Tenez! ce
sont plutôt les dots qu'il faudrait frapper d'un
impôt, et, pour favoriser les hyménées, attaquez,
si vous l'osez, le honteux usage qu'ont les jeunes
gens de se vendre et les chefs de famille de se
procurer un gendre comme on achète un taureau
sur le champ de foire. De là, de l'ignoble question
d'argent, viennent tant d'unions malheureuses,
d'adultères, de divorces, de scandales de toutes
sortes. Législateurs, encouragez les mariages sans
dot. Toutes les filles vous béniront.

Quant aux célibataires, si vous avez absolument besoin de leur argent pour boucher un des trous de cette gigantesque écumoire qui s'appelle le budget, taxez-les, après tout. Ils paieront, en haussant les épaules. Mais, sachez-le bien, vous frappez des infortunés, qui ne sont nullement responsables de leur malheur. Sauf quelques très rares amants de la solitude, — et ce n'est pas un crime, — tous les vieux garçons ont, un jour, fait ce beau rêve, qui est celui de tous les hommes : « Aimer la même femme, pendant toute la vie, et mourir, le plus tard possible, comme un vieillard de Greuze, en bénissant des petits-enfants ». Mais la destinée n'est pas si commode, du moins, pour les délicats. S'ils n'ont pas réalisé leur idéal d'amour et de famille, croyez-moi, ce n'est pas leur faute. Celui qui écrit ces lignes — tout en gardant son secret — a le droit de parler ainsi. En ce moment même, il sent, au fond de son vieux cœur, se rouvrir et saigner une très ancienne cicatrice, et, si l'impôt était voté, chaque quittance des contributions lui rappellerait un des plus gros chagrins de sa vie.

13 juin 1895.

Snobisme

Si peu agréable que soit la vie, en cet absurde été que nous allons probablement passer au coin de notre feu, elle m'est encore chère, je l'avoue, et je n'ai aucune envie de me faire écharper par les esthètes. Cependant, je ne puis résister au désir qui me travaille, et je les supplie, en y mettant toutes les formes qu'on voudra, de nous accorder une trêve — une simple trêve — pendant laquelle il ne serait plus question de Botticelli ni de Burne Jones. A Dieu ne plaise que j'aie l'imprudence de risquer la moindre parole irrévérencieuse contre ces deux peintres, pas plus contre le vieux maître que contre l'artiste contemporain! N'ayant d'eux et de leurs

œuvres qu'une connaissance très imparfaite, —
comme la plupart des gens qui en parlent, d'ailleurs, — j'admire de confiance; et, si je souhaite
quelque répit à l'enthousiasme exclusif qu'ils soulèvent depuis quelques années, c'est uniquement
pour donner le temps de passer à la mode, adoptée
par beaucoup de femmes, de ces affreux bandeaux
qui n'en finissent plus, et qui, collés aux joues,
cachent tout à fait les oreilles.

L'autre jour, assis à la terrasse d'un café de la
rue Médicis, j'ai regardé le défilé des jeunes personnes du Quartier Latin. Triomphez, ô quatro-
centistes! Pendant un quart d'heure, je n'ai pas
vu un seul bout d'oreille, pas seulement la queue
d'une, comme dit la chanson.

Je vous assure, mesdemoiselles, qu'une jolie
oreille est pourtant bonne à montrer. Je n'ai malheureusement plus l'âge de vos amoureux pour y
couler de tendres paroles; mais j'aime à voir, en
artiste, s'ouvrir, parmi les algues onduleuses de
la chevelure, ce frais coquillage de chair. Est-ce
que, par hasard, mes mignonnes, vous n'auriez
pour amants que des critiques d'art? Vos bandeaux
longs et plats sont peut-être très esthétiques; mais
— croyez-en un vieil amateur — cela ne vous va
pas du tout. Et puis, entre nous, — ne vous fâchez
pas, mes amours, — vous n'avez pas une physionomie assez quinzième siècle. Pour risquer les
bandeaux à la Botticelli, il faut des innocences

dans le regard, des sensualités dans le sourire, un
tas de rêves et de mystères, de quoi faire de la
« copie » jusqu'à demain. Un peu de franchise !
Avouez que l'idée ne vient pas de vous, que vous
avez rencontré un « type » en cravate mil huit
cent trente qui vous a donné le conseil de vous
coiffer comme cela. Mais vous n'êtes pas moyen-
âgeuses pour deux sous, et, avec ces bandeaux
lugubres, soyez-en certaines, vous gâtez vos mi-
nois chiffonnés de Parisiennes, vos gentils mu-
seaux de trottins.

Cet accès de botticellisme, qui porte les gri-
settes à s'allonger l'ovale du visage, est un signe
des temps, comme diraient les gens graves. Il
correspond à un état d'esprit, aujourd'hui très
répandu, et qui est en train de pervertir un grand
nombre de nos contemporains. A tout prix, on
ne veut pas être confondu avec un Philistin ou —
comme dit énergiquement l'argot moderne —
avec un « mufle ». Le moindre bourgeois prétend
désormais au titre de dilettante. Mais, comme il
n'a pas, en ces matières difficiles, de goût spécial,
de préférence personnelle, il accepte avec obéis-
sance le dernier caprice de la mode, il répond
passivement à l'appel du dernier cri, il s'embarque,
sans dire « ouf », sur le dernier bateau. Bien vite,
le plus ordinairement, la mode change, le cri s'é-
teint, le bateau fait naufrage. Qu'importe ! Le faux
artiste, le snob, en est quitte pour changer d'avis,

8

pour demander le nouveau mot d'ordre et se conformer à la consigne la plus récente.

Il joue, dans la vie, ce qu'on appelle au théâtre
un rôle à travestissements, et il change d'âme
comme l'acteur change de perruque. En très peu
de temps, il a eu successivement l'âme russe, l'âme
belge, l'âme scandinave. Pour le moment, il attend que le Val d'Andorre nous donne un second
Shakespeare ou qu'un autre Hugo nous soit fourni
par la République de Saint-Marin. Quant au génie français, le snob l'a en horreur, bien entendu,
et n'admet, dans cet ordre d'idées, que de rares
exceptions. Récemment, par exemple, il était tout
feu tout flamme pour Racine, — ô surprise ! —
mais pour un Racine, selon la critique d'hier, auteur de la seule *Bérénice* ou à peu près, psycho-
logue raffiné et coupeur de cheveux en quatre, lequel Racine n'a que très peu de ressemblance avec
celui de la réalité, gros garçon à l'œil dur, grand
poète, mais mauvais coucheur, confrère envieux,
souple courtisan, qui débuta en viveur et finit en
dévot.

Ce que désire avant tout le snob, c'est qu'on
le remarque à l'avant-garde. Il est de toutes les
avant-gardes. Seulement, de temps en temps, il
se retourne et s'aperçoit qu'il n'y a plus d'armée
derrière lui. Alors, sans scrupules ni transitions,
il passe à l'ennemi et recommence. Abonné du
défunt Théâtre-Libre, il fut naguère réaliste, pes-

simiste, exigea du « cruel » et même du dégoû-
tant, applaudit à tout rompre les pièces rosses,
les drames amers. Maintenant, c'est fini. Il lui faut
du compliqué ou du mystique. Il est amoureux
des dames d'Ibsen, plus détraquées, aussi chimé-
riques et moins séduisantes que leurs aînées, les
héroïnes de George Sand, ou bien il se passionne
pour des cabots grimés en Jésus-Christ.

Parfois, un malheur lui arrive. Il fait une « gaffe »
énorme. Il déclare qu'il a senti passer le souffle
d'Eschyle dans un « mélo » quelconque venu
d'Outre-Rhin. En vain les journaux allemands si-
gnalent son erreur et lui disent que ce qu'il prend
pour une rose est considéré là-bas comme un na-
vet; le snob n'en démord pas, tant est incorrigible son amour pour la littérature d'importation.
A l'heure qu'il est, il s'excite sur d'Annunzio, sans
s'apercevoir que le talent — très grand, d'ailleurs
— du romancier italien est surtout fait d'assimi-
lation, que l'auteur d'*Il piacere* est un profiteur et
qu'il nous ressert du Zola, du Bourget et du Maupassant.

Mais c'est surtout en faveur des poètes étrangers que le snob, dans son enthousiasme, est pareil à un lion furieux. C'est à peine s'il a lu d'eux
quelques fragments traduits; car, comme la plupart de ses concitoyens, il n'en sait pas plus long
que le Sganarelle du *Mariage forcé* et de toutes
les langues de l'Europe, il ne connaît que la vul-

gaire et la maternelle. Cependant — chose merveilleuse ! — il est ferré à glace sur les lakistes, et
vous jureriez qu'il a toujours un Shelley sur sa
table de nuit. Quant aux poètes de son temps et
de son pays, il les méprise et n'a, dans sa bibliothèque, qu'un certain nombre de volumes dus aux
plus extravagants de nos symbolistes, — toujours
l'avant-garde ! — volumes de formats singuliers,
carrés, oblongs, ayant un faux air d'album ou
d'eucologe, pleins de pages blanches et de faux-
titres, du reste, et dont les vers, trop longs ou trop
courts, offrent de si étranges combinaisons typo-
graphiques qu'on se demande s'ils n'ont pas la
prétention de représenter un objet quelconque,
— un verre à patte ou une croix de la Légion
d'honneur.

En musique, comme vous savez, nous vivons
sous le régime de la terreur wagnérienne. Le snob,
tout naturellement, est un des pires jacobins, un
des plus farouches sans-culottes de la chose. Si un
imprudent compositeur ose risquer une mélodie,
il court le dénoncer au Comité de Salut public,
l'expédie à la guillotine et danse autour de l'écha-
faud en chantant le *Ça ira*.

Vous avez déjà deviné qu'en peinture le snob
est tout ce qu'il y a de plus « Champ de Mars ».
Cette année, pourtant, il n'a pas été satisfait de
sa visite, a trouvé le Salon « inférieur à celui de
l'année dernière » et s'est plaint qu'il n'y eût pas,

dans l'ensemble, assez de violet. Seuls, un bœuf jaune citron et une dame flamme de punch ont obtenu son suffrage.

En politique, il était, hier, anarchiste, mais c'était plutôt par peur.

Si vous voulez voir passer sous vos yeux quelques variétés de l'espèce, lisez les *Kamtchatka,* la brave et joyeuse satire où Léon Daudet vient de bâtonner tous ces farceurs-là, comme au dénouement des *Précieuses.* Vous rirez, vous vous amuserez, certes, — le livre est plein d'esprit, — mais votre sensation définitive sera plutôt triste. Car, hélas! l'auteur vous fera toucher du doigt cette pénible vérité, que l'insincérité de l'esprit finit par se communiquer au cœur, que la sottise est sœur de la méchanceté et que, souvent, dans un poseur il y a le germe d'un scélérat.

Moi, dans cette page légère, je ne prétends silhouetter qu'un type de snob, — de « Kamtchatka », si l'on veut, — à peu près inoffensif, le bourgeois perverti par le dilettantisme. Tout en me moquant de lui, j'ai presque envie de le plaindre; car son ridicule ne le rend pas heureux. Il fait semblant d'être dupe de tous les charlatans de littérature et d'art, mais, au fond, il s'ennuie. Le dindon de Florian, qui regarde dans la lanterne magique que le singe oublie d'allumer, dit bien, par vanité, qu'il voit quelque chose; mais il ne voit rien, et c'est à ce moment même qu'il se reconnaît pour un dindon. Et puis, lutter constamment contre sa nature, se mentir toujours à soi-même, c'est très fatigant, c'est insupportable, à la longue.

Je connais un de ces infortunés, qui est au bout de ses forces. Il s'est aperçu — voilà pas mal de temps déjà — que les goûts qu'il s'était donnés artificiellement ne lui procuraient aucun plaisir. Il n'ouvre plus les ouvrages décadents, bien reliés derrière la vitrine, et s'avoue qu'il n'y a jamais rien compris. Il bâille à l'Opéra, les soirs de *Valkyrie;* et les deux paysages d'un tachiste de ses amis, principal ornement de son cabinet, — un coucher de soleil qui ressemble à un œuf sur le plat et une forêt d'automne qui rappelle le macaroni au gratin, — lui soulèvent le cœur. Au plus intime de son être — il ne peut plus se le dissimuler — se révolte et proteste un irréductible bourgeois, qui aime les airs à roulades, les livres où l'on raconte une histoire, et qui a été charmé par le tableau célèbre : *Enfin, seuls!*

Il est vaniteux. Par respect humain, devant la galerie, il ne convient pas de son erreur, il continue à être violemment pour le « dernier cri », et je ne serais pas étonné qu'il eût obligé sa maîtresse à porter des bandeaux à la Botticelli. Seulement, il satisfait ses vraies passions, en secret et à la hâte, comme un collégien qui fume dans les cabinets. La nuit, jusqu'à deux heures du matin, il dévore des romans de cape et d'épée. Souvent,

d'une armoire fermée à triple tour, il tire un carton bourré de chromos et les feuillette avec délices; et quelquefois, le chapeau sur les yeux, le
collet du paletot relevé, il se glisse furtivement,
comme on entre dans un mauvais lieu, au fond
d'une baignoire grillée de l'Opéra-Comique; et
là, avec une joie monstrueuse, il assiste, d'un bout
à l'autre, à une représentation du *Domino noir*.

20 juin 1895.

Après les Fêtes de Kiel

EPUIS ce matin, l'orage se prépare. Le soleil pique. Du ciel, blanc et immobile, tombe une lourde chaleur, une atmosphère d'étuve. C'est un bain qui chauffe, comme disent les bonnes femmes.

Cependant, malgré l'étouffante journée, je me sens plus leste que d'habitude, j'éprouve comme un soulagement. C'est que le pavillon français ne flotte plus dans la rade de Kiel; c'est que nos vaisseaux ont appareillé sans incident.

N'est-ce pas que vous êtes comme moi et que vous avez tous un poids de moins sur le cœur?

Je ne m'y connais guère en politique et en diplomatie. Je ne veux pas examiner si nous étions obligés ou non d'aller tirer devant Guillaume II quelques coups de canon de politesse; j'oublie tout ce qui s'est dit dans les salons et dans les brasseries, autour des tasses de thé ou devant les bocks, pour ou contre notre présence aux fêtes de Kiel. Je n'ai que mon instinct, et le voici. Tant que l'escadre française a été là-bas, j'ai mal respiré, je me suis senti — oui, physiquement — mal à mon aise. J'étais obsédé, opprimé, par une sensation très pénible, faite de beaucoup d'angoisse et d'un peu de honte. Le mot « alliance », prononcé en plein Parlement, les courtoisies navales de la Russie, le cordon de Saint-André remis en grande cérémonie au Président de la République, ne me consolaient ni ne me rassuraient. Notre drapeau était là-bas, voilà tout; et j'en souffrais, et cela me faisait mal.

Maintenant, c'est fini. Nous rentrons chez nous, nos marins font route vers leur port d'attache. Ils ont été reçus froidement — tant mieux — et je suis bien sûr qu'ils se sont tenus, eux aussi, sur la plus stricte réserve, qu'ils n'ont fait que le minimum des salutations. Tout est bien ainsi. Il n'y a rien de changé. L'essentiel, c'est que cette inutile parade soit terminée.

Et je dis : Ouf!

Hier même, comme j'exprimais ces sentiments devant un jeune ami qui passait la journée avec moi dans ma maison des champs, je vis bien qu'il en était étonné. S'il ne m'a pas appelé vieille ganache, c'est qu'il est fort bien élevé; mais je suis convaincu qu'il pensait à quelque chose dans ce goût-là et que je lui faisais un peu l'effet d'un chauvin du temps de Louis-Philippe, protestant, vingt-cinq ans après Waterloo, contre les traités de 1815.

Hélas! c'est assez naturel. Le temps a fait son œuvre. Il serait absurde de le nier. Ceux qui sont nés depuis la guerre ou qui n'avaient pas alors l'âge de raison ne peuvent pas comprendre la douleur et la répulsion qu'inspire à leurs aînés un spectacle comme celui des fêtes de Kiel. Un quart de siècle s'est écoulé depuis que l'Allemagne amputa la France de deux provinces. Nous avons vu, nous autres, l'horrible mutilation, la plaie saignante. Les jeunes gens ne voient que la cicatrice.

J'ai interrogé mon hôte. J'ai voulu connaître son arrière-pensée, voir le fond de son sac. C'est une franche nature, un esprit sincère. Voici — en gros — ce qu'il m'a répondu :

« Eh bien, oui. Vous nous stupéfiez. Oui, vous faites en vain vibrer l'*r* du mot revanche; il n'éveille en nous aucun écho. Vous nous criez, comme au Cid : « As-tu du cœur? » Mais vous oubliez que Rodrigue n'était pas né quand don Diègue a reçu l'affront, et que le public s'étonne d'abord que le vieillard ait si longtemps gardé le soufflet. Cependant ne nous accusez pas d'être de

lâches enfants, engendrés dans la tristesse par des
vaincus. Le sang qui coule dans nos veines est
comme le vôtre, chaud et militaire. Nous ne sup-
porterions pas un outrage, et, si la frontière était
menacée, nous marcherions. Mais nous sentons,
chaque jour davantage, s'éteindre en nous l'instinct de vengeance, s'apaiser les rancunes historiques; et ceux qu'anime l'esprit de haine des races
contre les races, des nations contre les nations, nous
apparaissent comme des criminels ou, tout au
moins, comme de dangereux insensés. Nous con-
sidérons la guerre comme le plus atroce des fléaux,
et nous briserions comme verre tout gouvernement qui tenterait de nous jeter dans une aventure sanglante. Nous maudissons encore celle que
vous avez naguère si témérairement entreprise, où
vous n'avez trouvé que la défaite et la ruine, qui
a diminué notre patrie et fait reculer la civilisation. C'est à cause de votre gloriole et de votre
folie d'alors que toute l'Europe demeure constamment sous les armes, qu'elle s'épuise en préparatifs de carnage et convertit en ferraille meurtrière
des fleuves d'or dont les flots bienfaisants de-
vraient couler du côté de l'indigence et du travail.
Vous avez souffert, dites-vous, pendant que nos
vaisseaux étaient mouillés dans les eaux alle-
mandes et hissaient les couleurs de l'empire ger-
manique? N'espérez pas nous attendrir sur les
souffrances de votre amour-propre national. A

nous, qui rêvons un avenir de justice et de fraternité, ces fêtes de Kiel avaient fait concevoir,
au contraire, une magnifique espérance. Oui,
nous avons osé croire, un instant, que ce Guillaume II, que ce puissant chef, qui est jeune
comme nous et dont les mains, comme les nôtres,
sont encore pures de sang, profiterait de cette
occasion solennelle pour prononcer le mot magique qui pourrait rajeunir le Vieux Monde, et
qu'il demanderait, en présence de ces cuirassés,
de ces monstrueuses machines de guerre, le désar-
mement de toutes les nations de l'Europe. Il ne
l'a pas fait, et nous détournons nos regards de ce
jeune homme, autorisés que nous sommes, jusqu'à preuve contraire, à le tenir pour un impérial
comédien, ne songeant qu'à faire des gestes em-
phatiques et à changer sans cesse d'uniforme.
Vous prétendez que notre rêve est absurde; que si
l'empereur allemand avait eu ce sublime désir, il
n'était pas en son pouvoir de le réaliser; que son
peuple même, ivre et gorgé de gloire, eût résisté
tout d'abord. Soit. L'événement vous donne raison. Restons fidèles à l'idée de la patrie étroite et
fermée, puisque tout le reste est chimérique. Con-
tinuons de vivre sous le ciel bas et les nuages
menaçants de la paix armée. Que les talus fortifiés
attristent tous nos paysages de leurs angles sévères et monotones. Construisons des casernes
et des arsenaux, multiplions le nombre des sol-

dats et des fonctionnaires. Écrasons le pays d'impôts afin de pouvoir, à des époques de plus en plus rapprochées, fabriquer par millions des canons et des fusils et renouveler notre outillage de meurtre. Fermons nos cœurs, il le faut bien, bouchons nos oreilles aux lamentations et aux menaces sans cesse grandissantes de ceux dont nos lois d'airain redoublent la misère. Rendons notre pays inhabitable. Amenons les hommes à cet état d'exaspération où, pour sortir d'une telle détresse, ils demanderont encore qu'on risque la guerre, l'horrible et hasardeuse guerre, et où ils joueront le sort définitif de la France sur quelque gigantesque champ de bataille. Il faut vivre ainsi, et non autrement. Nous n'avons pas le choix. Mais n'exigez pas de la jeunesse qu'elle partage votre patriotisme traditionnel et guerrier. Ne soyez pas surpris qu'elle reste froide en vous entendant prononcer les mots d'honneur et de gloire. Elle vieillit vite, la jeunesse qui pense. Elle connaît de bonne heure le néant de bien des choses. Si on lui ordonne d'aller se battre et de mourir, elle obéira. Mais elle a désormais, enfoncée au fond le plus intime de son cœur, l'horreur de la guerre, et, bien que découragée avant d'avoir agi et très pauvre en espérance, elle veut conserver quand même, pour l'humanité de l'avenir, son idéal de bonheur et de progrès par la paix et par le travail. »

Les termes me manquent pour exprimer la
profonde tristesse dont mon âme fut envahie
pendant le discours de mon jeune ami; et ce
langage causera certainement la même peine aux
hommes de ma génération, aux témoins de la
dernière guerre, surtout à ceux qui, avant l'affreuse
catastrophe, avaient vaguement rêvé, comme
moi, comme tant d'autres, la fin des guerres et
des armées, le règne de la fraternité entre les
peuples. Ils n'étaient pas, ceux-là, atteints de
l'excusable pessimisme de ce jeune homme; car
leur patrie, puissante et victorieuse, était alors la
première entre les nations, et ils pouvaient nourrir
l'orgueilleux espoir que ce serait elle, la noble
France, qui imposerait au Monde la loi de justice et d'amour et qui fonderait la paix universelle.

Le canon allemand les a brutalement réveillés.
Ils ont assisté au triomphe de la force; ils ont
renoncé à leurs beaux songes, et ils se sont fait
un devoir de ne plus regarder au delà des fron-
tières, d'aimer leur pays malheureux avec une
passion exclusive et jalouse. La seule étoile qui
les guide est celle qu'ils aperçoivent à travers les
trous du drapeau lacéré.

Pendant que mon compagnon me parlait et
me montrait l'âme de la jeunesse française d'au-

jourd'hui, pleine à la fois de chimère, d'amertume
et de découragement, nous marchions le long
d'un champ de blé, et je comparais à la nation
armée et immobile ces épis verts, qui se dressaient
comme des lances, sous le ciel morne, dans l'air
orageux. Mais, au fond de l'épaisse moisson, les
alouettes chantaient doucement, accablées par
la grosse chaleur.

Chante, alouette, chante! Je veux espérer!
Rappelle-moi que, dans les masses populaires,
vibre et palpite, simple comme un instinct,
l'amour de la France! Chante, alouette gauloise!
jusqu'au jour où tu t'envoleras dans la lumière,
au grand soleil de la Victoire!

27 juin 1895.

La Décentralisation

I nous en parlions un peu? Elle est fort à la mode.

Et ce serait si simple de décentraliser. Il suffirait — mon Dieu! oui — de supprimer les chemins de fer et de couper les fils télégraphiques. Je m'étonne qu'on n'y ait pas songé plus tôt.

Ohé! ohé! vous qui voulez être nommés députés, quand le suffrage universel — que le diable emporte! — nous versera sa prochaine tournée! Prenez vos numéros, citoyens candidats! Ne vous y trompez point. Pas de gaffe! La décentralisation, c'est la plate-forme électorale de demain. Ne soyez pas les derniers à inscrire ce grand mot, — je dis mal, — ce long mot sur votre programme et à prendre toute l'histoire de France à rebrousse-poil. Votre avenir politique en dépend.

Voulez-vous des formules? J'en ai plein ma poche. Mais la meilleure est encore celle qui consiste à considérer Paris comme une menace constante, pour le pays, d'hypertrophie du cœur ou de congestion cérébrale. Ah! mon pauvre vieux Paris, mon cher pays natal, je ne te savais pas si dangereux. Mais, quand j'y réfléchis, je constate que tes ennemis reconnaissent en toi le cœur et le cerveau de la France; et, dame! c'est tout de même flatteur.

Cependant, ô monstrueuse cité, vers qui court immédiatement comme au feu tout provincial qui se sent quelque chose dans le ventre, si tu étais vraiment sur le point de nous faire crever d'anévrisme ou d'apoplexie, cela demanderait réflexion. Je ne suis pas obstiné, moi, je suis raisonnable; et je veux bien qu'on nous administre, à dose anodine, de la décentralisation en pilules. Un peu de félibrige, quelques combats de taureaux par-ci par-là, — bien que je n'aime pas les jeux de vilains, — une représentation, tous les trente-six du mois, au théâtre d'Orange? Je n'y vois pas d'inconvénient. Que Mariéton voyage, que Mistral, roi poétique du Midi, soit acclamé par tous les spectateurs aux arènes de Nîmes, que Sarcey, une fois par an, date son feuilleton de la vallée du

Rhône, il n'y a aucun mal. J'admettrais même —
voyez comme je suis libéral — qu'on multipliât
les Facultés provinciales, bien que cette plaisan-
terie soit fort coûteuse et qu'il faille payer alors
non seulement les professeurs, mais les élèves, sous
prétexte de bourses de licence ou d'agrégation.
Mais je pousserais jusque-là la bonne enfance.
Peine d'argent n'est pas mortelle.

Maurice Barrès, qui excelle dans le genre pince-
sans-rire, regrettait, l'autre jour, que Bourget, devenu l'un des Quarante, n'eût pas préféré, pour
parler de plus haut, l'Académie Stanislas, de
Nancy. Soit. S'il se fonde, demain, une société
littéraire à Boissy-Saint-Léger, mon chef-lieu de
canton, je m'engage à y solliciter un fauteuil. De
la décentralisation inoffensive, à la papa, tant que
vous voudrez! Mais, quant à celle qui semblera
présenter seulement l'ombre d'un danger pour
l'unité nationale, halte-là! je la refuse, elle me
donne la chair de poule; et, si vous insistez, tant
pis, je deviens féroce, j'enfile une carmagnole,
je me coiffe d'un bonnet rouge et je vais, de ce
pas, m'inscrire au Club des Jacobins!

Je dis cela pour rire — vous savez — et je
suis bien tranquille. Est-ce que vous voyez d'ici
une France fédérale, où chaque région s'arrange-
rait selon sa fantaisie; où, par exemple, on réta-
blirait le droit du seigneur à Quimper et où l'on
proclamerait la commune à Saint-Étienne? Non,

n'est-ce pas? Ni moi non plus. Ceux qui nous
tracent le tableau enchanteur des diverses provinces vivant à leur guise, n'ont pas, du reste, le
courage de pousser leur système jusqu'à ses dernières conséquences. Pourquoi, par exemple, le
faubourg Saint-Germain, qui n'est habité que par
des aristos, ne proclamerait-il pas roi le jeune duc
d'Orléans, entouré de ducs en habit bleu à bouton d'or, tandis qu'à Belleville on ferait une petite expérience de socialisme de quartier, d'anarchie d'arrondissement? Pour être logique, il
faudrait cependant respecter jusqu'au bout les
préférences de l'opinion locale.

Non, je ne suis pas fou de ce qui existe. Je vois
arriver, sans enthousiasme, le temps où il n'y
aura plus en France que des fonctionnaires, même
pour cultiver les champs, et où l'on n'obtiendra
un emploi de laboureur ou de berger qu'après avoir
passé un examen et promis de voter docilement
sur les indications du ministère de l'Intérieur. Évidemment, ce n'est pas là mon idéal. Mais qu'y faire?
Dans tous les cas, le pire remède serait de diviser le
pays et de l'affaiblir, et cela quand nos voisins les
plus proches — pour ne pas dire nos ennemis —
font de l'unité et de la concentration à tour de bras.

Que n'avons-nous encore, derrière les Alpes,
l'Italie de Stendhal et de *la Chartreuse de Parme,*
l'Italie où il fallait changer sa monnaie à chaque
relais de poste? Que n'avons-nous, au delà du Rhin,

l'Allemagne d'il y a trente ans, divisée en un tas de Hesses et de Saxes, avec ses principicules commandant à des armées de quatre hommes et un caporal, et ses grands-ducs qui ne vivotaient que par le commerce des décorations et n'étaient bons qu'à épouser morganatiquement des danseuses et des cantatrices? C'était très gentil, ce voisinage-là, et pas dangereux. S'il y avait encore des princes de Lippe-Lippe et de Latour-et-Taxis, on pourrait causer et faire un peu de girondinisme en chambre, le dos à la cheminée, à l'heure des petits verres et du cigare, avant d'aller retrouver les dames.

Mais ils sont passés, ces jours d'innocence. Par notre faute et notre très grande faute, les peuples se sont épris de redoutables fariboles; principe des nationalités, irredentisme, groupement des races, etc. Nous savons ce que cela nous a coûté. Mais le mal est fait. L'Europe est hérissée de baïonnettes; partout, on centralise à outrance, et le roi de Saxe ni celui de Bavière n'ont même le droit de graver leur profil sur les timbres-poste.

En vérité, le moment est opportun pour demander le rétablissement des États de Languedoc et du Parlement de Bretagne!

Les décentralisateurs nous parlent sans cesse de la Suisse et de l'Amérique du Nord et nous les proposent comme modèles. Ils nous montrent avec admiration le groupe des étoiles sœurs dans l'angle d'azur du pavillon des États-Unis; ils s'extasient devant les cantons unis et libres, devant ce faisceau pareil à la brassée de lances étreinte par l'héroïque Arnold de Winckelried, à la bataille de Sempach. Pour ce qui concerne l'Amérique, nous en reparlerons, s'il vous plaît, lorsque la France sera bornée à l'Est par un autre océan Atlantique. Quant à la Suisse, on ne saurait éprouver trop d'estime et de respect pour cette brave et noble nation, fidèlement attachée à ses traditions et où brûle un foyer d'ardent patriotisme. Le jour où sa neutralité, qu'elle garde si dignement, serait violée, la Suisse — nous en sommes tous convaincus — étonnerait le monde par l'énergie désespérée de sa résistance. Mais, si le malheur voulait qu'elle fût seule, nous assisterions une fois de plus, hélas! au scandaleux spectacle de l'écrasement du plus faible.

La Suisse nous offre un exemple à suivre, celui de son esprit national, qui est admirable. Voilà tout. Mais le gouvernement fédéral, excellent sans doute pour un petit pays et pour un État neutre, serait funeste et mortel pour nous. Que dis-je? il est impossible à établir dans une nation comme la nôtre, qui, depuis tant de siècles, obéissant à un instinct supérieur, à son génie même, a tendu vers l'unité. C'est une justice à rendre à tous les gouvernements qui se sont succédé depuis la Révolution qu'aucun d'eux n'a porté atteinte, sous ce rapport, à l'œuvre majestueuse, si lentement et

si péniblement accomplie par l'ancienne France,
et que tous ont contribué, au contraire, à mettre
de plus en plus entre les mains du pouvoir cen-
tral toutes les forces politiques, administratives
et militaires du pays. Là-dessus, monarchie et république furent d'accord; et le mot de Louis XIV,
entrant dans le Parlement, botté et fouet de chasse
en main : « L'État, c'est moi », signifie, au fond,
la même chose que la célèbre formule inscrite,
dans tous les actes publics, par la Convention :
« Une et indivisible ».

Mais un malin me pousse du coude et me dit :
« Ne vous échauffez pas. Nous sommes du
même avis. La décentralisation, nous n'y tenons
pas plus qu'à notre première chemise. C'est seulement ce qu'on appelle un terrain d'opposition. Si
nous arrivons à persuader aux Auvergnats qu'on
les tyrannise et qu'on les empêche d'être aussi
Auvergnats qu'ils le voudraient, si nous parvenons à faire avaler la même blague aux Francs-
Comtois, aux Normands, aux Marseillais, l'affaire
est dans le sac; nous sommes bombardés députés.
Après, on verra. Mais rassurez-vous. Il n'y aura
pas deux sous-préfets de moins, et, quelle que soit
la forme du gouvernement, nous leur donnerons
des ordres, comme auparavant, pour serrer la vis
au suffrage universel. »

A la bonne heure! Si les décentralisateurs ne
tiennent pas à être pris au sérieux par les gens avisés,

si toute cette agitation n'est qu'une pantalonnade politique, tout est dans l'ordre, et nous en avons vu bien d'autres. Pourtant, avec ce farceur de régime parlementaire, il faut toujours se méfier. Voulez-vous parier que, un de ces jours, on nommera une commission d'études pour piocher la décentralisation de la France? La chose ratera, bien entendu. N'importe! Cela ne vaudra rien. On prononcera là des paroles au moins inutiles, on agitera des idées, selon moi, très malsaines et très périlleuses.

Je n'y peux rien. Mais, le jour où ils arriveraient, pleins de phrases, pour s'asseoir autour de leur table verte et devant leurs encriers syphoïdes, quelle surprise je leur ménagerais, à messieurs les commissaires, si l'on pouvait ressusciter les morts!... Mais j'y songe, on le peut. Je viens d'apprendre, par le livre très savant et très curieux de Jules Bois, *le Satanisme et la Magie*, le moyen de réduire le Diable à l'état domestique. Vite! signons le pacte, citoyen Lucifer, — je réparerai cela plus tard par des fondations pieuses, — signons, et donne-moi la puissance d'évoquer les ombres!

... Et, quand les décentralisateurs pénétreraient « dans le sein de la Commission », ils y trouveraient, installés déjà, quelques fantômes aux physionomies illustres : le vieux Louis XI, baissant son nez judicieux sous le bonnet aux médailles de

plomb; le cardinal de Richelieu, froid et hautain
visage coiffé de la calotte rouge; le Grand-Roi
sous sa grande perruque; l'aigre et maigre profil
de M. de Robespierre, poudré comme pour le bal;
d'autres encore.

Et alors le président, — par le droit du lion, —
l'Empereur, avec ses grosses épaulettes et sa mèche
noire sur son front de marbre, tournerait vers les
décentralisateurs sa face césarienne, leur casserait
bras et jambes de son regard de Méduse, et, mon-
trant du doigt la carte de France déployée sur le
tapis, leur dirait :

« Voilà notre œuvre, défense d'y toucher. A
bas les pattes! »

11 juillet 1895.

La Vie simple

J E vous signale un bon livre. J'entends par là un livre qui fera du bien. L'auteur, M. C. Wagner, est un moraliste qui a déjà publié quatre volumes, mais dont le nom, je l'avoue, m'était inconnu. J'ai beau, chaque soir, fatiguer mes yeux sous la lampe, au point qu'il me faudra, un de ces jours, changer le numéro de mes binocles, je ne suis plus au courant, non, même de ce qui s'imprime d'essentiel ; et, par le fait, cela devient impossible. « Ils sont trop ! » comme disait Mac-Mahon à Reischoffen. L'un des ouvrages de M. Wagner a été couronné par l'Académie française ; un autre a été honoré d'une souscription du ministère de l'Instruction publique. Tous ont obtenu d'assez nombreuses éditions. Et moi, qui suis un grand liseur, je n'en savais rien, j'ignorais jusqu'à l'existence de M. Wagner. J'avais tort. Son dernier livre, *la Vie simple,* qu'un hasard favorable a mis entre mes mains, me laisse une impression de douceur et de consolation. C'est fort rare, par le temps qui court.

Tout ce qu'on pourrait reprocher à M. Wagner, c'est d'avoir écrit dans un style trop fleuri, trop chargé d'images, son éloge de la simplicité. Lui qui se déclare choqué — et il a bien raison — par nos habitations encombrées de prétendus objets d'art et de bibelots de mauvais goût, aurait dû faire attention et ne pas tomber dans une erreur pareille, en répandant à travers son livre trop d'ornements superflus. Mais nous vivons dans une atmosphère de décadence où tous sont plus ou moins atteints de la contagion. Je n'insiste pas, d'ailleurs, sur cette chicane, d'autant plus que M. Wagner, quand sa pensée s'élève, emploie une prose mâle et ferme, qui convient à son sujet.

La Vie simple — voilà ce qu'il faut dire, avant tout — est un livre plein de sagesse et de raison. C'est l'œuvre d'un optimiste qui n'est pas aveugle, d'un philosophe et d'un observateur qui voit les vices de la société moderne et les juge sévèrement, mais qui ne désespère pas d'elle et qui croit qu'il n'est jamais trop tard pour donner de bons conseils à ses contemporains. Selon lui, — et les gens sensés seront de son avis, — tout le mal vient des besoins factices et parasites que nous nous sommes créés, des sacrifices que nous faisons tous à la vanité et à l'amour-propre.

Nous sommes, en effet, les victimes du « paroistre » dont parle Montaigne, et, si nous nous trouvons malheureux, c'est que nous ne savons pas nous résigner à vivre selon nos moyens et conditions. A cet égard, tous sont frappés de la même démence; et, pour prendre un exemple, la belle Mme X... qui, donnant une soirée, veut avoir dans son salon les mille francs d'azalées qu'il y avait, l'autre jour, chez Mme Z..., est aussi folle que l'ouvrier qui, le samedi de quinzaine, ne veut pas payer une tournée de moins que les camarades, et se pocharde par respect humain. C'est à qui veut jouir et briller. Personne ne le peut autant qu'il voudrait, et chacun est mécontent, et tout mécontent s'enfonce fatalement dans la tristesse et dans l'égoïsme.

M. Wagner — si j'ai bien compris sa pensée — n'attache pas grand prix au bien-être. C'est un spiritualiste pour de bon. Il est persuadé que le bonheur est tout intérieur, tout intime, et que le plus pauvre — je ne dis pas, bien entendu, l'indigent — peut très bien supporter la vie s'il a su garder dans son cœur un peu de joie et de bonté. Il lui suffit pour cela de n'être point envieux, et, sans doute, c'est difficile, devant le luxe insolent qu'étalent certains riches. L'homme mal aisé devrait se rappeler cependant que le plus opulent seigneur devient très vite, par la force de l'habitude, tout à fait insensible aux raffinements les plus délicats, et que feu le milliardaire Jay Gould ne pouvait pas, après tout, manger trois côtelettes à son déjeuner. Mais bien peu de gens se font ce raisonnement enfantin. La vue de Crésus qui passe les comble de jalousie, et ils perdent la bonne humeur, qui est pourtant une fameuse confiture à étaler sur le pain sec.

Tout marcherait donc mieux si les riches étaient moins fastueux et plus charitables, les misérables moins tentés et mieux secourus, et surtout si la grande majorité, c'est-à-dire ceux qui gagnent leur vie en travaillant, se contentaient de leur médiocre sort.

Cet idéal — relatif, — M. Wagner est persuadé qu'on l'atteindrait par un retour à la « vie simple », et le programme qu'il en trace est excellent.

Croire en Dieu, avoir confiance, accepter la douleur, faire autour de soi le plus de bien possible par l'action, par la parole et par l'exemple, ne demander pour soi-même qu'un *minimum* de satisfactions matérielles, se juger humblement, respecter autrui, garder fidèlement les bonnes traditions et ne s'opposer à aucun progrès, être prêt à mourir pour sa patrie et chérir l'humanité, aimer sa famille et ne pas s'emmurer dans l'égoisme familial, travailler sans esprit mercenaire, ne considérer l'argent que comme une force

pour le bien et jamais comme un but, saisir
toutes les occasions d'éviter une peine à son prochain ou de lui donner un peu de joie et de consolation, s'arracher sans cesse du cœur la mauvaise herbe de l'orgueil, se faire pardonner toutes
les supériorités qu'on peut avoir — talent, pouvoir, richesse — à force de modestie, de zèle
pour la justice et de charité, être gai, ne jamais
se plaindre, ce qui est une politesse suprême et
un réconfort pour tous, vivre, en un mot, selon
l'amour et la fraternité. Telle est la discipline
morale de l'homme simple et — j'ai envie d'a-
jouter — de l'homme parfait.

A quoi rime cette idylle? diront les misan-
thropes et les découragés. Je vois aussi les rê-
veurs hautains, les affamés d'absolu, ceux qui
réclament pour demain, pour tout de suite, le
retour de l'Age d'Or et le Paradis sur terre, haus-
ser dédaigneusement les épaules devant cet idéal
centre-gauche, et je les entends murmurer : « Ra-
massis de lieux communs. »

Pourtant, la pastorale est séduisante, et ces
lieux communs-là, on se plaît à les entendre répéter, surtout avec le ton aimable et la bonhomie
souriante de M. Wagner. En attendant les États-
Unis du monde entier, le règne de l'égalité entre
tous les hommes, la suppression du numéraire, le
triomphe de l'amour libre, etc., etc., n'est-il pas
permis de désirer, de chercher, d'espérer même

— si douteux que soit cet espoir — un état de transition, un *modus vivendi,* où les conditions de la vie sociale seraient moins difficiles et moins compliquées?

La vie simple! il m'a suffi de lire ces trois mots sur la couverture jaune du livre de M. Wagner pour que mon cœur se mît à battre délicieusement; car j'ai connu — oh! dans mon enfance — de braves gens qui la menaient, cette vie-là, et dans toute sa perfection.

Ce n'étaient pas des pauvres, mais presque; et le budget de la famille était des plus minces. Le père, modeste employé, faisait durer ses redingotes, ce qui ne l'empêchait pas d'être un homme très cultivé, de beaucoup d'esprit, ayant les façons d'un gentilhomme et sachant par cœur tous les beaux vers. La maman abîmait ses mains au ménage et à la cuisine, et ne reculait pas devant un petit savonnage, mais, tout de même, avait l'air d'une dame avec son cachemire français et ses gants nettoyés à la mie de pain. Et elle savait du latin, à force de faire répéter à son fils unique sa page de rudiment ou de *De Viris.* Quant aux filles, — elles étaient trois, — vous les voyez d'ici, n'est-ce pas? taillant leurs robes sur des patrons en papier. Mais c'étaient des demoiselles, ayant des talents d'agrément et jouant du Mozart sur un vieux piano carré. La table était très frugale, et l'on ne mangeait, au dessert, que les fruits de la

saison, ceux qu'on trouve dans la rue à pleine charrette, au seul moment où ils soient bons, du reste.

Comme le Japon, à cette époque lointaine,
était encore un pays fabuleux où les matelots hol-
landais ne pénétraient qu'après avoir marché sur
le crucifix, le simple logis où demeurait cette honnête famille n'était point peuplé de monstres hideux, et l'on n'y avait pas drapé non plus ces
lourdes tentures en peluche qu'on voit partout
aujourd'hui et qui sont des nids à poussière et à
microbes. Il n'y avait là que de vieux meubles,
d'une laideur touchante, hérités des grands-pa-
rents, dont les portraits décoraient la muraille,
dans leurs cadres piqués par les mouches.

Ah! certes, ces bonnes gens n'étaient pas à leur
aise. Pourtant ils avaient leurs pauvres. Alors le
peuple des misérables n'était pas encore refoulé,
parqué dans des banlieues horribles. En chaque
quartier, en chaque rue, on avait d'humbles voisins dont on connaissait la détresse. Les très petits
bourgeois dont je parle assistaient de leur mieux
les pauvres qui étaient à leur portée, leur donnaient les vieux effets, la desserte, un peu d'argent.
Les appointements du père n'étaient pas lourds.
N'importe. On prélevait parfois sur eux quelques
écus pour obliger un ami dans l'embarras.

J'ai longtemps vécu cette vie; c'était celle de
mes parents. Vie simple, étroite, gênée même,
mais sans aucune trivialité, et où la place était

largement faite à la pensée et au sentiment. Il y
avait des heures pénibles, sans doute; mais toujours on respirait là un charme et une poésie; on
n'était pas malheureux.

Que M. Wagner me permette d'ajouter cette
page à son livre, d'enrichir sa thèse de cette
preuve, de ce document. Homme de bonne volonté, il prétend raviver et répandre l'esprit d'humilité, de modestie, de résignation. Hélas! la société moderne nous offre l'affligeant spectacle
d'une lutte chaque jour plus âpre et plus impitoyable entre les hommes, non pour le pain, —
ce qui est la loi, — mais pour la satisfaction de
toutes les jouissances. Les conseils du doux et
confiant moraliste ont-ils quelque chance d'être
écoutés, suivis? Pourrait-il même citer, à l'appui
des sages règles qu'il nous propose, beaucoup
d'exemples comme celui de cette famille dont je
viens d'évoquer le souvenir sacré, nous montrer
beaucoup de gens qui ne demandent à la vie que
les joies de l'esprit et du cœur? Je voudrais le
croire.

En tout cas, si je n'ose point partager les espérances de M. Wagner, je tiens du moins à applaudir son effort. Je n'en connais pas de plus
généreux et qui mérite mieux d'être encouragé.

18 juillet 1895.

La Légion d'honneur

ONNAISSEZ-VOUS cette définition de l'homme décoré : un monsieur d'un certain âge qui a été bien sage? Elle est assez drôle, n'est-ce pas? et le chevalier quadragénaire, qui voit sortir de l'école un petit garçon avec une croix en fer-blanc épinglée sur sa blouse d'écolier, doit faire un retour sur lui-même, s'il a le sens commun, et s'avouer qu'il est un vieil enfant.

Cependant, malgré les haussements d'épaules des égalitaires, la Légion d'honneur conserve son prestige. A moi, tout le premier, qui ai l'air ici de faire le malin, le ruban a été agréable, la rosette a fait plaisir, et je passe ma vie à solliciter la croix

et même les palmes académiques pour les camarades.

Il est clair que l'homme de courage, de mérite
ou de devoir devrait se contenter du témoignage
de sa propre conscience et de l'estime de ceux
qui le connaissent. Mais cela, c'est trop beau;
et mon Grand Empereur a eu tout de même une
fameuse idée, le jour où il inventa l'étoile des
braves.

Ah! comme il nous a bien jugés! Nous sommes
avant tout des glorieux, c'est-à-dire que nous
avons l'amour de la gloire et aussi le goût de la
gloriole. C'est à qui voudra monter le premier à
l'assaut, mais avec l'espérance d'être décoré, après
la victoire, devant le front de la compagnie. Qu'importe, après tout, si le drapeau est planté sur la
brèche?

Existe-t-il, dans aucune langue étrangère, un
mot qui correspond exactement à notre verbe
« se distinguer »? Il sent l'aristocratie à plein nez,
convenez-en, mais c'est une expression essentiel-
lement française. Elle signifie faire mieux que les
autres, mais surtout, n'être pas confondu avec les
autres. Singulière démocratie que celle où un citoyen qui porterait tous les signes honorifiques
créés par la troisième République, serait décoré
comme une bannière d'orphéon? Le moins pro-
digué de ces signes étant, malgré tout, la Légion
d'honneur, il est aussi le plus convoité; et tel fa-

rouche républicain, ivre de nivellement, arbore,
avec satisfaction, à sa boutonnière, ce chiffon
rouge qu'il devrait considérer, en bonne logique,
comme une simple amorce à pêcher les grenouilles.

J'aurais mauvaise grâce à railler, chez autrui,
ce travers national, puisque je le partage. Mais
moi, du moins, j'avoue cyniquement ma faiblesse.
Blaguez-moi tant que vous voudrez. Il m'est doux
de faire partie d'une élite, et je serais désolé, par
exemple, que nous fussions quarante et un, à l'A-
cadémie française. De plus, c'est ma conviction
profonde, que l'homme est un animal hiérarchi-
que et l'égalité sociale une pure chimère. Croyez-
moi. Dans le phalanstère collectiviste, où toutes
les habitations, je suppose, seront pareilles, il y
aura quand même des logements au Nord et des
logements au Midi. A qui donnera-t-on les maisons les mieux exposées? Aux plus dignes, aux
meilleurs? Prenez garde. Vous créez là des diffé-
rences, des avantages en faveur de certains, lâchons le mot, une aristocratie. Sans compter que
la justice absolue n'est pas de ce monde et que
les mieux logés ne seront peut-être pas toujours
les plus dignes, mais souvent les plus habiles et
même, quelquefois, les plus canailles.

Je réclame votre indulgence pour ceux que
flatte un insigne extérieur de supériorité sociale.
Cette forme de la vanité est, en somme, tout à

fait inoffensive. Les hommes sont de vieux enfants, disais-je tout à l'heure. Ils sont un peu des
femmes aussi ; et, dans l'état actuel de nos mœurs,
les décorations ne m'apparaissent plus guère que
comme des parures, des bijoux masculins. Une
petite croix en diamants, je vous assure, cela fait
très bien sur un habit noir.

D'ailleurs, si c'est par vanité que la plupart des
hommes désirent et recherchent les honneurs,
c'est parfois par orgueil que quelques-uns les re-
fusent ; et je trouve, à ce propos, une savoureuse
anecdote dans l'intéressante et solide étude sur
Royer-Collard que vient de publier M. Spuller.

Au début de la Restauration, l'abbé de Mon-
tesquiou rêva de rajeunir et de fortifier la classe
aristocratique par l'introduction de plusieurs personnages d'un mérite incontesté, et, naturellement, il songea tout d'abord à Royer-Collard,
dont il était l'ami et qui, par tant de services ren-
dus à la cause royaliste, méritait cette faveur plus
que personne. Mais, se méfiant du caractère terriblement ombrageux et hautain du grand bourgeois, l'abbé prit ses précautions et, un jour, il
lui demanda, sur un ton de demi-plaisanterie :

« Voulez-vous que le roi vous fasse comte ?

— Comte vous-même ! » lui répondit furieuse-
ment le philosophe, qui se considérait comme le
type parfait, l'expression vivante de la classe
moyenne.

Et il ajouta :

« J'ai assez de dévouement pour oublier cette impertinence. »

Admirons, si vous voulez, l'orgueilleux dédain du vieil homme d'État; mais avouez que la modestie n'était pour rien dans un pareil refus.

Excusons donc les Français décorés qui, de temps en temps, louchent du côté de leur ruban rouge. Tout récemment, ces respectables citoyens ont été fort émus par la discussion parlementaire qui a eu pour conséquence la démission du grand-chancelier et du Conseil de l'Ordre.

Pour ma part, je plains de tout mon cœur le général Février et les honnêtes gens qui délibéraient sous sa présidence; mais j'ai bien peur que, dans la circonstance, ils ne se soient laissé enguirlander par les hommes de loi. Les arguments juridiques sont une chose, et l'honneur en est une autre. Le cas d'un monsieur qui devait « tirer » deux ans de Mazas et qui profite, en deuxième instance, du bénéfice de la prescription, allons! ce n'est pas frais; et la rosette de la Légion d'honneur n'est plus indispensable à la toilette de ce gaillard-là. Le public, voyez-vous, est simpliste. Il se dit qu'un pauvre diable d'ancien sous-off, un peu pochard et ayant une trop longue ardoise au cabaret, se voit arracher du revers de son veston, sans tant de lantiponages, le ruban rouge qu'il a rapporté du Tonkin ou du Dahomey.

Il se rappelle, ce public naïf, qu'un brave homme qui a fait faillite, sans avoir manqué pour cela à la plus stricte probité, est privé de son insigne. Et puis, n'oublions pas qu'il s'agit ici de cette abominable affaire de Panama, où tout le monde a le sentiment que la vérité n'a pas été dite, que justice n'a pas été faite. Bien plus, il s'agit d'un individu, sorti plein d'or de cette aventure qui a réduit tant de petites gens à la misère.

Ah! je ne suis pas suspect de tendresse pour les parlementaires; mais, franchement, la Chambre avait le droit de s'étonner.

Cela dit, ne nous emballons pas. Nous savons de reste que le Palais-Bourbon n'est pas le temple de la Vertu, et, si j'en crois des personnes bien informées, il y aurait, dans cette histoire, des dessous machiavéliques. On m'a assuré que, sous prétexte de remanier les lois qui régissent la Légion d'honneur, un groupe de nos délicieux politiciens voudraient tout simplement supprimer le Conseil de l'Ordre, composé de vieux et loyaux soldats, de gens très honorables, et le remplacer — horreur! — par une commission parlementaire.

Vous devinez les résultats. Ce serait du joli! Une Légion d'honneur exclusivement électorale, et tous les courtiers véreux, tous les bas agents de ces messieurs avec le coquelicot à la boutonnière! Si vraiment il y a cette intrigue sous jeu, de grâce, ne changeons rien à ce qui existe. Je retire tout ce que j'ai dit, et je consens même à ce qu'on décore la Tour Eiffel d'un cordon de trois cents mètres.

Sérieusement, ce serait un très grand danger de laisser le monde politique disposer, sans contrôle, de la Légion d'honneur qui, malgré tant d'erreurs et tant d'abus, est encore une grande force. Si j'abordais tout à l'heure ce sujet sur le ton du badinage, c'est que je ne pensais qu'au bout de ruban qu'on coud sur nos redingotes de pékins. Mais voici que je me souviens que le canon gronde là-bas, à Tananarive, et qu'il y a déjà, sous les paillottes de l'ambulance, plus d'un pauvre enfant de France qui saigne et qui claque des dents. Pour mettre un éclair de joie dans ses regards éteints, un sourire sur ses lèvres brûlées de fièvre, pour l'arracher peut-être à la mort, il suffira pourtant de piquer sur sa couverture d'hôpital l'humble joyau aux cinq branches d'émail. Ah! ne payons plus, s'il se peut, de cette monnaie d'honneur, les basses besognes des partis; ne la prodiguons plus à des indignes; et qu'elle soit pure, cette dernière étoile que nous faisons luire aux yeux du soldat mourant!

25 juillet 1895.

Le Conservatoire

———

Tous les ans, à cette époque où les sujets d'articles n'abondent pas, je lis dans les journaux quelques éreintements sur le Conservatoire. Je les lis, ou, pour mieux dire, je les relis ; car j'ai de la mémoire, et il me semble toujours qu'ils ont déjà paru l'été dernier, à peu près rédigés dans les mêmes termes. J'excuse, certes, mes confrères. Je souffre, comme eux, de la morte-saison ; et la meilleure preuve, c'est que, moi centième, je vais essayer aujourd'hui de cuisiner à ma propre sauce ce vieux lapin de la chronique.

Sur les concours du Conservatoire, je suis plein de souvenirs, ayant autrefois, pendant quatre an-

nées consécutives, exercé le sacerdoce pour rire
de la critique des théâtres et, par conséquent,
subi quatre bains de vapeur dans le hammam du
faubourg Poissonnière. N'allez jamais là, si vous
n'y êtes pas forcés. L'étuve compliquée de tragédie, quel supplice! Le seul bon moment, c'est
celui du déjeuner chez Marguery; et encore, de
mon temps, il y avait trop d'ail dans les filets de
soles.

L'impression générale, convenons-en, est celle
d'un concours de perroquets. Ces jeunes gens,
habillés en garçons d'honneur de noces du samedi,
à Saint-Mandé, au *Salon des Familles;* ces fillettes
en robe claire, vous donnent tous, — ou presque
tous, — quand ils récitent leur morceau, la sensation qu'il leur a été seriné par le professeur. Ces
Agnès qui miaulent : « Le petit chat est mort; »
ces Orestes qui accusent le destin en roulant des
yeux en boule de loto, n'y mettent, les trois quarts
du temps, pas plus de sincérité qu'une perruche
ou un kakatoès pour dire : « Portez armes, » ou :
« As-tu déjeuné, Jacquot? »

De plus, sous le rapport de la beauté plastique
ou de la qualité de la voix, très souvent tout ce
jeune monde laisse à désirer. Beaucoup sont affli-
gés d'une légère difformité physique ou d'un défaut de prononciation; et Clitandre est cagneux,
et Célimène zézaie.

Je me suis parfois demandé pourquoi les can-

didats au Conservatoire n'étaient pas soumis,
tout d'abord, à l'examen d'un conseil de revision,
— mais, vous savez, d'un vrai conseil, avec un
préfet, un général, un maire et un médecin-major
coiffé d'un képi à bande de velours grenat. Quand
se présenterait un Almaviva ayant les jambes en
pied de banc de guinguette ou un Orosmane
nabot avec un jeu de whist dans chacune de ses
bottines, on lui dirait : « Mettez-vous tout nu, »
et on le déclarerait impropre au service dramatique.

Cette première élimination serait excellente.
Car, enfin, n'êtes-vous pas dégoûtés comme moi
de voir tant de premiers rôles mal bâtis et de
vilains amoureux? Il ne manque pourtant pas de
beaux garçons. Tenez, l'autre jour, en passant
près de l'École militaire, j'ai admiré des soldats
du train qui ramenaient les chevaux de la promenade. Des hommes superbes, je vous assure. Pourquoi n'avons-nous pas quelques gaillards comme
ceux-là dans la classe de Worms ou dans celle de
Silvain.

C'est comme pour la voix. Je fais appel au témoignage de tous les gens de mon âge. Jamais
nous n'avons entendu un jeune premier de comédie qui ne parlât pas du nez. Je crois même
que, pour eux, c'est à la fois une tradition et un
sport. On le cache au public, mais il doit y avoir,
dans une arrière-cour du Conservatoire, une classe

d'enchifrènement, une chaire de rhume de cerveau.

Vous voyez, par ces plaisanteries, que je me monte fort peu la tête sur le contingent de grimes, de financiers, de soubrettes et de jeunes premières, fourni chaque année au monde des théâtres par le Conservatoire. Je ne me fais pas non plus beaucoup d'illusions sur la valeur des récompenses décernées au petit bonheur du concours, au hasard de la fourchette. Un premier prix de tragédie de ma connaissance végète, à l'heure qu'il est, au fond d'un trou de souffleur; et c'est dans une petite « régie », où il corrigeait l'épreuve de l'affiche pour le lendemain, qu'un autre premier prix, également tombé des sommets, m'a dit cet admirable mot de *m'as-tu vu* : « Je ne crains personne dans *l'Aventurière.* »

Mais, si telle Phèdre a eu le plus grand tort de ne pas s'acheter une machine à coudre, et si tel Néron eût mieux fait de rester ébéniste ou cordonnier; si tant de jeunes élèves, grisés par les applaudissements des camarades et par quelque accessit de complaisance, se condamnent pour toute la vie au destin pénible et ridicule des ratés; s'il sort, en un mot, du Conservatoire, tant de cabotins et si peu d'artistes, ce n'est pas la faute, j'en ai bien peur, des méthodes d'enseignement, ni des professeurs, ni du jury. C'est notre faute à nous tous, qui, en donnant une importance excessive au comédien dans le monde des arts, avons encombré de tant de médiocrités la carrière du théâtre et multiplié les fausses vocations.

A la suite du dernier concours, lequel, paraît-il, fut des plus faibles, les journaux nous ont donné la biographie des lauréats, avec des détails, sans aucun intérêt d'ailleurs, sur leur famille, sur leurs habitudes, sur leurs plaisirs favoris, même sur leur hygiène. C'est absolument grotesque. Je comprends, à la rigueur, la curiosité du public sur le compte des artistes célèbres, encore qu'elle soit inutile et malsaine, quand elle prétend pénétrer dans leur intimité. Je me demande, par exemple, — ne voulant pas parler des contemporains, — quelle satisfaction pouvaient éprouver nos pères à savoir que Déjazet était très galante, et que Frédérick Lemaître était très ivrogne. Ceux-ci, du moins, étaient illustres. Mais que nous importe la vie privée des blancs-becs et des gamines qui sortent du Conservatoire?

En vérité, cela vous excite d'apprendre que ce « comique habillé » fut apprenti zingueur, que ce « traître » monte supérieurement à bicyclette, que cette ingénue n'est plus digne de la fleur d'oranger, et que la mère de cette grande coquette est concierge dans la maison au coin de la rue des Deux-Portes-Saint-Sauveur? Alors, soyez logiques et poussez dans tous les sens votre besoin maladif d'informations. A la Sorbonne, le concours général est terminé. J'exige des détails sur les lauréats. Dites-moi si le premier prix de dissertation latine a obtenu les faveurs de la femme de chambre de sa mère, et si le premier prix de mathématiques spéciales a élevé, naguère, des vers à soie dans son pupitre?

Si l'on excepte quelques natures exceptionnellement bien douées, les lauréats du Conservatoire ne sont pas autre chose que des écoliers qui viennent de finir leurs études. L'art dramatique est surtout fait d'expérience. Il ne s'apprend pas en chambre, comme le piano ou le trombone. Les futures Hermiones et les Figaros de l'avenir, qu'on nous exhibe, chaque année, au début de la canicule, ont à peine caboté à droite et à gauche. Ce concours public, c'est une sorte de baccalauréat, et rien de plus. Nous jugerons tout ce monde-là plus tard, devant la rampe, sous un costume, dans un vrai rôle, et notre jugement sera peut-être encore prématuré. La plus grande actrice de ce temps, Sarah Bernhardt, a eu son prix sans grand éclat et a joué pendant plusieurs années au Gymnase et à l'Odéon, sans tambours ni trompettes, ne l'oublions pas.

Tout ce qu'on peut raisonnablement exiger du Conservatoire, c'est qu'il nous montre des sujets ayant quelque intelligence, des qualités physiques et donnant des espérances. Je ne prétends pas que

l'institution ne doive subir aucune réforme. Tout
est perfectible. On pourrait peut-être ne point
soumettre exclusivement ces jeunes gens à la
simple méthode de la serinette, les secouer un
peu, leur dégourdir les jambes. Cependant, méfions-nous. Nous avons l'exemple de l'Université,
qui, depuis vingt ans, ne cesse de modifier ses
programmes, à tel point qu'élèves et professeurs
en sont ahuris; et les pédagogues eux-mêmes
conviennent que le résultat est pitoyable.

Rien n'est plus rare qu'un grand comédien;
mais ce monstre-là — car c'est un monstre — doit
son talent, plus que tout autre artiste, au don, à
l'intuition, à la nature. Qu'apprend-il de son
maître? A marcher en scène, à prononcer correc-
tement. Plus, quelques procédés, quelques ficelles,
qu'il a pour devoir d'oublier le plus tôt possible.
Le reste, il le devine. Or, ce qu'on reproche au
Conservatoire, c'est de ne point nous offrir,
chaque année, deux ou trois petits génies. Il n'y
peut rien. Estimons-nous trop heureux quand il
nous fournit des acteurs présentables; car, en définitive, il faut bien quelques personnes des deux
sexes pour jouer les pièces de théâtre.

Mais surtout que la presse, qui demande périodiquement le bouleversement de la vieille école,
soit conséquente avec elle-même et ne couvre pas
les écoliers de tant de fleurs. Si le gaufrier ne
vaut rien, tout le sucre qu'on jettera sur les gaufres

ne les rendra pas plus mangeables. Croyez-en
un vieil amateur qui, jadis, rôda beaucoup dans
les coulisses. Il est bien inutile d'arroser, chez les
jeunes comédiens, la prétention en bouton et la
vanité qui s'entr'ouvre. Ces vilaines fleurs-là s'é-
panouiront assez vite.

1ᵉʳ août 1895.

Les Parnassiens

L'AUTRE soir, au Grand-Hôtel, où nous arrosions le ruban rouge, dont — après tant d'années d'inexplicable oubli — un jeune et brave ministre, M. Poincaré, vient d'orner enfin la boutonnière de Catulle Mendès, j'ai revu avec un vif plaisir quelques barbes grises de vieux Parnassiens. Je ne parle pas de la mienne, parce que je la rase, — entre nous, elle est toute blanche, — ni de celle de Catulle, toujours le plus jeune d'entre nous, de Catulle, qui n'est point bimétalliste, et dont la chevelure d'or n'a pas encore un fil d'argent. Mais — il faut en prendre notre parti — la Pléiade de 1862 grisonne. Heredia porte à ravir sa toison poivre et sel; rien

ne sied mieux au pur et doux visage de Léon Dierx
que ses moustaches de grognard. C'est égal, nous
ne sommes plus de petits jeunes gens.

Ils n'étaient pas tous là, les survivants des réunions d'autrefois chez Mendès, dans son rez-de-
chaussée de la rue de Douai. Fâcheuse date du
14 Juillet! Le Paris où l'on décore est vide. Mais
pas un des anciens compagnons n'avait manqué
d'envoyer sa lettre, son télégramme, son souvenir
ému. Nous avons salué leurs noms de nos bravos.
Puis, on a toasté.

Notre président, le bon et noble Dierx, crai-
gnant d'être interrompu par ses larmes de tendresse, a emprunté, pour lire son touchant discours, la voix cordiale d'Armand Silvestre. Le
nouveau chevalier a prononcé la poétique et généreuse harangue qu'ont admirée tous les lecteurs
du *Journal;* et moi-même, qui ne suis nullement
improvisateur et mets ordinairement mes im-
promptus au net, j'ai jeté ma serviette à mon
tour et j'ai laissé déborder ma joie.

Eh bien! c'était charmant! Et tous ces poètes
qui s'étaient rencontrés jadis aux environs de la
vingtième année, et qui, si longtemps après, malgré toutes les tourmentes de la vie, en dépit des
caprices inégaux et bien souvent injustes de la
destinée, pouvaient se regarder loyalement dans
les yeux et constater dans leur conscience qu'ils
avaient ignoré l'orgueil imbécile et l'abjecte en-

vie, et toujours gardé, les uns pour les autres, la même estime et la même amitié, — tous ces poètes — comme l'a dit Catulle Mendès — offraient un salutaire exemple.

Il l'a même présenté, cet exemple, et avec la plus chaude éloquence, à nos cadets, aux poètes nouveaux, les adjurant d'être plus unis entre eux et moins sévères pour leurs aînés; et je souhaite de tout mon cœur que ce ne soit pas en vain. Mais Mendès a surtout eu raison d'insister sur cette vérité manifeste — que notre manie de classement et d'étiquetage n'a jamais voulu reconnaître, — sur ce fait évident que le groupe des Parnassiens ne constitua jamais ce qu'on appelle une école.

Une école! Le triste mot et la triste chose qu'il évoque! C'est étroit, c'est fermé; cela sent l'huile et l'encre. On rêve de travail pénible, imposé comme un devoir, fait d'après des poncifs et des moulages; on imagine les rivalités d'élèves médiocres et serviles s'efforçant tous d'imiter le pédagogue. Une école! Ah! n'employons plus ce vilain mot, quand il s'agit de ce qu'il y a de plus libre au monde, de la poésie, de l'inspiration ailée! Une école, c'est presque une prison. Le vrai poète ne peut supporter ce supplice. Les serins prospèrent et chantent dans la cage; le rossignol y meurt tout de suite.

Non! Le Parnasse ne fut pas une école, mais

bien une réunion de jeunes gens passionnément
épris de poésie et d'art, tous d'accord, sans doute,
sur quelques règles de métrique qui sont à l'art
de faire des vers ce que l'orthographe est au style,
mais tous aussi ayant le soin le plus jaloux de
garder leur indépendance intellectuelle et s'efforçant constamment de dégager ce qu'il pouvait y
avoir en eux d'original et de nouveau. Ils admi-
raient et vénéraient les maîtres, mais avec une
horreur et une crainte profondes de l'imitation
et de la copie. Excellents camarades, ils se mon-
traient leurs essais, s'aidaient de conseils mutuels,
mais sans oublier et en respectant toujours l'idéal
personnel, le rêve particulier de chacun d'eux.

Je dois à Mendès — comme je l'ai rappelé au
banquet de l'autre jour — de précieuses leçons.
Grâce à lui, j'ai condamné sans regret quelques
informes ébauches et mené les premiers vers que
j'ai publiés au moindre degré d'imperfection possible. Mais ce Maître sévère était en même temps
le plus libéral et le plus intelligent des critiques.
Il ne chercha jamais à m'imposer ses formes fa-
vorites de style ou d'imagination. Si même mes
vers d'écolier l'intéressaient à ce point, c'est uniquement parce qu'il leur trouvait un accent inattendu. Et plus tard, il fut le premier à m'encou-
rager et à m'applaudir, lui, le lyrique et le raffiné,
dans ma tentative pour découvrir un style simple
et nu, un vers pédestre et familier, qui me per-

missent d'exprimer le charme caché et la poésie
latente des humbles choses et des humbles gens.

Tous les Parnassiens furent ainsi. Ils eurent
tous la compréhension, le goût, le respect de la
pensée et du talent d'autrui. J'en pourrais citer
bien d'autres exemples. Combien de fois n'ai-je
pas entendu Sully Prudhomme, le plus sincère,
le plus candide des hommes, proclamer son admiration pour les somptueux sonnets de Heredia ;
et combien de fois aussi le fougueux enthousiasme
de l'auteur des *Trophées* n'a-t-il pas éclaté en ma
présence pour les pages les plus nuancées des
Épreuves ou des *Solitudes!*

Oui, tous furent ainsi, tous ; et je n'oublie, en
ce moment, ni le pénétrant et musical Verlaine,
ni le suave et mystérieux Mallarmé, qui, par nous
d'abord, furent compris et aimés, et qui savent
bien qu'ils le sont toujours.

Car nous nous aimions. Tout est là. Nous
fûmes et nous demeurons de vrais amis, parce
que jamais nous n'avons eu la prétention de nous
grouper en école, en coterie, parce que nous
étions très différents les uns des autres et très
libres. Comme l'a si bien dit Mendès dans son
discours, cette amitié, fondée sur l'estime littéraire que nous nous étions réciproquement inspirée
dès le début, est indestructible. Nous sommes
un peu pareils aux quatre héros de la charmante épopée d'Alexandre Dumas, qui, en plein

combat, au seul mot : « Mousquetaires ! » passent
leur épée dans la main gauche et tendent la droite.
Sans doute, il y eut entre nous bien des causes de
division, comme entre tous les hommes. La fortune
nous a traités fort inégalement. Parfois, nos intérêts
et nos ambitions se trouvèrent en conflit. Mais dès
que résonne le mot de ralliement : « Parnasse ! »
c'est fini. Nous voilà tous réconciliés.

C'est pourquoi nous n'avons jamais donné le
grotesque et misérable spectacle des querelles
entre gens de lettres et pourquoi nous avons fait
mentir la célèbre boutade d'Horace sur l'humeur
irascible des poètes.

Faible et mince mérite, dira-t-on, que celui de
vieux camarades qui n'oublient pas les sentiments
de leur jeunesse. On aura tort ; car c'est une grande
chose — et qui devient rare — que la fidélité.
De plus, le respect de l'effort du voisin est une
vertu qui tend à disparaître de nos mœurs littéraires ; et les Parnassiens l'eurent au suprême degré.

Je ne lis plus guère les revues de « Jeunes ».
J'y ai trouvé trop de paroles iniques contre des
hommes de bonne volonté, dont le seul tort était
d'avoir conquis un peu de réputation à force
d'œuvres ; et cela m'a d'abord découragé. Mais
la carrière des lettres est aujourd'hui si encombrée, si difficile, que j'eusse excusé ces injustices,
qui ne sont, au fond, que des impatiences. La
jeunesse ne croit qu'en elle. Étant l'avenir, elle

commence par nier le passé; et c'est là le train
ordinaire des choses. Non, ce qui m'a bien davantage attristé, en lisant les feuilles d'avant-garde,
c'est de voir tous les jeunes esprits, divisés en petits cénacles et en mesquines écoles, s'encenser
ou se déchirer entre eux, et gaspiller un talent —
souvent très réel — dans de fades compliments à
la Vadius, dans de bilieuses colères à la Trissotin.

Pauvres enfants! Ah! que de force et de temps
perdus!

Ces vieux Parnassiens, que vous méprisez, je
ne vous demande ni de les admirer, ni même de
les lire. Eux-mêmes ne se font plus beaucoup
d'illusions sur leur œuvre. Vous avez entendu
Mendès, qui a parlé pour tous. Leur modeste et
dernier rêve de gloire, c'est une page dans l'an-
thologie. Cependant, ils travaillèrent. Chacun
d'eux, ayant sa conception de la vie, de la nature
et de l'art, ne s'irrita jamais contre celle de ses
compagnons. Ils ne se dépensèrent pas en esthétique, en critique, en polémique, et autres fariboles. Ils s'aimèrent surtout, et voilà trente ans
que cela dure.

Allons, Mendès a raison, jeunes gens. Nous
vous donnons le bon exemple.

8 août 1895.

A Aix-les-Bains

E voici, pour un grand mois, loin de mon logis d'été, c'est-à-dire loin de Paris ; car, à Mandres, la gare est voisine, et je puis, en une heure, quand il me plaît, revoir, sur son long tuyau de bronze, le médiocre pastiche du Mercure de Jean de Bologne, qu'on appelle le Génie de la Bastille. Bien que j'aie pas mal couru le monde, je ne suis décidément voyageur ni par goût, ni par tempérament. Je ne quitte jamais Paris et ses environs sans un regret, et, à peine en route, je songe au retour.

Cependant, cette année, pour tenir des promesses faites à des amis et pour suivre un traitement thermal, j'ai bouclé ma valise. Ce matin,

c'est la Dent du Chat, ce sont les Alpes de Savoie,
que je vois de ma fenêtre, à travers la brume de
ce pluvieux et absurde été. Dans quatre ou cinq
jours, je serai tout au fond des Pyrénées, au pied
du Pic de Ger, à plus de cent lieues d'ici; puis
j'irai respirer le vent du large et admirer les
énormes lames de fond du golfe de Gascogne;
enfin, je reviendrai voir si la rose qui porte mon
nom — et dont je suis très fier — est aussi re-
montante que me l'assure son inventeur, M. Le-
dechaux, et si elle parfume, en automne, mes
plates-bandes de la Fraizière.

Je vais donc, comme vous voyez, faire presque
le tour de France.

A Aix-les-Bains, je loge au *Splendide-Hôtel*.
N'allez pas croire que cette emphatique et ron-
flante enseigne m'ait particulièrement attiré. Au
contraire. S'il y avait eu ici un *Convenable-Hôtel*,
un *Décent-Hôtel*, c'est là que je fusse descendu.
Je ne suis au *Splendide* que pour demeurer, porte
à porte, auprès d'un ami malade. D'ailleurs, je
n'ai que des éloges à faire de l'établissement et,
sans le mauvais temps, j'y jouirais d'une vue admirable sur les montagnes et sur le lac du Bourget. C'est, vous le savez, dans ses ondes de saphir
— elles sont, pour le moment, couleur de capote de
guérite — qu'Elvire — qui s'appelait Mme Charles
— laissa traîner son châle — on écrivait « shall »
alors — en écoutant, entre les bras de Lamartine,

la cadence des rames. Mais pas moyen de faire une partie de bateau, ni de monter au Revard, par le chemin de fer à crémaillère, pour apercevoir le bout du nez du Mont Blanc. Tous les spectacles de la nature sont momentanément ajournés pour cause de pluie, comme un feu d'artifice ou une ascension d'aérostat. Si l'on suit, au *Splendide-Hôtel*, — décidément j'aimerais mieux *Confortable-Hôtel, Correct-Hôtel,* ou quelque chose dans ce goût-là, — si l'on suit ici, dis-je, les grandes traditions et si l'on prétend me compter cinq francs le coucher de soleil d'hier soir, je proteste. Il ne valait pas plus de quarante sous.

Donc, restons à Aix. Mettons un pardessus, relevons le bas de notre pantalon, ne sortons jamais sans notre parapluie, et résignons-nous à l'existence de la ville d'eaux.

Elle n'est pas sans douceur; et l'on trouve, ici, deux magnifiques établissements, le Cercle et le Casino des Fleurs, avec tout ce qu'il faut pour tuer le temps, à l'abri des averses. Comme ils sont rivaux, ils prodiguent à leurs hôtes spectacles, concerts, fêtes de toutes sortes. Il y en a presque trop; et le baigneur consciencieux, qui voudrait profiter de tous ces divertissements, serait, à la fin de sa saison, absolument blasé et se répéterait tout bas le mot fameux de lord Palmerston : « Sans les plaisirs, la vie serait assez supportable. »

Comme je ne dois rester à Aix que très peu

de jours, je n'ai pas à craindre cette indigestion dramatique et musicale, et sans faire d'excès dans cet ordre de sensations, je passe volontiers une heure ou deux au théâtre. C'est ainsi que, mardi dernier, j'ai eu la grande joie d'applaudir Mlle Delna, dans *l'Attaque du Moulin*.

Voilà une artiste comme je les aime. Cette extraordinaire jeune fille doit tout à son tempérament, à sa nature ; elle est à peu près pareille au gentilhomme dont parle Molière et elle sait tout sans avoir jamais rien appris. Ce rôle de la vieille servante Marceline occupe le second plan dans le drame lyrique de M. Bruneau, et le personnage est, en somme, assez banal. D'instinct, sans effort, Mlle Delna l'élève à la hauteur et lui donne la force d'un type. Admirablement grimée en vieille, — à vingt ans ! — elle n'a qu'à montrer son puissant et expressif visage, aux traits si largement taillés pour l'optique de la scène, et à déployer ses gestes si amples, si simples, si naturels, pour que tout le public soit conquis. La voix, vous le savez, est incomparable, et l'on n'a, paraît-il, entendu rien de semblable depuis l'Alboni. Savez-vous pourtant ce que je me disais, encore tout secoué par ces accents si poignants? Eh bien! je songeais : « Quel dommage qu'elle ait une si belle voix? »

Pourquoi? Parce que j'aime bien la musique, mais que j'aime mieux la littérature, et que, si

Mlle Delna n'était pas une grande cantatrice, ce serait une joie de la lâcher en plein drame et de faire d'elle une grande tragédienne. Par malheur pour les poètes, Mlle Delna possède, dans son larynx, une presse à billets de mille francs. Qu'elle en soit félicitée et qu'elle me pardonne mon regret égoïste.

En l'écoutant, l'autre soir, il m'est venu encore une idée assez folle. Ne pourrait-on pas, quand le phonographe sera arrivé à un suffisant degré de perfection, lui faire recueillir tous les rôles interprétés par les acteurs sublimes et les chanteurs de génie, et faire jouer, plus tard, les ouvrages par des mimes des deux sexes, ayant, dans la poche de portefeuille ou sous le corset, les plaques phonographiques de leurs différents rôles? La jeune première muette presserait un bouton, et l'on entendrait la voix d'or de Sarah Bernhardt; le ténor aphone tirerait une ficelle et donnerait la note de Reszké. Ce ne serait pas complet, sans doute, et la pantomime ne s'accorderait pas toujours avec les paroles dites ou chantées. Cependant, mon idée est à creuser. Il y a, pour l'acteur, deux moyens d'être mauvais, le geste et la voix. Il n'en aurait plus qu'un. Ce serait un progrès tout de même.

Comme la Delna ne chante pas tous les soirs, la plus agréable distraction, à Aix, est de s'asseoir, au Cercle ou au Casino, sur quelque fau-

teuil à bascule, et de regarder le défilé des belles
dames, avec tout le printemps en fleurs sur leurs
grands chapeaux et des manches à tel point
énormes et bouffantes, qu'elles semblent faites,
non pour cacher des bras charmants, mais pour
dissimuler aux regards des gabelous plusieurs
gigots de mouton. Rien — même cette mode ridicule — ne peut empêcher, bien entendu, une
jolie femme d'être jolie; et, sous ce rapport, Aix
fait songer au ciel du Prophète, et Don Juan y
trouverait assez de beautés pour dresser sa liste
des mille et trois. C'est égal, les élégantes de-
vraient bien renoncer à s'alourdir de cette paire
de montgolfières et revenir, pour l'hiver prochain, aux robes collantes et aux manches étroites.
C'est du moins le vœu, mesdames, d'un vieil
admirateur, de jour en jour plus désintéressé,
mais qui aurait, pourtant, plaisir à s'assurer qu'il
y a encore des personnes bien faites.

Dans la foule cosmopolite à laquelle je suis
mêlé, je reconnais à chaque instant bien des visages connus. Mais le lion de la saison est encore, cette année comme les précédentes, Sa
Majesté Georges Ier, roi des Hellènes.

Prince danois — le Danemark est notre allié
historique — et souverain d'une nation généreuse qui n'a pas oublié que nous avons contribué jadis à l'œuvre de son indépendance, le roi
Georges a pour la France une ardente sympathie;

et, quand même les eaux d'Aix ne lui seraient
pas si salutaires, je crois qu'il renoncerait difici-
lement à la douce habitude qu'il a prise de venir,
chaque été, dans ce beau pays, où il se sent en-
vironné d'une atmosphère d'amitié. Il y goûte
une hospitalité délicate, qui cherche à lui plaire
sans l'importuner et respecte son demi-incognito.
Tous les saluts sont discrets, tous les regards se
font bienveillants, quand passe cet élégant et
svelte promeneur, aux fines et blondes moustaches, qui, bien qu'il approche de la cinquantaine,
semble un jeune homme.

Ici, le roi de Grèce est populaire. La ville lui a
donné le droit de cité; et il dit : « Je suis citoyen
d'Aix-en-Savoie, » avec autant de fierté que don
Carlos, dans *Hernani,* se vante d'être bourgeois de
Gand. Quiconque l'approche est aussitôt séduit et
charmé par sa courtoise bonhomie, par son exquise
simplicité. D'ailleurs, un petit incident, qui s'est
produit tout récemment, en donnera la preuve.

Dans la rue Georges Ier, qui va du Splendide-
Hôtel à l'établissement des Bains, et que le roi
descend chaque jour, pour accomplir son devoir
thermal, il y a une grande auge de pierre où les
ménagères du faubourg font leur lessive. Or, la
municipalité d'Aix s'avisa que ces lavandières ba-
billardes, ces paquets de linge mouillé, ces enfants barbotant dans le ruisseau savonneux, offraient un spectacle indigne d'une rue portant le

nom royal, et elle eut la maladroite idée de cacher le lavoir au moyen d'une grande plaque de fonte, de forme arrondie et peinte en couleur marron, rappelant d'une manière assez fâcheuse celles qui masquent, à Paris, les « rambuteaux ».

Mais, dès son arrivée, le roi s'étonna de cet « embellissement » de sa rue. On sut que, loin d'être choqué par ce tableau populaire, par ce coin pittoresque, il les aimait, au contraire, et qu'il s'arrêtait là volontiers pour causer avec les laveuses, pour caresser les enfants et leur faire quelques libéralités.

On s'empressa, je dois le dire, de réparer l'erreur; on fit disparaître sans retard la laide muraille de fonte, et l'on rendit au roi son lavoir. Mais ne trouvez-vous pas que cette anecdote rend tout à fait aimable la physionomie de Georges Ier, et révèle en lui un homme de goût et un brave homme?

Je souhaite donc bonne cure et heureux séjour à Sa Majesté, dans cette belle Savoie que je vais quitter tout à l'heure, juste au moment où le baromètre remonte et où l'admirable paysage du lac, du ciel et des montagnes m'adresse le sourire délicieux et ironique d'une coquette à qui l'on dit adieu.

15 août 1895.

En Route

———

D'Aix-les-Bains je suis allé, d'abord, dans un petit village, situé sur la limite de la Savoie et du Bugey, passer une après-midi chez un bon camarade de mon enfance, à qui j'avais promis depuis longtemps cette visite.

Gustave d'O... est un ancien magistrat, victime de la fameuse « épuration ». En brisant cette carrière à peine commencée, la politique fit sa besogne ordinaire et commit à la fois une sottise et une injustice; car elle frappa un homme de mérite et d'honneur. Ce vaincu, d'humeur fière et un peu mélancolique, d'avance dégoûté de la lutte, se retira dans sa maison de famille, au fond de ses chères montagnes; et là, aidé d'une admirable compagne, qui sait allier la grâce et la gaieté aux plus hautes vertus, il a vécu en gentilhomme, très simplement, même dans une assez étroite médiocrité, et il a élevé ses quatre fils. A l'heure qu'il est, deux sont officiers, les deux autres portent la soutane et, bientôt, seront prêtres. Telle est la vengeance de cet homme de bien contre son pays, qui lui fut sévère; il lui donne quatre jeunes gens, à l'âme droite et pure, d'une éducation exquise, ayant la passion des grands devoirs, quatre bons citoyens qui serviront la France dans les fonctions qu'on paie d'un morceau de pain, — apparemment parce qu'elles sont les plus nobles de toutes, — celles du prêtre et du soldat.

Évidemment, voilà qui n'est pas moderne; et je n'ignore pas qu'on nous promet pour demain une humanité si raisonnable et si fraternelle qu'elle n'aura que faire de soldats et de prêtres. Excusez en moi un niais, un esprit en retard, qui veut croire encore que la foi religieuse et l'amour de la patrie n'ont pas fait leur temps.

Les vacances avaient réuni cette belle famille.

J'ai passé, au milieu d'elle, quelques douces heures.

Le logis est deux fois séculaire, comme les arbres qui l'environnent. C'est la gentilhommière d'autrefois, moitié ferme et moitié château, ayant l'air de menacer ruine, solide encore pourtant, dont le perron, le haut toit d'ardoises et les deux pavillons carrés ont grand air, mais où la volaille picore le fumier dans un coin de la cour envahie d'herbes folles, près des hangars, encombrés par le pressoir et les charrettes. Derrière la maison, le jardin français est sans fleurs et négligé. Mais comme il fait bon se promener dans la fraîcheur des vieilles charmilles, sous les marronniers géants ou le long des buis énormes en bordure, qui exhalent au soleil d'août leur odeur salubre et amère !

Je suis toujours ému par ces antiques demeures qu'entoure et que pare l'éternelle jeunesse de la nature et dont la vigne vierge et la glycine cachent seulement quelques lézardes. Je ne gravis jamais sans émotion les degrés, usés par les pas, de leur seuil hospitalier. On respire ici, avec un vague parfum de fruits conservés pour l'hiver, on ne sait quelle atmosphère de respect du passé et de traditions bien gardées. Qu'ils sont touchants, dans le salon, ces débris du luxe de jadis, ces portraits enfumés, ces meubles passés de mode, ces livres aux reliures fanées ! Ce n'est pas seulement par honorable pauvreté qu'on les conserve si précieusement. Non, on les aime, on n'en veut pas d'autres, tant ils sont pénétrés de souvenirs. Un pieux sentiment les protège. Remisera-t-on au grenier ces fauteuils branlants où les aïeux ont somnolé ? Fera-t-on repeindre cette boiserie cra-

quelée et piquée des vers, sur laquelle des traits
au crayon et des dates rappellent la taille des enfants à différents âges, des enfants qui sont des
hommes aujourd'hui, lancés dans la lutte, trop
souvent absents du foyer? Jamais! Ce bric-à-brac
est l'objet d'un culte, ces vieilleries sont sacrées.

Chez mon ami Gustave d'O... et parmi les
siens, j'ai retrouvé la vieille France. Sur la table
frugale de mon hôte, il y avait du vrai vin et du
vrai beurre, choses qu'on se procure assez difficilement dans les lieux où sévit le progrès. Mais je
rencontrais là une rareté encore plus extraordinaire, j'avais sous les yeux un spectacle dont nous
sommes de plus en plus privés. Je voyais des enfants honorant leur père et leur mère, selon la recommandation des catéchismes de deux sous. Je
sais bien que l'esprit de famille, ainsi que le sentiment national et quelques autres préjugés auxquels j'ai la faiblesse de ne pouvoir renoncer tout
à fait, c'est le vieux jeu, c'est quelque chose de
suranné et qui tend à disparaître. Accusez-moi,
si bon vous semble, d'un effort impuissant et ridicule contre le triomphe du délicieux « moi »,
du sacro-saint individualisme. Mais cet harmonieux accord de l'autorité et de la douceur chez
les parents, de la tendresse et du respect chez les
fils, m'a fait quand même plaisir à voir.

Vieux célibataire, je me félicite parfois de ne
point laisser de postérité; car l'avenir ne m'ap-

paraît pas précisément tout en rose. Si j'avais un fils, je serais fort inquiet, en mourant, de l'abandonner dans une société qui me semble devenir toujours plus dure. Mais, l'autre jour, devant ce noble père entouré de bons et charmants enfants, devant cette famille, pauvre de biens, mais riche d'idéal, si unie, si heureuse, en somme, — car il n'y a de bonheur que dans les sentiments, — j'ai compris que mon pessimisme avait tort, j'ai regretté d'être vieux garçon, et j'ai senti tout ce que contient de vérité morale et sociale la belle expression « faire souche d'honnêtes gens ».

Oui, mon cher Gustave, telles étaient mes pensées, sur ta terrasse aux dalles disjointes, un peu avant l'heure des adieux, tandis que nous admirions silencieusement le grandiose paysage des Alpes et de la vallée du Rhône, et que le soleil tombant transformait en foyers de rubis les carreaux étroits des fenêtres de ton manoir.

... Le soir même, je couchais à Lyon et j'en repartais le lendemain, dès la première heure, étant attendu à Toulouse. Dix-huit heures de wagon ! A minuit, j'arrivais dans la capitale du Languedoc, je me mettais au lit, dans une chambre d'hôtel, qu'emplissait l'éclatante lumière de l'électricité ; et, trop fatigué pour m'endormir tout de suite, je me mettais à lire *la Société future* de Jean Grave, que j'avais emportée dans mon sac de voyage.

Voilà, je l'espère, ce qui peut s'appeler un contraste, et nous sommes loin, à présent, de mon
père de famille traditionnel, de mon gentilhomme
pauvre. J'ouvre la Bible anarchiste, avec l'am-
poule d'Édison sur ma table de nuit. J'espère,
cette fois-ci, que je suis dans le mouvement.

Le doctrinaire de l'anarchie, le Royer-Collard
libertaire qu'est Jean Grave prétend, dans ce nouveau volume, combler la lacune que la critique
avait signalée dans son premier ouvrage, *la Société mourante et l'Anarchie*. On n'y avait trouvé,
en effet, qu'une critique — formidable d'ailleurs
— de la société actuelle, mais aucun aperçu sur
la façon dont les anarchistes envisagent la société
de l'avenir.

Dans ma chambre flamboyante de l'hôtel Ti-
vollier, à Toulouse, j'ai parcouru ces quatre cents
pages pleines de bonne foi, de logique et de talent, je m'empresse de le dire; mais en fermant
le livre, je n'ai pas vu apparaître clairement dans
ma pensée ce monde idéal qui n'aura pas d'autre
loi que la fameuse devise de l'abbaye de Thé-
lème : « Fais ce que vouldras. » L'auteur, je le
veux bien, ne peut rien préciser; mais, vraiment,
il se tient par trop prudemment dans le vague et
dans les idées générales, et il n'évoque pas devant
notre imagination la Salente anarchiste où *tous
les hommes, enfin sages*, useront pleinement de
leur liberté sans jamais porter atteinte à celle

d'autrui. Chose singulière ! Ce qui m'a semblé le plus fort, dans le livre de Jean Grave, c'est la terrible démolition, la mise à néant de tous les projets des différentes écoles socialistes, qui, toutes, selon lui, doivent fatalement nous mener à la pire des tyrannies.

Je fais la grimace, pour ma part, devant la perspective du phalanstère collectiviste; mais je m'étonne qu'un ardent champion des travailleurs ne le considère pas comme préférable à l'état de choses actuel, du moins au point de vue de leur bonheur matériel; et socialistes et anarchistes n'ont guère d'autre rêve. Jean Grave, impitoyable idéologue, n'admet pas de transitions. Au lendemain de la prochaine révolution, il demande qu'on applique les principes et qu'on fasse l'expérience de son anarchie idéale, qui n'est autre chose que la liberté absolue. La tentative — on peut l'affirmer — serait courte, et nous assisterions à une réaction — à une régression, comme dit Grave — dont vous me diriez des nouvelles.

La publication de *la Société future* fera moins de bruit que les abominables et absurdes bombes de Ravachol et d'Émile Henry. Cependant il faut lire de tels livres, les lire sérieusement et sans esprit d'ironie. Je sens ici une profonde conviction, ce qui est toujours très respectable. Et puis, que sait-on ? Certaines idées, qui nous troublent aujourd'hui, et même nous épouvantent, paraî-

tront peut-être, un jour, toutes simples aux générations de l'avenir.

Pourquoi ne pas espérer un état social où les
hommes seraient meilleurs et moins malheureux
et vivraient davantage selon la justice et l'égalité ?

Chimère ! diront légèrement les gens sérieux
en rejetant le livre de Jean Grave. Peut-être.
Mais telle chimère est une prophétie, qui deviendra vérité ; et, dans tous les cas, « chimère » est
un mot qu'aucun poète n'a le droit de prononcer
avec dédain.

22 août 1895.

A Toulouse

OULOUSE — que je voyais pour la première fois — est une ville toute rose.
Elle est rose comme Alger est blanche,
comme Londres est noir, rose du ton tendre et
fin de la fleur de l'églantier et de l'intérieur de
certains coquillages; et c'est, pour l'œil du voyageur, une sensation très douce. Toulouse est rose,
car Toulouse est tout en briques, depuis le prodigieux clocher de Saint-Sernin jusqu'à la plus
haute maison du faubourg. J'avais des préjugés
contre la brique. Dans les constructions neuves,
sa couleur crue et brutale met, dans le paysage,
une tache assez laide. Rien de plus triste aussi que
la brique encrassée, noircie par la sale et grasse

fumée de houille, dans les villes du Nord. Mais
ici, le temps et le soleil, qui sont de fameux peintres en décors, ont fait leur œuvre ; ils ont éteint,
atténué, pâli le ton des vieilles briques toulou-
saines, si bien que les édifices semblent toujours
caressés par un rayon d'aurore.

Cette ville rose, un fleuve majestueux la traverse, un ciel de cobalt la couronne, une éclatante et joyeuse lumière l'inonde ; et la luxuriante
verdure s'y épanouit de toutes parts. Nous sommes
ici dans l'extrême Midi, où l'on vit dehors. Un
peuple fin, alerte, avec une flamme aux yeux,
s'agite autour de vous, bavarde, fait vibrer son
accent clair. Ce n'est pas la circulation fiévreuse,
la hâte brutale des villes d'affaires. Tout ce monde,
au contraire, semble flâner. Les hommes élancés,
secs, fendus en compas, la moustache noire, le
nez courbe, ont je ne sais quoi d'espagnol et de
sarrasin ; les femmes — oh ! les yeux ardents ! les
tailles souples et voluptueuses ! — ont un regard
prompt à la riposte, un sourire vite éclos, qui font
amèrement regretter au voyageur d'être loin de
ses vingt-cinq ans. Une gaieté, un charme circule
dans l'air. On voudrait rester dans la cité rose,
s'y laisser vivre.

Gardez-vous de consulter les Guides ; ils ne
disent que des sottises injustes sur Toulouse.
« Grand village, voirie mal tenue, rues tortueuses,
étroites et mal pavées. » La seule rue d'Alsace-

Lorraine, tracée et bâtie selon l'idéal d'Haussmann, trouve grâce devant Joanne et compagnie.
Tous reprochent à la capitale du Languedoc
d'être en retard sur le progrès, c'est-à-dire de garder sa physionomie, son originalité.

Ne les écoutez pas, Toulousains, je vous en
conjure. Conservez à votre ville son caractère de
beauté libre et négligée. Ne supprimez pas surtout, sous de fallacieux prétextes de propreté et
d'hygiène, le marché en plein air dont le pittoresque désordre encombre, chaque matin, votre
place du Capitole. A Paris, ou dans toute autre
ville à prétentions, on aurait exilé depuis longtemps les marchandes et leurs étalages sous quelque lointaine halle de fonte. Combien vous avez
raison, au contraire, de les laisser devant l'édifice
illustre, sur la place monumentale! Car vous
avez, là, un coin délicieux, qui donne un peu de
joie à l'œil du coloriste. Sur les écroulements de
fleurs, de fruits et de verdures, les bonnets blancs
et les foulards bariolés des paysannes et des servantes palpitent comme un essaim de papillons.
En quoi le voisinage de ces produits de la terre
nourricière offensent-ils la noble architecture,
qui, souvent, leur emprunta ses formes? N'est-ce
pas à ce melon que le style Louis XIV doit ses
ornements compliqués? Et ces choux monstrueux
n'épanouissent-ils pas leurs feuilles comme les cha-
piteaux des colonnes Renaissance? Et puis, les fruits

somptueux, les robustes légumes du Midi, — au-
bergines violettes, tomates de cuivre rouge, grappes de raisin aux lourds grains d'azur, pêches
vermeilles et veloutées comme la joue d'un baby
anglais, — tout cela brille et embaume, tout cela
est une fête pour les yeux et pour les narines.
Devant le Capitole, devant l'harmonieux et vénérable monument dont Toulouse est si justement fière, cette foule, ce tumulte, ces richesses
de la campagne, prodiguement répandues, offrent un spectacle plein de grâce et de bonhomie; et, tout en admirant la belle façade aux
sculptures fleuries, le passant s'enivre de couleurs et de parfums.

J'ai constaté encore avec grand plaisir que les
restaurateurs et embellisseurs n'ont point gâté
les vieilles églises de Toulouse. Hélas! ils ont si
rarement la main assez délicate et assez pieuse
pour toucher aux ruines. Ici, elles ont été respec-
tées. On peut même voir encore — comme dans
le lointain moyen âge — des masures, des constructions parasites, s'appuyer à l'antique muraille
romane ou au contrefort gothique. Il y avait
quelque chose de charitable et de touchant dans
cette tolérance des églises d'autrefois, qui s'offraient comme un soutien à d'humbles logis. Les
architectes modernes y ont mis bon ordre. A
Paris, notamment, ils ont isolé Notre-Dame au
milieu d'un désert. Je regrette l'ancienne place

du parvis, très étroite, où la gigantesque cathédrale, vue de plus près, était bien plus imposante, et où, pour la voir, il fallait lever les yeux au Ciel, y penser peut-être, faire, pour ainsi dire, un geste de prière. Je regrette les baraques dans les angles extérieurs, et je vois encore l'établi d'un certain savetier, dont le marteau sonnait parmi le bourdonnement des cloches. A Toulouse ces coins hospitaliers existent encore. *Sinite parvulos venire ad me,* a dit Jésus. L'insigne basilique ou la vieille paroisse semble se rappeler la parole du Maître, quand elle abrite une pauvre échoppe.

J'avais, pour me montrer Toulouse, un merveilleux cicerone, mon cher ami Émile Pouvillon, l'auteur des délicieux poèmes en prose qui s'appellent *Césette, Jean de Jeanne* et *Bernadette de Lourdes.* Conduit par ce pur artiste, j'ai tout vu, et très bien vu, l'ensemble et le détail, le grandiose et le délicat. Pouvillon aime et connaît à fond la vieille capitale. Il en sait l'histoire et en évoque, au hasard de la causerie, tous les souvenirs. Tandis que j'admirais la ville à mes pieds et l'immense panorama, près de la pyramide élevée à la mémoire des braves soldats de Soult, Pouvillon me disait la célèbre bataille et la stupéfaction des vieux Toulousains devant les highlanders aux jambes nues. Dans l'hôtel d'Assezat — un des plus beaux logis Renaissance de Toulouse, qui en possède un grand nombre — Pou-

villon m'a mené tout droit à un certain marteau
de porte en fer forgé, qui est un parfait chef-
d'œuvre. Oh! la bonne et intéressante promenade, sous les arbres géants du Grand-Rond; dans
les rues solitaires du quartier noble; autour du
cloître paisible et verdoyant du Musée, où le
tronc tordu d'une vieille glycine met une colon-
nette de plus; dans la salle des peintures, devant
les batailles épiques de Gros, devant les portraits
jansénistes de Philippe de Champagne, devant
la fougueuse et pathétique esquisse de Rubens!

Décidément, il n'y a que les hommes d'imagination pour ressusciter le passé. Grâce à la savoureuse et suggestive causerie de Pouvillon, je
revoyais, dans le décor présent à mes yeux, les
anciennes gloires de la Cité. Du haut des Ponts
Jumeaux, l'audacieux Riquet m'apparaissait sur
la berge, en grande perruque et en large rhin-
grave, dirigeant, du bout de sa canne, les équipes
de terrassiers et entreprenant le babélique travail du Canal des deux Mers. Derrière les fenêtres
à meneaux des hôtels du vieux temps, j'imaginais quelques sévères profils de magistrats et de
jurisconsultes, penchés sur les in-quartos, attentifs
et la plume en main, comme l'Erasme d'Holbein.
Et, surtout, en errant à travers la ville ensoleillée,
je tâchais de faire surgir des brumes de la légende
la grande figure de Clémence Isaure, qui n'a pas
existé peut-être, mais qui reste la Muse, la Dame

de l'Idéal, et, encore aujourd'hui, récompense les bons poètes avec des fleurs.

Mais, par malheur, Toulouse ne fut pas seulement la Savante et la Lettrée, elle fut aussi la Sanglante. Des témoins de briques et de pierres sont là pour nous rappeler les pages atroces de son histoire. Est-il possible que cette population, si aimable et si paisible, à laquelle je me suis mêlé par cette radieuse après-midi d'été, que les innombrables pêcheurs qui trempaient leur ligne dans l'eau de la Garonne et des canaux, que ces gracieuses filles aux yeux de diamant noir qui tournaient la tête pour sourire à leurs galants, que ces couples de jeunes et sveltes garçons qui passaient en se tenant par l'épaule et chantaient si suavement — Toulouse est un nid de ténors — les airs du pays; est-il possible que tout ce gentil monde descende des horribles fanatiques d'autrefois?

Elles ont alors défilé dans ma mémoire, les lamentables phalanges des martyrs de la fureur religieuse, manichéens, Albigeois, Vaudois, huguenots! Que de guerres, de massacres, de supplices! Que de dates de fer et de sang! Elles flamboient dans une sinistre lueur, pareille au reflet d'un bûcher de l'Inquisition sur la cuirasse des hommes d'armes qui entourent l'auto-da-fé. Et quelques-unes de ces dates ne sont pas si éloignées. Voici, traîné dans le ruisseau par les

Ligueurs, le cadavre de l'héroïque premier président Duranti avec la simarre de pourpre et
l'épitoge d'hermine ! Voici la tête blanche, la tête
innocente du vieux Jean Calas, qui hurle et roule,
éperdue de douleur, sur l'ignoble roue ! Arrière,
toutes ces abominations ! Quand on y songe, les
murailles roses de Toulouse semblent teintes de
sang mal essuyé.

Aujourd'hui, l'ancien tribunal de l'Inquisition,
à Toulouse, est devenu la chapelle d'un couvent
de Dames Réparatrices. Ce sont, m'a-t-on dit, des
filles de noblesse, mais peu fortunées, qui ne sont
entrées dans cet ordre aristocratique et sévère
que sur le tard, après avoir été, sans doute, cruel-
lement déçues par la vie. J'ai pénétré là, à l'heure
des vêpres, qu'une vingtaine de nonnes, en robe
bleue et en voile blanc, — dont me séparait une
grille, — psalmodiaient en chœur, d'un ton doux
et monotone. A l'endroit même où saint Domi-
nique a rendu ses impitoyables arrêts, de pauvres
femmes prient pour tous ceux qui sont dans le
péché et dans l'erreur.

Ah ! puissions-nous désormais respecter la foi
et haïr le fanatisme ! Que nos croyances religieuses, nos rêves politiques, notre idéal social
ne s'exaltent plus jamais jusqu'au prosélytisme
aveugle et furieux ! Assez de persécutions ! Assez
de révolutions ! Soyons indulgents et doux, même
pour nos pires adversaires, et que leur liberté et

leur vie nous soient toujours sacrées! C'est là l'esprit supérieur de justice, le véritable esprit chrétien; et j'ai cru le sentir palpiter dans la prière de ces femmes qui avaient souffert et qui s'étaient résignées.

29 août 1895.

Aux Eaux-Bonnes

—

C'EST la dixième fois que je viens ici, depuis vingt ans, à des intervalles irréguliers, et mon appareil respiratoire, qui est de seconde catégorie, a toujours recueilli, de l'usage de ces Eaux-Bonnes, un bénéfice sérieux. Je rentre chez moi, après ma cure, sinon guéri, du moins très amélioré. Sans doute, je ne rapporte pas des poumons assez solides pour jouer du cor de chasse; non. Mais je ne prends plus de bronchite au plus léger courant d'air, ou, du moins, grâce à la cuirasse de soufre dont je me suis intérieurement revêtu, j'en suis quitte pour un rhume insignifiant. Une saison aux Eaux-Bonnes, c'est

pour moi la permission de passer l'hiver à Paris.
Espérons que la source bienfaisante, à laquelle je
me suis abreuvé pendant vingt jours et que je
quitterai demain, va me rendre encore ce service
et que je ne serai pas forcé, dans trois mois d'ici,
d'aller, comme un « rasta », me réchauffer au soleil de Nice, trop loin du cher ruisseau de la rue
du Bac.

J'éprouve, pour ce coin des Pyrénées, où j'ai
si souvent fait provision de santé, beaucoup de
reconnaissance, et j'aime tendrement ce pays d'a-
doption. Sur la belle route en lacets, si verdoyante
et si parfumée, qui va de la gare de Laruns aux
Eaux-Bonnes, dans le landau qu'emportent au
grand trot, malgré la dure montée, les enragés
petits chevaux du Béarn, quand j'aperçois enfin,
entre le Gourzi et la Montagne Verte, tout là-haut,
dans le bleu du Ciel, la cime rocheuse du Pic de
Ger, mon cœur bat doucement. J'emplis mes poumons de cet air si pur, qui, autant que l'eau sulfu-
reuse, va me faire du bien; j'aspire avec délices
l'odeur embaumée des prairies où l'on fauche le
regain; je salue joyeusement, comme des camarades retrouvés, les hêtres énormes et tordus aux
troncs plaqués d'argent, et les sorbiers chargés
de leurs fruits vermillon.

Mais voici que mon cocher en chapeau de cuir
et en veste galonnée tire de son fouet de telles
pétarades qu'on croirait qu'il y a par ici un régi-

ment qui fait l'exercice à feu. Nous entrons en
ville; et, tout de suite, dans ces gentlemen en
souliers jaunes qui flânent devant les hôtels, dans
ces dames en robes claires, assises autour du
kiosque à musique, j'ai déjà reconnu vingt visages
amis. C'est ici une station d'habitués, un rendez-
vous de bonne compagnie, où l'on ne vient que
pour se soigner et se reposer. Ni filles ni filous. Et
c'est tout de même agréable de penser que la voisine de droite, à la table d'hôte, n'a pas montré des
lapins savants aux Folies-Bergère, et que le voisin
de gauche n'est pas un sénateur véreux qui s'est
dérobé aux recherches de la police en se cachant
dans un panier de linge sale.

Ordinairement, on trouve, aux Eaux-Bonnes,
beaucoup de familles espagnoles, très aimables,
mais un peu bruyantes. Elles sont, cette année,
relativement peu nombreuses; car le change de
la monnaie est à dix-huit pour cent, et c'est une
raison très suffisante pour empêcher Madrilènes
et Andalous de franchir la frontière. Dans ma
chambre gaie, propre et blanche de l'hôtel de
France, — une chambre de maison de santé,
presque de couvent, — j'ai donc dormi fort tranquille; et le salon n'a pas retenti, comme d'habitude, de piano durement tapé et de guitares bour-
donnantes. Je regrette cependant de ne pas revoir
ici ces jolies filles, au teint de citron, aux yeux
de jais et aux pieds si mignons qu'ils justifient la

galante hyperbole de *tra los montes* : « Mettez-
moi aux pieds de mademoiselle une telle, *si elle
en a* ».

Lors de mon dernier séjour, c'était un de mes
amusements d'entendre résonner les prénoms
ronflants de ces jeunes personnes. Toutes les fêtes
carillonnées de la catholique Espagne y passaient.
Assomption, Conception, Incarnation. Je me rappelle notamment une délicieuse petite Cubaine
de quatorze ans, une brunette aux joues fleuries,
qui avait, comme dit Baudelaire,

> *Le charme éblouissant d'un bijou rose et noir,*

et que sa maman, superbe Havanaise à moustaches et à enrouement chronique, appelait sans
cesse, à travers les escaliers, du terrible nom de
« Remedios ». Ce nom n'est qu'une abréviation
de « Notre-Dame de Bon-Secours » ; mais, appliqué à cette gentille enfant, frêle et légère comme
un papillon, il était, je vous assure, pour des
oreilles françaises, d'un comique irrésistible.

Sauf cette absence accidentelle des Espagnols,
rien n'a changé, aux Eaux-Bonnes. Parmi les messieurs d'un certain âge, mes confrères en bronchite chronique et en catharre des fumeurs, j'ai
bien vite reconstitué les éléments d'une Académie de dominos à quatre, où j'ai eu, s'il vous plaît,
quelques poses assez heureuses du double-six.

Comme autrefois, je suis forcé de me garer, en montant à l'établissement pour y boire mon verre, du troupeau des chèvres noires aux yeux jaunes et aux cornes aiguës, dont le lait, aromatisé par les plantes de la montagne, est si bon pour les estomacs fatigués. Les guides sont demeurés fidèles à leur costume d'opéra-comique, — béret, veste rouge, culottes de velours noir, hautes guêtres de tricot blanc, fouet à pompons en bandoulière, — et leur chef, leur patriarche, le père Lanusse, le seul qu'admettent les belles dames pour leur tenir l'étrier, fait toujours songer, sous sa blanche chevelure d'octogénaire, au *Paralytique soigné par ses enfants,* à l'aïeul de *l'Accordée de village* et à tous les vertueux vieillards de Greuze. Enfin, comme auparavant, les ânières stationnent le long des trottoirs, avec leur bande de charmants baudets au regard de velours, aux oreilles feutrées, aux pieds aristocratiques, qui attendent le client, bâtés d'une selle en ruine ou attelés à un fauteuil à quatre roues.

Hélas! ces voitures roulantes, c'est la mélancolie des Eaux-Bonnes. Quelques paresseux s'en servent pour gravir les rues escarpées; mais, trop souvent, on y voit les grands malades, les lamentables phtisiques. Certes, la source précieuse en sauvera quelques-uns, prolongera la vie de presque tous. Néanmoins, le défilé des petites voitures est sinistre. Pas besoin d'être un grand docteur et

d'avoir pris ses grades dans une Faculté pour reconnaître ceux ou celles qui sont déjà marqués
pour la mort. Quand même ils ne se trahiraient
pas par leurs yeux trop brillants et avides, par
leur teint de cire et leurs oreilles décollées, on de-
vinerait qu'ils sont perdus, rien qu'à l'attitude na-
vrée des pauvres gens qui les accompagnent.

Elle est encore jolie, sous les couvertures et les
lainages, cette jeune femme qui se fait traîner au
soleil, le long de la promenade horizontale ; mais
le mari, qui marche auprès de la lente voiture, a
déjà sur son front l'ombre du veuvage, et la petite fille qu'il tient par la main — trop pâle, elle
aussi — me semble orpheline à moitié. On voudrait croire que ce beau jeune homme, au visage
intelligent et fier, qui, dans le fauteuil roulant,
croise sur le manche d'une canne ses mains
exsangues, domptera le mal et survivra. Mais
comment l'espérer, quand on voit près de lui la
vieille maman, à la figure creusée par la douleur,
aux yeux pochés et meurtris par les larmes ?

Je suis un ancien habitué des Eaux-Bonnes.
Plus d'une fois la sympathie et la pitié m'ont attiré, m'ont retenu auprès des êtres douloureux
qu'on promenait dans les petites voitures. J'ai
tâché de les distraire, j'y ai réussi parfois. J'ai ri,
pour les faire rire, avec le cœur inondé de tristesse. Où sont-ils, à présent ? Où êtes-vous, chère
petite Jeanne, qui tendiez si cordialement à votre

vieil ami votre main toujours trop moite et trop
chaude? Je revois votre délicat profil, votre front
pensif et comme accablé par le poids de votre
chevelure d'or. Où êtes-vous, douce et sainte enfant, dont je n'oublierai jamais l'héroïque sourire,
aux heures où, souffrant davantage, vous vouliez
d'autant plus rassurer votre admirable mère et
tous ceux qui vous aimaient?

Chassons ces souvenirs funèbres. Aussi bien,
cette année, près de la source de vie et de santé,
mon cœur de vieux sentimental a connu des émo-
tions plus douces.

Dans une maison amie, où se trouvait, l'autre
soir, l'élite de notre petite société thermale,
Mlle Bartet, qui a fait une saison aux Eaux-Bonnes,
eut cet aimable caprice de feuilleter un de mes
livres d'autrefois, de choisir — avec quel goût!
— une dizaine de poèmes d'amour et de nous les
lire — avec quel art parfait!

Tous l'écoutaient, ravis, suspendus à ses lèvres
harmonieuses, à ses lèvres magiques, qui donnaient à mes pauvres vers une illusion de beauté.
Moi, dans mon coin, j'étais pénétré de reconnaissance pour cette délicieuse artiste qui me faisait
revivre quelques heures de ma jeunesse.

Mlle Bartet m'a donné une grande joie, dont
je n'ai pu la remercier que par ce petit sonnet :

A MADEMOISELLE BARTET

Mon avril et sa primevère
Sont loin. Je suis vieux, je me tais.
Adieu les vers où je chantais
L'amour qui fut ma grande affaire.

J'ai mis dans un oubli sévère
Ces rimes du temps où j'aimais,
Et je ne les lis plus jamais.
Fleurs d'herbier ! Papillons sous verre !

Mais, Bartet, votre exquise voix
Leur rend le charme d'autrefois.
Mon cœur s'émeut à vous entendre.

Les papillons sont palpitants,
Les fleurs donnent un parfum tendre ;
Et j'ai mon arrière-printemps.

5 septembre 1895.

A l'Exposition de Bordeaux

EN revenant des Pyrénées, je me suis arrêté à Bordeaux et j'ai visité l'Exposition.

On dit, en ce moment, beaucoup de mal des expositions; il semble même qu'un courant d'opinion s'établisse contre la kermesse internationale dont nous sommes menacés pour l'année 1900. De farouches décentralisateurs, qui trouvent que Paris n'a pas été sage, voudraient le mettre en pénitence et le priver de fontaines lumineuses et de danse du ventre. Je suis de ceux qui subiraient ce châtiment, non seulement sans murmurer, mais même avec un certain plaisir; car ces « admirables fêtes du travail », comme disent les discours officiels, sont une terrible corvée pour le Parisien.

Deux ou trois ans à l'avance, on lui bouleverse sa ville et on l'enlaidit de quelques ridicules monuments en ferraille et en papier mâché; puis, pendant la durée du fléau, c'est-à-dire tant que l'Exposition reste ouverte, Paris devient absolument inhabitable, et le malheureux indigène doit renoncer à trouver un fiacre ou une table au restaurant. Ceux qui peuvent prendre la fuite s'empressent alors de le faire. En 1889, pendant que nos hôtes du monde entier s'écrasaient réciproquement les cors dans la rue du Caire, j'étais au bord du Loing et je regardais les libellules d'azur se poser sur les roseaux. Si Dieu me prête vie jusqu'en 1900, je me réfugierai, de nouveau, dans quelque asile champêtre. Mais, pour fuir le mal, on n'en évite pas toutes les conséquences, et je prévois, au retour, mainte surprise déplorable. A coup sûr, le beurre sera hors de prix, et l'absurde Tour Eiffel aura peut-être un pendant.

Ne m'opposez pas, s'il vous plaît, l'ancienne rengaine : « Il faut de l'ouvrage pour les ouvriers. » Car on pourrait, on devrait leur en donner tout de suite et leur faire exécuter des travaux utiles et durables. Paris est la seule grande capitale qui ne soit pas pénétrée par ses lignes de chemin de fer. La Ville-Lumière manque d'eau et exhale une odeur infecte tous les étés. Qu'on y songe, avant de reconstruire le kiosque en carton de la Belle Fatma.

Je suis, on le voit, sans enthousiasme pour les expositions ; mais je me résigne. Je les considère comme quelque chose d'inévitable et de périodique, dans le genre du choléra. Que les décentralisateurs ne se fassent pas d'illusions. Ils n'empêcheront point Paris de clore le siècle par une foire géante. D'ailleurs, pourquoi ne pas dire le fin mot ? La véritable raison d'être des expositions, c'est que tout le monde veut du ruban rouge. En 1889, on a décoré un épicier, et l'année dernière, à Lyon, on a donné l'étoile des braves à un déménageur. Croyez-moi. Jamais nous ne renoncerons à d'aussi solennelles manifestations de nos mœurs démocratiques et de notre amour de l'égalité.

Donc, pour tuer une après-midi, pendant mon séjour à Bordeaux, je suis allé faire un tour sur la place des Quinconces, maintenant encombrée par toutes sortes d'édifices provisoires sur qui flottent des centaines de drapeaux et de banderoles ; et, à ma grande surprise, malgré mon peu de goût pour ce genre de spectacles, j'ai passé là quelques heures charmées.

Je vous assure que je n'éprouve pas, en parlant ainsi, cette indulgence sottement dédaigneuse, qui est un des travers du Parisien hors de chez lui et qu'exprime si joliment l'alexandrin fameux :

Ce sont d'assez beaux yeux pour des yeux de province.

Non, l'Exposition de Bordeaux, qui a pour premier mérite de n'être pas trop vaste, offre, en vérité, beaucoup d'intérêt et d'amusement, et se recommande par un caractère d'élégance et de bon goût, qui lui est spécial.

Nous y ferons, si vous voulez, une courte promenade.

Entrons d'abord, bien entendu, dans le Palais des Vins. Jamais je n'aurais cru qu'avec cet unique objet et ce seul ornement — la bouteille — on pût édifier tant de monuments, et si gracieux, et si variés! Palais des Vins? Les Bordelais sont trop modestes. C'est « Temple des Vins » qu'il fallait dire. Un temple d'architecture bizarre, de style extravagant et fantasque, dont les murailles, les colonnes et les autels sont exclusivement faits de flacons. On voudrait voir triompher ici, au milieu de ce magnifique appareil de buverie, quelque divinité symbolique. Non point Bacchus chevauchant un tonneau, ni l'ignoble Silène mal d'aplomb sur son âne. La légère et aristocratique ivresse que donne le vin de Bordeaux — le seul qui se digère facilement — eût mérité une allégorie plus délicate, quelque jolie et svelte bacchante, par exemple, un peu folle, mais à peine en désordre, nue sans doute, — c'est l'uniforme

des déesses, — mais portant décemment sa feuille
de vigne, pareille, en un mot, à ces femmes d'esprit qui, lorsqu'on leur parle dans le cou, à la fin
d'un souper, disent : « Vous me faites perdre la
tête, » mais ne la perdent qu'à moitié et réservent
ce qu'il faut pour l'amour ou pour le caprice.

Ce Palais des Vins est un temple, vous dis-je.
C'est avec une émotion religieuse qu'on pénètre
dans cette église des bouteilles et qu'on fait ses
dévotions aux autels placés sous l'invocation de
saint Julien, de saint Estèphe et de saint Emilion.
Mais lâchons bien vite la métaphore. Les « châ-
teaux » du Médoc me reprocheraient de les oublier. Et ils sont là, les illustres, les vénérables,
— Yquem, Margaux, Laffitte, tant d'autres, — et
je vois briller, sous le verre, leurs topazes et leurs
rubis !

Pour tout dire, c'est un peu mélancolique, cette
exhibition de fioles célèbres, mais si bien cache-
tées. Je me monte l'imagination devant elles
parce que je vais souvent à Bordeaux, que j'y
compte des amis très hospitaliers, qu'ils vont
chercher, quand j'arrive, quelques fines bouteilles
au fond de leur chai, et que j'ai, en cette matière,
quelque expérience et de savoureux souvenirs.
Mais je me mets à la place d'un dégustateur inconnu qui se promène dans cet arsenal de flacons.
Voilà le supplice de Tantale ! Regardez, mais n'y
touchez pas. Un bibliophile qui verrait des Aldes

et des Elzevirs derrière une vitrine fermée à clef, ne serait pas plus à plaindre.

Au fond, une exposition vinicole devrait se composer d'une série de dîners, avec La-Tour-Blanche au potage, Léoville pendant les entrées et Haut-Brion après le rôti, ou tout autre programme dans le même goût. Je connais les mœurs magnifiques des Bordelais, et je suis certain que des repas mémorables, arrosés de crus extraordinaires, ont été déjà donnés et le seront encore aux commissaires, aux membres du jury, à tous les gros bonnets de l'Exposition. Je conseille même, en passant, au Lord-Maire de se surveiller, pendant les banquets qu'on va lui offrir là-bas, tous ces jours-ci. Je le suppose solide buveur et à l'épreuve du « claret » alcoolisé d'outre-Manche. Qu'il se méfie néanmoins des grands Médoc, s'il veut retrouver, en rentrant à l'hôtel, le trou de sa serrure.

Oui, il s'est bu et il se boira des choses délicieuses, à propos de l'Exposition de Bordeaux. Mais cette pensée est plutôt faite pour augmenter les regrets du pauvre diable qui visite le Palais des Vins et ne peut goûter d'aucun. Le seul parti qu'il doive prendre, c'est de ne pas lire les alléchantes étiquettes et de s'imaginer que toutes ces bouteilles ne contiennent qu'une matière insignifiante, telle que du cirage ou de la sauce aux anchois.

Un attrait moins décevant de l'Exposition, ce sont les salles d'objets anciens. Grâce à l'obligeance des riches familles de la ville et de toute l'Aquitaine, on a pu réunir là une admirable collection d'art rétrospectif. Le choix fut sévère; l'arrangement est exquis. Tableaux, sculptures, meubles, armes, étoffes, livres, manuscrits, objets et bibelots de toutes sortes, forment momentanément un riche et précieux musée, qui souffrirait très bien la comparaison avec notre Hôtel de Cluny. Le plaisir de voir ce splendide bric-à-brac vaut seul le voyage. Je ne sais qui a pris soin de grouper et de présenter toutes ces belles choses; mais celui-là est un véritable artiste. On ne l'oubliera pas, je l'espère, sur la liste des récompenses. Il mérite une des premières; car il a contribué plus que personne au succès de l'Exposition en mettant sous les yeux du public un pareil trésor d'art et de curiosité.

Tout le reste — ou à peu près — nous l'avons déjà vu ailleurs, aussi bien l'arc de triomphe en tablettes de chocolat représentant la production quotidienne d'une seule usine, que le formidable piano du dernier « cri », espèce de mitrailleuse à musique, qui vous crible au passage de valses et de polkas.

Fuyons vers ces paillottes, où bourdonnent plus discrètement les gongs de l'Annam et les tambourins du Soudan. Ce n'est pas non plus du

nouveau, cette pouillerie africaine et asiatique;
mais il paraît qu'elle est obligatoire dans toute
Exposition qui se respecte. Pour ma part, ce spectacle me répugne. Je trouve quelque chose de
barbare dans cette habitude que nous prenons
de montrer, comme des bêtes, quelques exemplaires des exotiques que nous avons vaincus.
Entre nous, l'idée est même assez indigne d'un
peuple chrétien et civilisé.

Et qu'on ne me parle pas d'instruction, de leçons de choses. Je vous assure que, l'autre jour,
les badauds, qui regardaient, avec des yeux ronds,
les négresses callipyges, n'étaient nullement pré-
occupés d'ethnographie, et ce n'était pas non
plus dans un intérêt scientifique que les cocottes
en chapeau à panache s'extasiaient devant le
beau Soudanais couleur de bronze, qui dansait
en faisant tournoyer son canjiar au-dessus de sa
tête crépue.

J'ai tort peut-être; mais je sens, dans de pareilles exhibitions, un mépris de l'humanité, qui
me choque et m'attriste. Devant les baraques où
les Annamites, maigres et simiesques, travaillaient
et maniaient agilement leurs outils primitifs, j'ai
eu ce singulier cauchemar. Les races, dites infé-
rieures, avaient pris le dessus; l'Occident était
conquis par les Jaunes, et ils avaient envoyé là-
bas, à l'Exposition de Pékin, en guise de trophées
humains, — comme nous le faisons, précisément,

— quelques Européens de professions diverses.
J'en étais. Je me voyais, la plume à la main, dans
mon échoppe, sous un écriteau portant le mot :
« homme de lettres » ; et la foule des Chinois à
longue queue défilait devant moi et me regardait
avec étonnement faire de la copie.

Sous l'impression de ce fâcheux rêve, je suis
sorti de l'Exposition de Bordeaux. Elle est, je le
répète, fort jolie et amusante. Mais, décidément,
j'aime peu le charlatanisme, les décors bâclés, les
splendeurs de boue et de crachats destinées à disparaître, et ce que j'ai encore vu de mieux là-bas,
c'est Bordeaux, c'est l'admirable ville elle-même ;
ce sont les clochers gothiques, les nobles archi-
tectures de Tourny, le pont du Grand Empereur,
la large Garonne aux flots blonds, et, devant la
forêt des mâts, épousant la courbe gracieuse du
fleuve, la majestueuse façade des Chartrons.

12 septembre 1895.

Le Congrès des Religions

———

DANS un tout récent numéro de la *Revue de Paris*, M. l'abbé Victor Charbonnel a publié sous ce titre : *Un Congrès universel des Religions en 1900,* quelques belles et éloquentes pages que je viens de lire avec l'intérêt le plus ému.

Ce prêtre courageux et libéral propose de renouveler en terre de France, à l'aurore du vingtième siècle, ce qui s'est passé en Amérique, lors de l'Exposition de Chicago, c'est-à-dire de convoquer à Paris une assemblée qui réunirait des représentants de tous les cultes et dans laquelle, abjurant tous les fanatismes, s'inspirant du plus large esprit de tolérance, ayant surtout le souci de la puissance morale que contiennent les doctrines religieuses et se plaçant au-dessus des particularités dogmatiques qui les séparent, des hommes de bonne volonté proclameraient solennellement que la croyance en Dieu est un besoin pour l'homme et qu'elle est indispensable à son bonheur et à son perfectionnement.

Il ne s'agirait pas — comprenez bien — d'une manière de Concile, et aucune question théologique ne serait agitée. Le souvenir est odieux de ces tumultueuses discussions où prêtres et moines se bombardaient de textes et d'injures, s'anathématisaient réciproquement et finissaient toujours par se séparer, enflammés plus qu'auparavant de la rage des persécutions. Mais le bûcher de Jean Huss est éteint et les poignards de la Saint-Barthélemy sont rouillés. On ne se demandera pas, au Congrès des Religions, s'il faut communier sous deux espèces ou sous une seule, et l'on n'ouvrira pas la bouche sur l'Immaculée Conception ni sur la Présence réelle. On y cherchera simplement, loyalement, comme on l'a déjà fait à Chicago, un terrain de paix religieuse et de conciliation des âmes.

Ce qui s'est passé de l'autre côté de l'Atlantique est pourtant d'un bon exemple. Non seulement les ministres des diverses confessions chrétiennes et même de plusieurs cultes païens s'y sont réunis sans se jeter leurs bibles à la tête,

mais, tout en réservant leurs *Credo,* ils se sont in-
clinés devant un idéal commun, devant une religion universelle et suprême, celle où tous les
hommes, enfin fraternels, ne reconnaîtraient plus
qu'un seul Dieu et qu'un seul Père. Croyant —
avec l'immense majorité — que Dieu existe, que
la foi est naturelle à l'homme, qu'elle est pour lui
la plus grande des forces et la plus efficace des
consolations, ils se sont efforcés de concevoir et
d'exprimer l'idée religieuse dans sa pureté absolue.

Cette religion élémentaire, si j'ose ainsi parler,
cette religion des hommes s'aimant comme des
frères afin de contenter un Père céleste, peut
transformer, un jour, toute l'humanité en une
seule famille, tendrement unie. Ce n'est qu'un
rêve, dites-vous. En tout cas, c'est le plus sublime
des rêves. Or, cette doctrine de la fraternité en
Dieu a trouvé sa formule définitive dans l'Évangile. Les délégués du Congrès de Chicago l'ont
reconnu *à l'unanimité.* Des brahmanes et des rab-
bins ont proclamé Jésus-Christ « le véritable
unificateur de l'humanité », et son Évangile « le
centre final de toutes les religions du monde ».

J'appelle cela un résultat; et nous sommes
loin, vous le voyez, des scandales du Concile de
Bâle et de l'élection d'un antipape. En vérité, un
souffle de paix passa sur les nobles esprits réunis
à Chicago; un courant d'entente et de sympa-

thie les entraîna. Et ce fut un grand acte, quand
le cardinal-président, devant une assemblée de
huit mille personnes appartenant à des religions
diverses, dit à haute voix, dans un silence imposant, la prière chrétienne du *Pater*, que tous
avaient reconnue pour la « prière universelle ».

M. l'abbé Victor Charbonnel estime avec raison qu'un tel spectacle est grandiose et salutaire;
il voudrait que le monde y assistât de nouveau
et que la France fût, cette fois, le rendez-vous où
se donnerait cette fête de la tolérance et de l'idéal.
On ne peut que s'associer à ce souhait magna-
nime, et il n'est, du reste, pas impossible qu'il se
réalise.

En effet, quand s'ouvrit le Congrès américain,
beaucoup de voix, même à Rome, s'indignèrent
et se plaignirent que des catholiques eussent con-
senti à y participer, et l'on attendit un blâme
venant de haut. Le blâme ne vint pas. Le Pape
approuvait, ce Pape qui rêve, comme dit l'abbé
Charbonnel, la réconciliation sociale dans la justice évangélique.

Depuis lors, un prélat du Nouveau-Monde, ce
cardinal Gibbons, en qui semblent revivre l'ardeur et la libre audace des premiers apôtres, a vu
Léon XIII, s'est expliqué avec lui sur ce grave
sujet; et les impressions qu'il nous rapporte du
Vatican seraient, paraît-il, favorables à une seconde réunion du Congrès des Religions. Le Pape

ne les convoquera pas officiellement, sans doute ;
mais il verrait avec joie les catholiques français
prendre l'initiative de cette grande idée et il la
soumet, pour ainsi dire, à leur suffrage.

On devrait croire, dans ces conditions, au succès de la campagne qu'entreprend aujourd'hui
M. l'abbé Charbonnel. Elle rencontrera pourtant,
je le prévois, bien des difficultés, bien des résis-
tances. Sans parler des fanatiques qui, fort heureusement, deviennent rares, il y a les timides,
qui sont légion, les immobiles, ceux que toute
hardiesse épouvante. Il faut que l'abbé Charbonnel s'y résigne. Sa bonne pensée ne trouvera pas
beaucoup d'appui chez ceux qui sembleraient, au
premier abord, devoir en être les défenseurs naturels. Il existe aujourd'hui — le sait-il ? — des
dévots et des prêtres qui, parce que Léon XIII a
le sentiment des besoins de la société moderne,
le tiennent pour un dangereux révolutionnaire,
et qui prient, et qui disent des messes pour la
conversion du Saint-Père.

Ces braves gens — j'en suis persuadé — seraient incapables de brûler les juifs et d'expulser
les protestants ; mais la seule idée de voir des
prêtres en soutane et en rabat, assis, dans une
assemblée, à côté de pasteurs, d'imans et de rab-
bins, va leur tourner les sangs. Votre Congrès,
monsieur l'abbé, leur apparaîtra comme une
monstruosité, comme une espèce de religion par-

lementaire, où les articles de foi seront soumis au caprice du suffrage universel et où l'on fera des miracles électoraux. Ils imagineront tout de suite un Pape constitutionnel, des cardinaux responsables, que sais-je? des interpellations sur les dogmes, une sous-commission des prières. Ah! j'entends d'ici les jolies épigrammes que vont tourner les jeunes abbés ambitieux, dans les évêchés, pour amuser Monseigneur, et aussi les lourdes plaisanteries dont poufferont les curés paysans, entre la poire et le fromage, à la fin des dîners de conférence.

Cependant, que l'abbé Charbonnel se rassure et ne se décourage pas. Beaucoup d'âmes sincères seront touchées par ses généreuses intentions, répondront à son appel. Car son programme nous montre un but, — oh! bien confus, bien lointain, certes, — mais éblouissant: l'union des Églises, la paix religieuse entre les hommes.

Quelqu'un m'interrompt. C'est un esprit fort. Il m'assure, avec un sourire avantageux, qu'il est bien inutile de rêver une religion universelle, attendu que, demain, — ou un peu plus tard, — l'humanité sera devenue assez raisonnable pour ne plus s'inquiéter du mystère qui l'environne, ni du problème de sa destinée, et qu'elle pourra, par conséquent, se passer tout à fait de croyance. Par malheur, cette prophétie est déjà vieille, et rien n'indique qu'elle doive jamais s'accomplir.

Bien au contraire, plus je vais, et plus j'entends, autour de moi, les incrédules et les sceptiques se plaindre de leur détresse intime et regretter la foi perdue.

Si l'on constate, en effet, dans notre vieille Europe, et spécialement dans les races les plus anciennes et les plus épuisées, — comme la nôtre, — cet affaiblissement du sentiment religieux, on ne remarque pas, pour cela, qu'elles soient en progrès dans la voie du bonheur et de la vertu. Il semble même que les hommes, déshérités d'un idéal supérieur, mais plus que jamais dévorés par l'esprit de chimère, souffrent avec une pire impatience et une plus amère douleur les injustices fatales de leur condition, et que les plus effrénés soient sur le point de satisfaire leurs appétits et tout au moins de se venger de leur misère par tous les moyens, même par le crime. Il y a des fanatiques comme autrefois, prêts à tuer et à mourir, hélas! Les misérables sont exaspérés, n'ayant plus d'espérance surnaturelle qui les console, et les repus, pleins de terreur, se sentent entourés d'envie et de haine. Les esprits les moins pessimistes en sont avertis par un secret instinct: les heures que nous vivons sont redoutables; et, devant l'horizon noir, dans l'atmosphère étouffante, les sourds grondements d'un orage près d'éclater commencent à couvrir la voix mensongère des conducteurs du peuple, qui, la peur au

ventre, osent lui parler encore de confiance et d'espoir et lui renouveler des promesses auxquelles
il ne croit plus.

La liberté de conscience m'est sacrée, et, bien
que foncièrement religieux, mon esprit est rebelle
aux mythes et aux idolâtries. Mais — j'en ai la
conviction — il n'est pas vrai que l'homme puisse
vivre heureux dans le grossier matérialisme dont
nous sommes malheureusement infestés. C'est,
au contraire, une raison pour qu'il sente plus
profondément sa solitude et son impuissance devant les iniquités de la nature et de la vie. Il n'y
a point de morale, et, par conséquent, point de
bonheur, sans idéal. L'âme a des ailes; elle peut
s'élever au-dessus des dogmes et des cultes, dans
une sereine région, où lui apparaissent une justice et une vérité supérieures; et jamais elle n'a
monté plus haut que dans les espaces infinis qui
lui furent ouverts par l'enseignement de Jésus.
Elle se trouve alors devant un Seigneur, qui est
le plus miséricordieux des juges et le plus tendre
des pères, et qui lui pardonne toutes ses impuretés, toutes ses défaillances, si elle a seulement
obéi à la loi chrétienne, à la loi d'amour et de
charité.

Cette religion, qui est la mienne, rend la vie
supportable, car elle verse sur les blessures de
l'âme le délicieux baume de l'espérance. Elle
pourrait encore accomplir, dans la foule contem-

poraine, si triste et si sombre, des miracles de consolation. De pieux et dignes prêtres, oubliant leurs divisions confessionnelles, se sont unis, une fois déjà, en Amérique, dans cette croyance si simple, si pure, vraiment divine, et l'ont hautement proclamée. Qu'ils renouvellent, chez nous, à Paris, cet admirable essor en plein ciel. Tous les cœurs se joindront à leur acte de foi, toutes les voix répéteront leur prière.

19 septembre 1895.

Vingt-cinq ans après

C E début d'automne, chaud, sec et pou-
dreux, sans brume matinale, sans un
seul nuage, ce vent du Nord-Est, faible
et immobile, cette lumière éclatante, je les connais. Ils me rendent mes sensations du tragique
mois de septembre 1870. Quand même l'Allemagne ne célébrerait pas si bruyamment ses
noces d'argent avec la victoire, je me souviendrais
de nos douleurs et de nos angoisses d'alors, devant l'impassible splendeur de cette fin d'été.

Il faisait ce temps-ci, — oui, le même, précisément le même, — il y a vingt-cinq ans ; et, tandis que la grandeur de la France s'écroulait, le ba-

romètre était au beau fixe. Une fois de plus, la
nature manifesta son indifférence devant les agi-
tations de la fourmilière humaine, et nous souf-
frîmes de sa mystérieuse sérénité comme d'une
ironie, comme d'une injure.

Ne haussez pas les épaules, jeunes gens! C'é-
tait affreux, à l'instant du réveil, de se rappeler
brusquement que les envahisseurs marchaient sur
Paris et de voir, en même temps, la blonde lumière filtrer entre les volets. Sur la ville boule-
versée par les préparatifs de la défense, sur les citoyens s'exerçant à la hâte au maniement des
armes, sur cette foule énervée, se grisant de paroles martiales et de folles espérances, mais où
tous les cœurs étaient, au fond, crispés d'inquiétude, le ciel avait un air de fête, souriait, étince-
lait. Et tout cet azur, toute cette clarté passaient
sur nos âmes consternées et ajoutaient à leur ac-
cablement.

Comme tout cela est loin! Un quart de siècle!
Presque aucune trace matérielle ne reste, dans
Paris, de l'énorme désastre; mais ceux de ma génération n'ont pas oublié, n'oublieront jamais.
Ils songent aux provinces perdues, à la frontière
mutilée, à cette déchéance pendant si longtemps
subie, — faut-il le dire, hélas? — tacitement acceptée! Dans ce vent d'Est, qui souffle pourtant
à peine, ils ont la cruelle illusion d'entendre l'é-
cho des « hoch! » triomphaux qu'on pousse là-bas,

à l'occasion des glorieux anniversaires. Mais,
surtout, cette exceptionnelle beauté de l'arrière-
saison, ce mois de septembre si radieux et si pur,
leur rendent les souvenirs de ce temps-là, plus
aigus et plus douloureux que jamais.

Quant à moi, ils m'obsèdent. Je retrouve ma
souffrance de jadis devant le contraste qu'offraient
le calme imposant de la nature et le désordre horrible de la guerre. Je revis les tièdes journées —
pareilles, toutes pareilles à celle-ci — que j'ai
vécues dans la ville tumultueuse.

Me voici d'abord au Luxembourg, faisant l'exercice avec ma compagnie, suant sous la vareuse à
boutons de fer-blanc, manœuvrant maladroitement
le lourd fusil transformé. Et le ciel bleu luit comme
du satin, et le soleil allume un éclair à chaque
baïonnette. Puis je monte la garde à la porte
d'Italie, où les sapeurs du génie et les terrassiers
travaillent aux remparts et soulèvent à coups de
pioches une poussière dorée. L'atmosphère est
brûlante, et toujours l'ardent soleil fait luire le
bronze des grosses pièces de position, ancien modèle, qui gisent dans l'herbe rousse du talus.

C'est sur un implacable azur que se découpaient
nos vieux édifices, dans l'après-midi du 4 septembre, quand, enragés par la nouvelle de la ca-
pitulation de Sedan, des hommes, attachés à des
cordes ou grimpés sur des échelles, brisaient les
aigles et les écussons impériaux. Il faisait beau,

toujours beau, le jour où je vis, sur la Chaussée du Maine, la populace furieuse entraîner les misérables fuyards de Châtillon, le képi à l'envers, avec un écriteau sur leur poitrine, où était écrit le mot « lâche ».

Mais un souvenir, entre autres, me hante, le spectacle des suburbains se réfugiant dans la ville, à la veille de l'investissement. Ils arrivaient, lamentables, par les larges et magnifiques boulevards, par les voies monumentales; et rien n'était plus navrant que cette fuite, cet exode de malheureux à travers la luxueuse cité, baignée dans la splendeur du soir d'automne.

Une paix joyeuse flotte dans l'air; les façades blondes des maisons prennent une teinte rose aux rayons du couchant, et, sur les balcons, les énormes lettres d'or des enseignes fulgurent. Cependant, devant ce beau décor, au milieu de la chaussée, sur le dur macadam, les charrettes défilent. Quelques-unes sont attelées d'un maigre cheval qui trébuche; mais, pour presque toutes, la bête de trait est un homme, un pauvre homme courbé, dépoitraillé, la double bretelle aux épaules, tirant de toutes ses forces, la tête basse, les cheveux dans les yeux. Par derrière, la femme pousse, et les enfants aussi, tous chargés de paquets. Et, sur la voiture branlante, se heurtent et frémissent les débris de l'humble mobilier. Une cage à poules tremble sur un matelas roulé; une vieille table

brandit ses quatre pieds en l'air. La batterie de
cuisine tressaille et résonne.

Quelle misère! Que de loques et que de ruines!
On se demande, le cœur serré, devant ces lugubres
émigrants : « Où trouveront-ils un asile? Où cou-
cheront les pauvres petits? » Mais il se moque bien
d'eux, le soleil qui se couche. C'est un dilettante.
Que lui importe, au fond de la rue, ces grotesques
caravanes? Regardez là-haut, il s'amuse, il fait
son œuvre. Au milieu de chaque vitre incendiée,
il place un rubis; et, sur les grappes de fleurs
pâles et étiolées, qu'une erreur de la saison donne
aux arbres dépravés de la Ville, le crépuscule, artiste supérieur, répand sa pourpre et transforme
les marronniers blancs en marronniers roses.

Et, pendant ce temps-là, le blocus de Paris s'ac-
complissait méthodiquement, scientifiquement.
Le tranquille Moltke donnait ses ordres, en essuyant les verres de ses lunettes, et les Allemands
aux lourdes hanches braquaient sur nous les
gueules d'acier des canons Krupp. Le roi de Prusse
passait à cheval, sur la place d'Armes, à Versailles, sans prendre garde au geste impérieux du
Louis XIV de Girardon; et, dans son logis de la
rue des Réservoirs, Bismarck, satisfait, voyait le
prestige de la France s'envoler et se dissiper dans
la fumée de sa pipe.

Ah! sois maudit, soleil de septembre, qui me
rappelles celui d'il y a vingt-cinq ans, aussi ma-

gnifique et aussi cruel que toi, celui qui n'a souri
qu'à nos vainqueurs!

Une fois pourtant tu nous versas l'espérance.
Jamais tu n'avais mieux brillé; et de la Bastille
à la place de la Concorde, nous étions là, quatre
cent mille hommes, alignés, sous les armes. Paris
cerné, désert de pierre, n'avait pu nous offrir assez de fleurs tardives pour orner les canons de nos
fusils; mais tous, ce jour-là, nous étions prêts à
combattre et à mourir. Le chef, maigre et médiocre
visage aux moustaches noires, passa au grand trot,
saluant chichement de son képi d'or nos cris furieux de « Vive la France! » Notre enthousiasme
fut vain. On ne sut rien faire de tant de bonnes
volontés.

Il fait beau, Parisiens, tas de pékins déguisés en
soldats! Montez la garde aux remparts. Ran plan
plan plan plan! Et *la Marseillaise!* Et les parties
de bouchon où s'usera votre ardeur, où vous vous
abêtirez à parler politique! Ainsi le magnifique
automne s'écoulera, et, sous l'énervant soleil, vous
vous habituerez à considérer la guerre comme
une « balade » en plein air, payée trente sous par
jour, amusante en somme. Et les choses iront de
la même façon jusqu'à l'hiver soudain, aux nuits
glacées, à la famine, au piétinement dans la boue.
Comme on se serait battu, au clair soleil d'octobre! Enveloppé de brume, souffleté par la neige,
on ne sait plus que gueuler à la trahison. Tout est

perdu! Lors de l'effondrement final, il n'y aura
plus, dans Paris, que des enfiévrés, des exaspérés,
mûrs pour la guerre civile!...

Trop brûlant soleil de septembre, tu m'es
odieux. Je songe que c'est toi qui décimes, en ce
moment, nos pauvres soldats à Madagascar, et je
me dis aussi que, depuis vingt-cinq ans, nous ne
sommes pas devenus plus sages. Aujourd'hui
comme alors, nous faisons la guerre, une guerre
inutile, absurde, incompréhensible, sans gloire ni
profits, où nous ne sommes vaincus que par la
fièvre et la colique. Sous l'Empire que tu vis
tomber, comme sous cette République qu'accla-
mèrent les naïfs et les badauds, grisés par tes ardents rayons, c'est toujours la même chose; et tu
assistes, insensible soleil, aux mêmes fautes, aux
mêmes imprévoyances, aux mêmes rivalités entre
culottes de peau — tu étais là, tu te rappelles —
et à la même légèreté de cœur des politiciens,
quand il s'agit de prodiguer le sang et l'or de la
France!

Tu m'importunes, méchant soleil, tu n'évoques,
pour moi, que des dates sinistres, des désastres
qu'on n'a pas réparés, des outrages restés sans
vengeance. Hier, n'écrasais-tu pas de ta canicule
en retard notre armée des grandes manœuvres,
cette armée dont nous n'exigeons plus que des
revues et des parades? Voile-toi de nuages. Nous
sommes dans le chagrin et dans la honte, et c'est

un ciel brumeux qui conviendrait à notre tristesse.
Va-t'en briller là-bas, au delà du Rhin, sur les
villes pavoisées où les verres se lèvent orgueil-
leusement pour les anniversaires de nos défaites,
où l'on boit en l'honneur des provinces conquises
et germanisées. Ici, les mères en larmes ne songent
qu'au retour des navires gorgés de mourants.
Cache-toi, soleil de septembre. Notre deuil est
insulté par ton impitoyable splendeur.

26 septembre 1895.

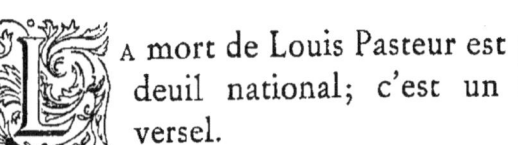

Pasteur

L A mort de Louis Pasteur est plus qu'un deuil national; c'est un deuil universel.

Les ignorants — j'en suis — ne peuvent mesurer la force de son génie, ni l'étendue de ses découvertes; mais ils connaissent le résultat obtenu, qui tient du prodige.

Quand Leverrier annonçait que tel jour, à telle heure, une nouvelle planète brillerait au firmament, les seuls mathématiciens pouvaient vérifier l'exactitude des calculs du grand astronome; mais, au jour dit, à l'heure exacte, l'étoile était là, visible pour le plus sauvage des bergers.

Il en va de même pour la théorie des microbes publiée par Pasteur, vers 1860.

Chose singulière! Si les discussions soulevées alors entre Pouchet et Pasteur, pour et contre la génération spontanée, émurent la masse du public, c'est qu'elle y apportait des passions philosophiques et religieuses. A la seule pensée que des êtres organiques pussent être créés par la matière corrompue, les esprits forts triomphaient, croyaient avoir soulevé le dernier voile d'Isis et pénétré le mystère de la vie. Quand Pasteur, par des expériences accablantes, mit à néant cette hypothèse, et prouva que les germes microscopiques, observés dans la purulence, ne s'y étaient pas développés d'eux-mêmes, mais étaient venus du dehors, apportés par des véhicules tels que l'air et l'eau, ce fut, pour certains esprits, une déception amère, et plusieurs s'irritèrent contre cet observateur inflexible qui laissait intact le problème de la création.

Cependant, peu de temps après, le monde étonné apprenait combien était féconde en conséquences pratiques la loi formulée par ce savant véridique et consciencieux. Non seulement une science nouvelle était née, celle des antiseptiques, renouvelant les pratiques de la chirurgie, de l'hygiène, et notamment de l'obstétrique; diminuant, dans une proportion énorme, les chances funestes des opérations et donnant aux hommes de l'art une arme puissante contre la souffrance et contre la mort, mais, à partir de cette époque, le génie de Pasteur prenait un essor extraordinaire.

Le grand chimiste, déjà vieux, usé de travail et touché même par la paralysie, faisait, par l'observation constante et profonde de ce monde des infiniment petits dont il avait révélé l'existence, une découverte immense. Guidé par la trouvaille de Jenner, qui est admirable, mais due seulement au hasard, il établissait une méthode générale, d'une portée incalculable, celle de l'atténuation des virus et de leur transformation en vaccins, méthode qui déjà prévient et guérit une grande quantité de maladies contagieuses et qui semble destinée à les faire, un jour, disparaître toutes.

Pasteur a d'abord supprimé, pour ainsi dire, plusieurs épizooties et sauvé, dans tous les pays du globe, d'énormes richesses agricoles. Il n'est pas besoin de rappeler que, grâce à lui, la science est maîtresse, à présent, dans presque tous les cas, de la plus épouvantable des infections, celle de la rage ; et, hier encore, toutes les mères poussaient un long cri de joie et de reconnaissance, quand le plus illustre disciple du maître, le docteur Roux, combattait victorieusement, par une nouvelle application des principes pastoriens, le Minotaure qui réclamait sans cesse tant de victimes innocentes, l'Ogre qui dévorait tant de pauvres petits enfants, le hideux croup.

Et n'oublions pas que les vérités proclamées par Pasteur ne sont reconnues que depuis peu de temps comme incontestables, et que la semence féconde qu'il a jetée à travers le monde n'a encore donné que ses premières moissons. Professeur incomparable, il a élevé, dans son laboratoire, toute une génération de jeunes savants, ardemment dévoués à son œuvre et qui continuent sa lutte contre le mal.

J'ai visité plusieurs fois cet Institut de la rue Dutot, sorte de couvent scientifique, où vivent, solitaires et comme volontairement cloîtrés dans l'étude, ces hommes dignes de toutes les admirations. Avec une complaisance infinie, une modestie exquise et dans les termes les plus simples, ils ont daigné m'expliquer, à moi profane, leurs étonnants travaux, et me montrer ces fioles magiques, ces mystérieux bocaux, où les pires poisons se transformaient en antidotes. Chacun de ces savants cultive un virus particulier; et je vois encore l'un d'eux, excitant avec une baguette, à travers les barreaux d'une cage, un serpent de l'espèce la plus redoutable, afin de lui faire mordre un verre de montre et d'y recueillir quelques gouttes de venin. Les germes de la tuberculose, de la rougeole, de la fièvre typhoïde, du choléra, de la syphilis, de toutes les maladies les plus effrayantes, sont étudiés là avec un soin, une attention, une patience inouïs et — le passé nous permet d'ajouter — avec une magnifique espérance pour l'avenir. Le spectacle auquel on assiste à l'Institut Pasteur est réconfortant; il fait oublier, un moment, tout ce que la nature humaine recèle de laideurs et de hontes. A la bonne heure! Voilà des intelligences et des caractères! Avec leur cravate mal nouée et leur vieille redingote boutonnée de travers, mais une flamme dans les yeux et le visage creusé de fatigue, ils font plaisir à voir, ces élèves, je dirais presque ces fils de Pasteur. On sent que le Maître leur a pour toujours mis dans le cœur et dans le cerveau le seul idéal auquel il consacra sa vie, la science aimée pour elle, sans arrière-pensée de profit ou de gloire, avec un absolu désintéressement. On est pénétré de respect devant ces nobles jeunes gens, et on emporte, en les quittant, cette consolante pensée que, si l'homme est condamné, par une loi fatale, à toujours souffrir, grâce à eux, il souffrira moins.

Dans quelques jours, devant le cercueil de Louis Pasteur, des voix éloquentes et illustres exalteront l'immense savant. Qu'ils n'oublient pas de dire que l'homme, pendant sa longue existence, donna toujours l'exemple des plus hautes et des plus touchantes vertus.

J'ai été assez heureux pour approcher très souvent M. Pasteur; il était mon voisin, dans les séances de l'Accadémie Française. J'ai eu aussi le très grand honneur de lui inspirer quelque sympathie. Nous avons causé beaucoup ensemble, et je découvrais sans cesse, avec une délicieuse émotion, chez cet homme de génie, des trésors de modestie, de candeur et de bonté. Issu d'humbles artisans, il avait les croyances traditionnelles qu'on ne détruira pas — non! — dans le cœur du peuple de France : la confiance en Dieu, l'amour de la famille, le culte du devoir, la religion de la patrie.

Qu'on me permette de rappeler ici une circonstance de mes relations personnelles avec M. Pasteur.

En janvier 1886, quand s'organisaient de toutes parts les souscriptions pour son Institut, je reçus la lettre suivante :

> Les ouvriers de la verrerie d'Aumale, dont les noms suivent, se proposent de faire une petite fête et de donner une soirée au profit de l'Institut Pasteur. Et leur grand désir serait qu'une pièce de vers fût dite au commencement de cette soirée, et que cette pièce émanât de vous...

Je passe la fin de la lettre, trop flatteuse pour moi. Mais l'idée de ces braves gens était charmante, et je fis les vers tout de suite. Les voici :

A PASTEUR

O toi dont la science et le constant effort
Ont si souvent vaincu la douleur et la mort,
O cerveau puissant et fertile,

De l'univers qui souffre, obstiné bienfaiteur,
Pardonne si ma voix interrompt, ô Pasteur,
    Un instant ton travail utile!

Le genre humain te paye un tribut mérité.
Pris dans un grand courant de générosité
    Que tout le monde a voulu suivre.
Pour assurer ton œuvre et fonder ton trésor,
Le riche est accouru, les deux mains pleines d'or,
    Le pauvre avec ses sous de cuivre.

Les savants — tu souris de quelques envieux —
T'ont placé dans la gloire, et, voyant dans tes yeux
    Briller l'étincelle divine,
Ils t'ont salué tous comme un maître, et les rois,
Honorant ce jour-là leurs ordres et leurs croix,
    Les ont placés sur ta poitrine.

Je t'apporte une offrande à mon tour. Presque rien.
Elle va te remplir pourtant, je le sais bien,
    D'une gratitude infinie.
Avant de t'envoyer quelques louis offerts,
De pauvres artisans m'ont demandé des vers
    Pour mieux honorer ton génie.

Cent cinquante ouvriers, hélas! vivant de peu,
Les verriers, serviteurs de ce vieil art du feu
    Qu'exerçaient les nobles, naguère,
Ont eu, nobles de cœur, un généreux souci
Et se sont cotisés pour t'offrir, eux aussi,
    L'humble cadeau de la misère.

Pour eux, ce fut un jour de joie. On se fit beau;
L'atelier, plein de fleurs et paré d'un drapeau,
    Vit une fête plébéienne.
Sûr d'avoir fait du bien, on s'est mieux amusé;
Les vieux ont bu leur coup, les jeunes ont dansé.
    Et des chansons! chacun la sienne!

Applaudissant ton nom sans cesse répété,
Savant, ils ont levé leur verre à ta santé,
Pleins d'admiration profonde.
Puis, un petit enfant ou quelque vieux souffleur,
Assiette en main, disant : « Pour l'Institut Pasteur, »
A fait la collecte à la ronde.

Enfin — c'est un désir délicat et touchant —
Ces braves ouvriers ont voulu que l'argent,
Produit de leur modeste quête,
L'argent qui, j'en suis sûr, va te porter bonheur,
Oui, cet argent sacré, de travail et d'honneur,
Te fût offert par un poète.

Ils m'ont choisi. Pourquoi ? Je suis bien trop heureux,
Si mon livre, parfois, lu par quelqu'un d'entre eux,
Les attendrit et les console !
Mais j'ai senti mes yeux, tout à coup, se mouiller,
Et j'ai bien vite écrit ces vers sur ce papier
Pour envelopper leur obole.

Oh ! ces vers ! Je voudrais qu'ils fussent bien meilleurs.
Mais enfin, ils les ont, ces pauvres travailleurs :
A présent leur joie est complète.
Ils ont le compliment rimé qui leur manquait
Et peuvent te l'offrir, Pasteur, comme un bouquet,
Au patron, le jour de sa fête.

En lisant ces vers, que je ne reproduis, aujourd'hui, que parce qu'ils furent écrits à la gloire de Pasteur, l'illustre savant ému surtout, bien certainement, par la touchante pensée des verriers d'Aumale, laissa couler une larme heureuse. Et c'est une des fiertés de ma vie d'avoir contribué à donner cette petite joie à ce grand homme.

Il n'est plus. Le bruit de sa mort aura, je le répète, le plus douloureux retentissement en France et dans tout l'univers. Nous espérons tous que, pour recevoir sa dépouille sacrée, vont s'ouvrir les portes de bronze du Panthéon. Il mérite cet honneur plus que tout autre ; car ce n'est pas seulement la Patrie qui est reconnaissante à Louis Pasteur, c'est l'Humanité.

30 septembre 1895.

Les Hirondelles

ALGRÉ l'implacable soleil, qui a transformé toutes les prairies en paillas-
sons, voici l'automne. Les hirondelles
ne s'y trompent pas; depuis quelques jours, elles
tiennent leurs assemblées, et, pour assister à cet
admirable spectacle, je me trouve, comme on dit
populairement, aux premières loges.

Tout près de mon logis d'été, il y a une grosse
ferme. Vous voyez cela d'ici, la ferme de la Brie,
d'un pays de grande culture, avec sa cour très
spacieuse, sa tourelle de colombier, son énorme
tas de fumier, sans cesse gratté, fouillé, picoré
par la volaille, et toutes sortes de bâtiments, char-

retteries, granges et hangars. Tout cela très vieux.
Toitures et murailles ont été cuites, recuites et
dorées par plus de cent canicules. Les juillets brûlants, les août torrides ont donné à la vénérable
fabrique de blé la couleur même du blé.

C'est un bon gîte pour les hirondelles que cet
antique corps de ferme. Vieux toits de tuiles sur-
plombant la gouttière, vastes greniers où s'enche-
vêtrent les charpentes. Que de coins et de recoins
pour y installer des nids! Je suis sûr que, cet
hiver, à Laghouat ou à Biskra, mes voisines aé-
riennes se souviendront avec plaisir de la ferme
de Mandres. D'ailleurs, le désert, pareil à une
immense peau de lion, ne leur paraîtra pas, sans
doute, très différent de la plaine briarde, en ce
tropical mois de septembre; et le sable du Sahara
n'est ni plus roux ni plus ardent que le chaume
qui craque, aujourd'hui, sous les souliers à clous
des chasseurs de Seine-et-Marne.

Mais, encore une fois, les hirondelles ne sont
pas dupes de ces excentricités de la température,
et elles s'assemblent déjà pour le départ. Chaque
soir, au coucher du soleil, je passe une heure
enchantée à voir, sur le ciel occidental, du ton
de l'orange mûre, les phalanges ailées qui s'élèvent et descendent, s'éloignent et reviennent, et
de nouveau montent et s'abaissent, de nouveau
s'enfuient et se rapprochent, infatigablement.

On songe à des manœuvres militaires, et la

comparaison s'impose ; car, à chaque minute, le
régiment de haut vol se rompt et se divise par
compagnies ; puis, après diverses évolutions, obéissant à la mystérieuse tactique de l'instinct, se
reforme soudain en une seule colonne profonde
et serrée. Seulement, les cohortes de l'espace ne
font jamais halte ; et c'est sans une seconde
d'arrêt et de repos qu'elles accomplissent leurs
mouvements stratégiques — avec quelle perfection, quelle grâce, quelle souplesse, quelle rapi-
dité !

L'observateur en est ébloui. Tout à l'heure,
trois, quatre, cinq bandes, d'une centaine d'oiseaux chacune, tournoyaient, planaient, palpi-
taient isolément. L'une d'elles a même passé tout
près, — le temps d'un éclair ! — On a pu distinguer les ailes grandes ouvertes, les ventres blancs,
les queues fourchues ; on a entendu les petits cris,
stridents et sauvages. Qu'elles sont loin, à présent !
Regardez là-haut, tout là-haut ! Que de points
noirs ! Toute l'armée volante est réunie. Et voici
que les points noirs deviennent encore plus petits,
ne sont plus qu'une poussière à l'horizon, se fon-
dent dans la brume empourprée. On éprouve
comme un regret confus et le ciel vide semble
pris de tristesse. Mais non. Sur le reflet de fournaise du couchant, la poudre noire a reparu ; les
grains s'isolent, grossissent, reprennent forme et
vie. Ce sont elles ! C'est l'essaim tout entier des

hirondelles qui revient, repasse brusquement devant vous, comme une grêle de balles qui seraient visibles, et remonte dans le ciel d'or, et le
crible de taches circonflexes.

On est fasciné, hypnotisé ; l'œil ne se lasse pas
de les suivre. Voyez. Elles s'éparpillent encore, di-
minuent, remplissent, un instant, l'azur d'étoiles
sombres et immobiles ; puis elles se groupent
de nouveau, s'élancent, pareilles à la chevelure
d'une comète noire, et recommencent sans fin
leurs rondes vertigineuses.

Depuis la page immortelle de Chateaubriand,
l'on a beaucoup abusé des hirondelles, en littérature, — il faut le reconnaître, — et nous avons tous,
à ce sujet, quelques reproches à nous adresser.
Que le poète qui n'a jamais fait rimer « hirondelle » avec « fidèle », me jette la première pierre !
Tout à l'heure, tandis que, devant cet admirable
coucher de soleil, gras et blond comme de l'huile,
j'essayais de noter, dans ma mémoire, leurs
courses et leurs circuits en plein ciel, un scrupule
m'est venu, et je me suis demandé si, après Théo
phile Gautier, après Michelet, il était encore
permis de parler de ces délicieux oiseaux.

L'hirondelle, me disais-je, n'est plus présen-
table. Horace Vernet en a peint une, avec la fumée d'une chandelle, au plafond d'un restaurant
du Palais-Royal, et les barytons de café-concert
leur ont trop souvent adressé leurs borborygmes

élégiaques. Les hirondelles appartiennent exclusivement désormais au chromo et à la romance. En voilà qui se disposent à aller passer l'hiver dans le Midi; et, bien qu'elles aient le privilège de s'y rendre plus rapidement que la Malle des Indes, elles font cent kilomètres à l'heure, ce n'est pas, après tout, fort original. Pour peu que j'attrape un rhume à la Toussaint, j'en ferai autant. Je n'éprouve pas, d'ailleurs, en les voyant volter et tournoyer dans l'air du soir, la magnifique mélancolie du grand René. Laissons-les partir tranquillement.

Par crainte de la banalité, je vous aurais donc aujourd'hui raconté tout autre chose, si l'un de mes voisins, attentif observateur de la nature et des animaux, ne m'avait appris, sur les mœurs des hirondelles, un détail qui mérite d'être plus connu, et qui n'est pas du tout romance, pas chromo le moins du monde, je vous assure.

Ces assemblées d'automne, où les hirondelles déploient toute la puissance de leur vol et s'entraînent, pour ainsi dire, aux fatigues de leur émigration annuelle, sont, pour quelques-unes, la plus redoutable des épreuves. Malheur aux paresseuses, aux vieilles, aux blessées, à toutes celles qui s'attardent enfin, et que leurs compagnes, guidées par un infaillible instinct, ne jugent pas en état de supporter le voyage! Elle seront impitoyablement massacrées avant le départ.

Qu'en dites-vous? Nous voilà loin de la messagère du printemps, qui revient, dans les poésies des bas-bleus, suspendre son nid à la même chaumière, quand refleurit le joli mois de mai; nous voilà loin de l'oiseau romantique qui choisit de préférence les ruines, les vieilles tours, et qui passe et repasse devant le soupirail où languit un captif, afin de lui donner des rêves d'espoir et de liberté. Elles sont moins sentimentales, les vraies hirondelles, les hirondelles d'après nature. Comme les plus farouches Patagons, elles se débarrassent des vieillards gênants. Elles ont, en droit social, les mêmes idées que les durs et primitifs Lacédémoniens. Elles appliquent, dans toute leur rigueur, aux ratés et aux mal venus, les lois de Lycurgue, qui sont, hélas! celles de Darwin; car, malgré nos grimaces de pharisiens et nos hypocrisies de civilisés, rien ne change. Le faible est toujours sacrifié, et, sous ce rapport, Paris vaut Sparte.

Mais j'y songe. Ma sensibilité s'égare. La troupe migratrice obéit sans doute à une loi nécessaire, en immolant les incapables, celles dont les ailes trop débiles ne pourraient jamais franchir la plaine, la montagne et la mer, voler jusqu'au lieu d'hivernage, atteindre au séjour d'exil, chaud et doré. Quel sort attendrait, en effet, les éclopées, les retardataires, sous notre climat de fer, dans une atmosphère humide ou glacée? La mort

par le froid, par la faim; et la plupart, avant
d'expirer, seraient ramassées sur le chemin par
des enfants cruels, qui joueraient avec leur agonie.
En tuant ces malheureuses avant le départ, leurs
sœurs ne font qu'un acte de suprême pitié.

Ne me suis-je pas laissé dire que, naguère, au
Tonkin, quand la lutte était indécise entre notre
armée et les Pavillons-Noirs, nos soldats blessés,
sachant quels atroces et minutieux supplices leur
étaient réservés, s'ils tombaient aux mains des
Chinois, suppliaient un camarade de les achever,
quand ils ne pouvaient le faire eux-mêmes? Et,
par complaisance, par bonté, le camarade leur
tirait un coup de fusil dans l'oreille.

N'importe! Mon plaisir est gâté, devant ces
souples et gracieuses hirondelles, que j'admirais,
tous ces jours-ci, dans leurs réunions d'automne.
Je n'ai plus de joie à les voir, sur l'or du couchant, s'élever dans un frémissement, ou planer,
les ailes étendues et rigides. Où j'imaginais on
ne sait quel jeu héroïque, on ne sait quel enthousiaste ivresse d'air libre et d'espace infini, je
ne vois plus qu'une société accomplissant —
comme celle des hommes — sa fonction machi-
nale et féroce. Et, si l'un de ces oiseaux monte
moins haut ou va moins vite, je pense à tous les
malchanceux qui sont fatalement condamnés par
la vie, à l'innocent devant les juges, à la victime
devant les bourreaux.

Ah! rendez-moi l'hirondelle des romances, et
ne regardons pas de trop près la nature. Nous y
découvrons toujours le triomphe de la Force, de
la Douleur et de la Mort.

3 octobre 1895.

Devant la Foule

L'AUTRE jour, perdu dans l'imposant cortège qui suivait le cercueil de Pasteur, j'ai revu, tout le long du parcours, la foule de Paris.

Le mort était un de ceux dont les humbles et les ignorants admirent l'œuvre sans la bien connaître. Par quelle série d'observations et d'expériences le grand chimiste était parvenu à découvrir un monde invisible et à donner à la science des armes si puissantes et si nouvelles contre la souffrance et la mort, le plus grand nombre de ceux qui regardaient passer son convoi l'ignorait évidemment. Par exemple, la couronne ornée de cocons — ingénieux et touchant souvenir envoyé

par les magnaneries de Provence — n'a rappelé
qu'à peu de personnes que Pasteur détruisit l'épidémie des vers à soie. Le traitement de la rage,
et aussi, depuis quelque temps, celui du croup,
dû à la méthode pastorienne, sont seuls fameux
dans le menu peuple des villes. Mais cette foule,
amoncelée sur les trottoirs, penchée aux fenêtres,
alignée sur les toits, suspendue par grappes aux
échelles, était animée d'un sentiment unanime,
partageait la même certitude. Elle savait que le
génial savant, l'homme pur, tendre et désintéressé, le bon citoyen, le glorieux Français, dont
on conduisait, avec tant de pompe et d'honneur,
la dépouille à Notre-Dame, avait fait le bien pendant toute sa vie et n'avait fait que le bien. Et
tous, pénétrés de respect et de reconnaissance, se
découvraient devant le cercueil du bienfaiteur.

Certes, le spectacle était émouvant et grandiose. Pourquoi donc, cependant, m'a-t-il comblé
de mélancolie?

C'est que je songeais combien ils sont rares
— oh! si rares! — ceux qu'accompagne, au jour
du départ, cet ineffable éloge : « Il n'a fait que
du bien. » Sans doute, on peut le décerner, sans
réserve aucune, aux hommes qui, pareils à Pasteur,
ont consacré tout leur effort à combattre les forces
mauvaises de la nature, le mal physique. L'existence un peu plus longue, un peu moins menacée,
un peu moins douloureuse, tel est, hélas! notre

chétif idéal. La science peut le réaliser; elle a fait, dans ce sens, un grand pas, grâce au génie de Pasteur. Nous sommes sûrs que celui-là fut utile et bienfaisant.

Mais, dans l'ordre moral, où donc est le bien, où donc la vérité? Quiconque pense et parle, quiconque tient une plume, surtout, et s'adresse au grand nombre, se pose aujourd'hui cette question avec une anxiété profonde :

— Cent ans de troubles et de révolutions ont perturbé tous les esprits. Ce siècle, dont l'aurore a surgi pourtant dans la gloire, ce siècle qui fut témoin d'une si splendide explosion de pensée, de poésie et d'art, ce siècle qui a vu le progrès matériel bouleverser le monde, s'achève tristement dans le doute et la négation.

Quelques prophètes obstinés conservent bien une espérance, et là-bas, tout là-bas, dans un lointain très vague, nous montrent une humanité enfin libre et fraternelle; mais ceux-là mêmes, devenant furieux devant l'énorme abîme qui les sépare de leur rêve — ou de leur chimère, — voudraient le combler de ruines, ne songent qu'à la violence et à la destruction, et quelques-uns, dans leur impatience frénétique, vont jusqu'au crime.

Cependant, les vénérables assises sur qui repose l'édifice de la société des hommes sont rongées et branlantes. Les principes mêmes du devoir, de la famille, de la patrie, sont remis en question, dis-

cutés sur le ton du plus âpre et du plus insultant
dédain. Grotesque, le double serment des époux!
Ridicules, les bras ouverts des petits enfants qui
veulent embrasser un père et une mère! Pullulez
à votre guise! Et toi, soldat imbécile, foule aux
pieds ta cocarde et crache sur ton drapeau! N'en-
trez pas dans cette église qui s'écroule; c'est à
peine si la prière de quelques servantes s'y mêle
au nuage parfumé de l'encens; et regardez s'é-
chapper enfin de l'ennuyeuse école ces jeunes
gens indigérés d'inutiles connaissances, gonflés
d'orgueil, irrités par tous les appétits!

Une seule puissance, l'argent. Un seul but,
jouir, et vite. A quel niais fera-t-on croire que le
bonheur consiste dans la paix de l'esprit, dans le
tendre épanouissement du cœur? Quel est ce lâche
qui ose parler encore de se résigner, de se sacrifier,
d'obéir? La loi moderne, c'est la lutte, le droit du
plus fort. Luttons! Mais les plus forts, c'est-à-dire
les plus riches, ne sont pas heureux non plus. Devant l'armée sans cesse grossie et toujours plus
menaçante des vaincus, ils essayent de faire, en
tremblant, la charité, et ils voient avec épouvante
la main du misérable se refermer, sur l'aumône
mal donnée, avec un geste de colère.

Qu'il soit à jamais béni, le savant qui a sauvé
des vies humaines et, plus puissant qu'un roi, a
fait grâce à tant de condamnés qui étaient des
innocents! Mais comme il ferait du bien, aussi, le

guérisseur d'âmes, celui qui détruirait, chez les uns et chez les autres, le ravage de ces effroyables virus moraux qui s'appellent l'orgueil, l'égoïsme, la haine et l'envie, et qui empoisonnent la société moderne!

Comme il ferait du bien, celui qui viendrait nous rappeler quelques vérités essentielles et qui saurait nous en convaincre, celui qui nous dirait, par exemple :

« La forme de l'État n'est rien. La tyrannie d'un seul ou la tyrannie de tous, déléguant le pouvoir à quelques-uns, c'est tout comme. Les lois non plus ne sont pas grand'chose, et le plus simple est de s'y conformer. Coupez dans le vieil arbre des Codes quelques branches pourries. La justice des hommes ne sera jamais qu'un faisceau d'expédients, qu'un minimum d'injustice. Ne perdons pas notre temps à nous préoccuper de ces choses médiocres. La grosse affaire est de vivre, en acceptant la souffrance, qui est la condition même de la vie, et en faisant le moins de mal possible. Nous ne savons d'où nous venons, ni où nous allons; mais les métaphysiciens qui nous disent que notre essence, après notre mort, se répandra dans la nature et que nous serons trop heureux de refleurir sous forme de pissenlits, sont des imposteurs et ne contentent pas notre intime besoin d'immortalité. Comment donc vivre? En satisfaisant toutes nos fantaisies? Mais nous ne le pouvons qu'aux dépens des autres, et c'est abominable. En nous privant? Mais c'est contraire à tous nos instincts. Pourtant il existe une solution au problème: c'est l'amour. Aimons donc, mais pour de bon; c'est-à-dire en nous oubliant, en préférant les autres à nous-mêmes, en acceptant, comme discipline habituelle de chaque jour, le sacrifice et l'abnégation. Nous rencontrerons là des joies profondes et aussi de cruelles douleurs. Qu'importe, si la lourde responsabilité de vivre pèse moins lourdement sur nos épaules et si nous nous sentons plus rassurés devant le mystère qu'on nomme « idéal », dans les harangues des libres-penseurs, et Dieu, dans les catéchismes. »

Telles étaient mes pensées, samedi dernier, tandis que je marchais dans la procession funèbre, en regardant, à droite et à gauche, moutonner les têtes de la foule. Elle était venue là — je ne l'oubliais pas — poussée par un très noble besoin — un peu confus, mais sincère — de respect, d'admiration, de gratitude. Mais cette tristesse me poursuivait de songer que le peuple d'aujourd'hui n'avait plus d'infini dans l'âme et que, en saluant le cercueil de Pasteur, il exprimait son seul et dernier vœu : « Souffrir moins, mourir tard ».

C'est donc vrai! Il n'a donc pas laissé plus de traces dans l'âme moderne, l'enseignement de Celui qui parlait à la foule sur la montagne, qui lui enseignait, non seulement de supporter, mais de chérir la douleur, et qui lui montrait une clarté d'aurore entre les fentes du tombeau.

S'il revenait pourtant, le Divin Maître, pour répandre, comme autrefois, sa doctrine de miséricorde et d'amour; s'il revenait, doux aux petits, aux souffrants, aux simples de cœur, blâmant toute révolte, mais faisant parfois des actions redoutables, confondant les docteurs ès-mensonges, fouaillant les marchands voleurs, maudissant le mauvais riche, réclamant le salaire des ouvriers tardifs! S'il revenait, ordonnant aux hommes de s'aimer, annonçant le règne du Père qui est aux cieux, donnant à tous une espérance! S'il revenait!...

Hélas! je n'avais qu'à considérer le cortège dont je faisais partie et la foule qui le regardait passer pour deviner le sort qui serait encore réservé au Sauveur. Peut-être d'abord, ce peuple l'entourerait tendrement, écouterait avec avidité sa suave parole, étendrait sous ses pas les palmes et les manteaux. Mais voici, dans le défilé officiel, des pharisiens pour le dénoncer, des juges pour le condamner, des soldats pour le mener au supplice. Voici les politiques qui se laveraient les mains, après l'iniquité commise. Et voici encore cette foule, cette même foule qui le trahirait au dernier moment et lui préférerait Barabbas!

S'il revenait, le guérisseur des âmes, on le crucifierait une seconde fois.

Cependant, ce fut lui, ce pourrait être encore lui, le suprême Bienfaiteur. Car il fit oublier à l'homme sa misère, en lui promettant la vie éternelle. Erreur, illusion! Peut-être. Mais, à coup sûr, consolation et espoir. Et ce savant de génie, dont notre regret, ardent comme un culte, honore justement la mémoire, parce qu'il a soulagé les maux et prolongé l'existence de quelques-uns, ce Louis Pasteur, dont le haut et courageux esprit planait au-dessus de notre matérialisme et de nos lâchetés, a rendu le dernier soupir les yeux fixés sur l'image du Christ, qui fit de la douleur une vertu et de la mort une délivrance.

10 octobre 1895.

Le Fer à cheval

MAZARIN mourant et jetant un dernier regard sur ses richesses, Mazarin soupirait avec tristesse : « Il faut donc quitter tout cela ! »

Je ne suis pas fou de Mazarin ; il m'apparaît, en gros, comme une sorte de panamiste d'autrefois, avec cette différence en sa faveur qu'il fut pris de remords quand il sentit sa fin prochaine et qu'il restitua ce qu'il avait volé. Je n'ai pas non plus un vrai tempérament de collectionneur, et si j'éprouve un regret, lorsque je passerai l'arme à gauche, ce ne sera certainement pas pour les bibelots qui encombrent mon logis. Cependant, depuis quelques jours, je me redis, à chaque instant, le mot navré du fameux cardinal.

C'est que je vais revenir à Paris. Bien des devoirs m'y rappellent, de ces devoirs qui n'en sont pas et dont un sage — que ne suis-je un sage? — se serait débarrassé depuis longtemps. Les malles sont bouclées, le voiturier est prévenu. Et voici justement que le paysage d'automne, au moment où je vais le quitter, me fait de splendides coquetteries.

L'azur du ciel, pâle et pur, où flottent les fils de la Vierge, les nuages solennels, la plaine nue et comme élargie, où se profile, tout petit sur l'horizon, un laboureur et son attelage, les grands vols de corbeaux tournoyant et s'abattant sur la terre brune des récents labours, les bois à demi dépouillés, moins mystérieux, mais plus sonores, sentant la feuille morte et le champignon, les éblouissantes féeries du couchant, et surtout la lumière des derniers beaux jours, cette lumière dont l'éclat n'aveugle pas et qui se fait douce et tendre comme l'adieu d'une femme aimante, voilà ce qui me brouille et me chavire le cœur, voilà ce qui me murmure tout bas à l'oreille la triste parole : « Il faut donc quitter tout cela! »

Je le sais bien. Dans une semaine ou deux, — plus tôt, demain peut-être, — la campagne deviendra inhabitable pour un Parisien fieffé comme moi, qui n'ai plus ni santé ni jeunesse et qui sens

un frisson sur mes épaules, à la tombée de la
nuit, même quand je me tiens debout devant la
haute cheminée et présente mes mains à la flam-
bée joyeuse et pétillante. N'importe! Plus je
vais, plus la nature me charme et me retient. Il
m'est presque douloureux de songer que, demain, je circulerai, coudoyé par les passants, dans
la rue de Paris, dans cette profonde tranchée
formée par les maisons à cinq étages, du fond de
laquelle je ne verrai plus qu'une étroite bande de
ciel.

Aujourd'hui, du moins, devant cette matinée
d'octobre qui m'adressait, à la veille de mon départ, son plus enivrant sourire, j'ai voulu faire une
orgie d'espace et de grand air. J'ai sifflé mon
chien, pris mon feutre et mon bâton, et j'ai flâné
pendant toute l'après-midi.

La bonne promenade! En ai-je avalé des kilomètres! Je rentre au logis, aussi las que le trimar-
deur à besace que j'ai rencontré tout d'abord, à
qui j'ai donné quelques sous, et qui m'en a re-
mercié d'ailleurs par un regard d'assassin et d'in-
cendiaire; mais c'est une saine fatigue que la
mienne. Je dormirai bien, cette nuit, et, si je rêve,
il y aura, dans mes songes, du ciel clair et des
arbres d'or. J'ai fait le grand tour par Cercey,
où, sur la longue terrasse du château, les tilleuls
taillés, déjà touchés par l'automne, ont le ton fauve
d'une vieille tapisserie de Flandre; par les bois

de la Grange, où les fougères flétries semblent
de cuivre rouge. Puis j'ai descendu jusqu'à Bru-
noy, et, comme marcheur, je méritais alors, je
vous assure, la canette de bière que j'ai bue, sous
une tonnelle de cabaret, tandis que le soleil obli-
que me caressait entre les feuilles de sang d'une
vigne vierge.

Mais je n'en avais pas encore assez, et je suis
revenu par le plus long, par l'ombreux et humide
chemin, le long de l'Yère. Là, devant les villas
déjà closes, me guettait une mélancolie, celle des
canots amarrés, sous l'échevèlement des saules,
des canots immobiles et pleins de feuillage pourri,
qui évoquaient le souvenir de l'été disparu, des
pêcheries et des baignades, des rameurs aux bras
nus, en tricot rayé, et des femmes en robe fraîche
et en chapeau de paille, souriant sous leur om-
brelle.

Pour regagner le plateau, j'ai gravi l'étroit
sentier, à travers les vergers. Ici encore, tout me
rappelait que la saison était finie, ces vignes ven-
dangées et ce pommier à cidre, le seul ayant
encore ses fruits rouges, que gaulait un vieux
paysan.

D'ailleurs, le soleil venait de disparaître, là-
bas, derrière la forêt de Sénart, de l'autre côté
de la vallée; et les roses de l'adieu, dont il avait
jonché le ciel, se fanaient, se décoloraient, n'é-
taient plus déjà que des nuées grisâtres. Quand

je fus en haut de la côte, la sévère majesté du
soir planait sur la plaine. Point de brume. Mais
à peine pouvait-on distinguer, tout près, dans les
champs, les chaumes roux et la verte chevelure
des betteraves, pas encore récoltées. Dans le lointain, la silhouette des groupes de maisons, des
bouquets de bois, des meules, devenait con-
fuse ; et, seuls points lumineux parmi la funèbre
étendue, éclataient, çà et là, quelques foyers
d'herbes qu'on brûlait et dont la blanche fumée
montait, à peine inclinée, dans le ciel calme et
sombre.

Comme je regagnais mon village, guidé, ainsi
que le Petit Poucet, par une fenêtre illuminée, je
heurtai du pied et fis rouler sur le macadam de
la route un objet qui rendit un son métallique.
Je me baissai pour voir. C'était un vieux fer à
cheval.

Tout de suite, j'eus souvenance de la superstition populaire : « Cela porte bonheur », et d'instinct, je ramassai le fer et le mis dans la poche
de ma veste.

Puis je me mis à philosopher, tout en conti-
nuant mon chemin dans les ténèbres qui s'épais-
sissaient.

Cela porte bonheur ! L'occasion est bonne pour
former un souhait. Lequel ? Hélas ! je suis à peu
près pareil au vieillard dont parlent les Goncourt
dans *Idées et Sensations* et qui, à la question du

garçon de restaurant : « Que désire monsieur? »
ne trouve que cette réponse : « Je désirerais bien
avoir un désir. »

Un souhait, un désir! Encore une fois, lequel?
Je suis loin de l'âge des passions. J'ai épuisé bien
des sensations, renoncé à bien des vanités. Mes
ambitions sont nulles. Soyons franc, je suis dégoûté de beaucoup de choses, et ce qu'on appelle
le plaisir me semble, en général, fort ennuyeux.
Cependant, cette trouvaille m'annonce une bonne
chance. Souffrirai-je un peu moins dans mon
corps? C'est impossible. Les lois de la nature
sont formelles. Plus j'irai, moins j'aurai de résistance contre la douleur. Alors, quoi?

C'est par un matin du mois de mai, quand j'a-
vais vingt ans et quand je me sentais dans l'imagination et dans le cœur plus de roses et de rayons
de soleil que le printemps lui-même, c'est alors
que j'aurais dû ramasser ce fer à cheval dans la
poussière de la route. Mais, maintenant que j'ai
passé la cinquantaine et par cette soirée d'automne qui porte à la mélancolie, que peut signi-
fier pour moi cet heureux présage?

Et je tombai alors dans une détresse profonde,
à cette pensée que j'étais si usé par la vie que,
devant un bonheur indéterminé qui m'était promis, je n'étais capable d'en imaginer aucun.

Cependant, à cette heure tardive, sous ma
lampe de travail, la vue de ce vieux fer à cheval,

qui me servira désormais de presse-papier, m'inspire des réflexions plus mâles.

L'animal qui l'a perdu appartient sans doute à l'un des maraîchers de ce pays, qui sont aussi des rosiéristes, et il traîne chaque jour sa charrette de légumes ou de fleurs, selon la saison, aux marchés de Paris. Sa tâche est rude. Quatorze lieues — aller et retour — toujours au petit trot! Et, ce soir, il est rentré à l'écurie, blessé et boitant. Mais, bah! il se répandra tout à l'heure une odeur de corne brûlée, dans la forge du maréchal; on garnira de fers neufs les sabots de la vaillante bête, et, demain, on lui remettra son collier de laine bleue, et on l'attellera, comme d'habitude, dans les brancards.

Prends exemple sur lui, vieil homme de lettres, et secoue la morbide tristesse que t'inspira la fin de cette promenade d'arrière-saison. Ce cheval campagnard donne toute sa force à sa besogne; mets à la tienne toute ta conscience. Tu vieillis, tu souffres, tu n'attends plus rien de bon pour toi-même. Ne te plains pas, et pense aux autres. Apporte-leur régulièrement ta récolte intellectuelle, des fruits et des fleurs, des vérités et des rêves. Tâche de les rendre meilleurs et de les charmer; d'être, pour eux, utile et consolant.

Voilà, ô poète, le dernier bonheur que tu peux souhaiter.

C'est un hasard favorable qui a placé sous tes

pas cette humble épave du travail, ce fer à cheval tout usé par les durs chemins. Garde-le sous tes yeux ; il te sera d'un bon conseil. Et même tu devrais faire graver sur le métal cette devise, qui est celle de tous les hommes de cœur et de raison : « Vivre avec courage ».

17 octobre 1895.

L'Invalide

PAR la claire et tiède après-midi d'automne, le vieil invalide monte sa faction et claudique lentement sur sa jambe de bois, derrière les canons.

C'est un ancien pensionnaire de l'Hôtel, un artilleur du temps qu'on chargeait les pièces par la bouche. Il avait déjà dix ans de services et les galons de maréchal-des-logis-chef quand on l'amputa de la patte gauche, à moitié cuisse, le soir de Solférino. Depuis lors, il porte la casquette à cocarde et la capote à boutons de fer-blanc. Mais, en souvenir du grade et de « l'arme spéciale », la double sardine d'argent et les deux canons de drap rouge ornent sa manche ; et, sur sa poitrine,

la croix d'honneur, à côté des médailles de Cri-
mée et d'Italie, atteste qu'il a vu la grande guerre
et qu'il fut un brave. De plus, comme il est de
garde aujourd'hui, il a revêtu le baudrier de cuir
blanc au bout duquel pend le coupe-choux d'autrefois, le « briquet » ancien modèle.

Très digne et ragaillardi par la caresse du soleil d'octobre, « fauchant » du côté gauche et
faisant craquer le gravier sous son pilon, il se
promène derrière les affûts, le martial bonhomme.

Grand, mais un peu voûté, c'est la ruine d'un
beau soldat; et ses épaules carrées, ses mains couvertes de poils sont d'un gaillard qui, jadis, au
commandement : « En action ! » devait joliment
peloter et manier sa pièce de douze et solide-
ment pousser à la roue. Son visage, froidi par
l'âge, a la gravité mélancolique que Raffet donnait à ses grognards. La joue creuse, le menton
relevé sous sa moustache blanche, trahissent les
mâchoires édentées; mais, dans l'ombre des sourcils en broussaille et restés très noirs, brillent,
énergiques et calmes, les yeux bleu-d'acier, les
yeux intrépides du Gaulois. Comme il fait chaud
et comme la marche est un peu fatigante pour
l'homme à la jambe de bois, parfois il ôte, d'une
main, sa casquette; de l'autre, il tire de sa poche un
mouchoir à carreaux, et il essuie son crâne chauve,
où se creuse un trou à fourrer la moitié du pouce,
une cicatrice qui date du siège de Sébastopol.

Il va, jetant de côté un regard d'amateur sur
les canons-trophées, sur les vieux instruments de
bataille qui sont aussi des objets d'art. L'airain
de celui-ci se tord en gracieuses spirales; sur celui-
là, des aigles à couronne hérissent leurs ailes hé-
raldiques. Sur tous, sont gravées de hautaines de-
vises et des armoiries royales. Voici les énormes
couleuvrines qui guettaient jadis l'horizon de la
mer du haut des remparts d'Alger, les longues
pièces que les pirates barbaresques bourraient,
à grands coups d'écouvillon, avec les têtes cou-
pées des prisonniers de guerre; et, plus loin, ac-
croupis comme des chiens, les mortiers trapus
ouvrent la gueule et semblent aboyer vers le ciel.
Ce sont tous des monstres abolis, inutiles, — hélas! comme les anciennes victoires qu'ils rappellent, — à peine bons désormais pour tonitruer
aux jours de fêtes officielles.

Cependant l'invalide les voit toujours avec
plaisir, les canons triomphaux; et c'est un orgueil pour lui de monter la garde auprès d'eux.
Le bonhomme n'est pas très ferré sur l'histoire
de la vieille France; il sait seulement qu'elle
fut glorieuse et qu'on n'avait pas froid aux yeux,
sous le lampion à cocarde blanche. Cet antique butin de guerre en est la preuve. Ah! pauvre
nation, aujourd'hui vaincue et diminuée! Elle
en a pourtant rempli ses arsenaux, de bronze pris
à l'ennemi. Elle n'en montre ici que de rares et

curieux échantillons. Mais elle a vraiment re-
gorgé de ce glorieux métal, et il fut un temps
— pas si lointain — où elle le prodiguait pour
dresser les statues de héros et les colonnes de victoire.

Alors, comparant le présent au passé, la son-
gerie du vétéran devient sombre.

« Vieux soldat, vieille bête, c'est convenu, —
ronchonne-t-il sous sa moustache sévère, — cependant, j'ai beau m'exciter et me battre les
flancs, à propos de cette conquête de Madagascar, je ne me sens pas couvert de gloire. Cette
campagne où l'on n'a d'ennemis sérieux que la
fièvre et la colique, ces bandes de nègres qui fi-
chent le camp au premier coup de pied quelque
part, cette capitale de soixante-dix mille habitants
qui se rend sans siège ni assaut, ces grandes batailles où deux tirailleurs sakalaves sont blessés
et que suit une dégelée de décorations, non, j'ai
beau être chauvin, ça ne me met pas dans tous
mes états.

« Je n'entends goutte à la politique. Encore
aujourd'hui, je ne sais pas au juste pourquoi j'ai
eu la tête trouée, dans la tranchée, devant la tour
Malakoff, ni pourquoi j'ai laissé une de mes jambes
en Italie. Les Russes, que nous combattions, sont
à présent nos meilleurs amis, et les Italiens, pour
les beaux yeux de qui nous faisions la guerre,
nous ont pris en grippe. Je renonce à compren-

dre. Ces choses-là, c'est l'affaire des pékins qui
pérorent autour des tables vertes. On me dit aujourd'hui que notre honneur et notre intérêt nous
commandaient de taper sur les ongles de cette
reine couleur pain d'épices et de conquérir son
sacré pays de choléra. A la bonne heure! Le
drapeau est engagé. Par le flanc droit. Marche.

« Là-bas, chez ces sauvages qui fuient toujours
et avec qui on n'a pas seulement pu se donner
un bon coup de torchon, le devoir, pour les jeunes
camarades, consistait à trimer, à marcher, à suer
sous le poids du sac, à tracer des routes, à piocher dans la terre pourrie et, finalement, à prendre du mal. Leur devoir, tout leur devoir, ils l'ont
fait sans renâcler; et penser que nos petits conscrits sont aussi crânes que leurs anciens, certes,
cela réjouit mon cœur de vieux pied-de-banc.

« Mais jamais de batailles! Voilà une drôle de
guerre!

« Il n'y a pas à dire. Ça n'est pas là des victoires comme j'en ai connu, des victoires à *Te
Deum* et à salves de cent coups de canon. Sans
compter qu'elles coûtent cher tout de même, ces
expéditions-là. Pas sanglantes, mais très meur-
trières. Ils ont jeté de fameux soupers aux re-
quins, les hôpitaux flottants, les transports bon-
dés de malades, là-bas, dans la Mer Rouge. Nous
sommes vainqueurs, soit; mais c'est une victoire
bien bourgeoise, bien pot-au-feu, sans un brin de

laurier. Et alors, je me demande si c'était la peine de faire pleurer les mamans.

« Le populo l'a bien senti. Il était content, c'est clair, en apprenant que notre drapeau flottait sur Tananarive. La gloire! Nous n'en avons plus souvent, de ce tabac-là, à mettre dans notre tabatière; et ça fait toujours plaisir d'en renifler une petite prise. Pourtant, les faubourgs n'ont ni pavoisé leurs fenêtres, ni allumé leurs ballons tricolores. Il me semble que c'est les journaux qui ont surtout fait de la musique. A mon avis, ils ont trop hurlé de joie, après avoir trop geint, d'ailleurs. Les marchands de politique, les bavards du pont d'à côté, s'enrouent maintenant à chauffer l'enthousiasme. Ils ont même l'air de ne crier si fort que pour nous empêcher d'entendre l'empereur d'Allemagne qui, pendant ce temps-là, vient jusqu'à notre extrême frontière, parade sur le lieu d'une de nos pires défaites, fait le beau et l'insolent et nous lance des paroles de défi!

« Enfin, il paraît qu'il nous faut des colonies, que nous n'en avons pas assez, bien que nous en ayons déjà pas mal, et bien que personne ne se soucie d'y aller et que je lise, tous les étés, dans le journal, qu'il n'y a pas assez de monde pour moissonner les champs. Et il paraît encore que, pour conquérir tous les déserts de l'Afrique, on va former des régiments exprès, sur l'ancien format, des régiments où il y aura des volontaires

et des vieux briscards, comme de mon temps.
C'est la bouteille à l'encre, et je m'y perds; d'autant plus que, l'autre jour, dans un petit café du
Gros-Caillou, où je prenais mon absinthe, j'en-
tendais gueuler un beau parleur qui demandait le
licenciement des armées, — plus de drapeaux,
plus de patrie, plus rien, — et qui prétendait
qu'il n'en fallait pas davantage pour que tous les
peuples de la terre se mettent à danser en rond.

« Décidément, tout ça me prouve que je ne
suis plus qu'une baderne, et que ce qui me reste
de mieux à faire, c'est de préparer mon paque-
tage pour le paradis des braves. Du reste, j'y
suis tout résigné; car ne voilà-t-il pas qu'on parle
de supprimer les Invalides. Ah! tonnerre! S'il
fallait dire adieu à mes vieux canons et au tombeau de l'Empereur, mon compte serait vite réglé.
Non, je ne me vois pas avec ma croix et mes médailles sur la houppelande grise d'un pauvre de
Bicêtre!

« Mais je m'emballe. Supprimer les Invalides!
On n'aura pas ce cœur-là; on nous y laissera mourir en paix. Ce ne sera pas bien long, et nous ne
sommes pas si nombreux. Et, si les nègres de
Madagascar ont des espèces d'étendards, et si on
les suspend, un de ces jours, aux murs de la chapelle, je passerai tout de même un bon quart
d'heure. Mais, c'est égal, j'aurai toujours quelque
chose de mieux que ça à montrer aux touristes

qu'on nous amène dans de grandes voitures et à
qui je fais quelquefois le boniment; et, quand je
remarquerai parmi eux une tête carrée de Prus-
sien, à barbe blonde et à lunettes d'or, je lui ferai
encore ma vieille blague, et, devant un trophée
que je connais bien, je retrouverai, malgré mes
soixante-dix ans, ma voix d'autrefois, ma voix de
chef de pièce, sur le polygone, pour lui crier :
« Voilà les drapeaux pris à Iéna! »

24 octobre 1895.

Sur quelques Réformes

Nous assistons, depuis quelque temps, à une levée de boucliers en faveur de l'union libre. Toutes les armes sont bonnes à ses partisans, aussi bien la très intéressante pièce de Paul Hervieu, qui fait salle comble à la Comédie-Française, que l'abominable procès de Bourges. Cependant, parce que la dame mal mariée, à qui Mlle Brandès prête ses traits séduisants, a introduit dans son ménage un enfant adultérin, et parce que cet horrible père fouettard de marquis de Nayve a torturé et peut-être bien, malgré l'acquittement, assassiné le bâtard de sa femme, je ne pense pas que les lois qui ré-

gissent le mariage et la famille soient sérieusement menacées.

Sommes-nous nerveux, grand Dieu! sommes-
nous nerveux!

A propos d'une comédie excellente, mais sans
aucune prétention à la thèse sociale et au prêchi-
prêcha, et à propos d'une cause célèbre dont tous
les personnages font partie de la table d'hôte
des monstres, voilà qu'il faut bouleverser le Code
civil. Je n'ai pas voix au chapitre, en ma qualité
de célibataire ; mais je m'en rapporterais, volontiers, dans la circonstance, à un plébiscite auquel
prendraient part toutes les jeunes filles, depuis
celles qui jouent encore à la poupée, jusqu'à
celles qui sont montées en graine depuis longtemps. Le résultat ne me paraît pas douteux. Ce
qu'elles veulent toutes, c'est un mari et des enfants, et, s'il vous plaît, un mari qui ne les plan-
tera pas là pour un oui ou pour un non, des enfants qu'elles élèveront et qui grouperont autour
d'elles une famille.

Creusez mon idée, législateurs. Avant de dé
créter le concubinage universel, consultez les filles
à marier.

L'union libre, ce n'est pas pour tout à l'heure,
croyez-moi, pas plus que le triomphe des autres
principes de ce qu'on appelle aujourd'hui l'individualisme. Je n'en veux pour preuve que la
déclaration du ministère radical tout battant neuf

dont nous jouissons depuis quelques jours. Tout ce qui ressemble à une réforme notable, à un changement sérieux, est, d'abord, ajourné. « Plus tard... On verra... On étudiera... » Quelle farce, que la politique ! Et comme ces poltrons de conservateurs ont tort de trembler dans leurs chausses ! Rassurez-vous, bonnes gens. Les terribles radicaux, qui vous font si peur, ne changeront pas vingt préfets. Châtieront-ils même quelques voleurs ? Ce serait trop beau. Je n'ose le croire.

A plus forte raison, se garderont-ils de toucher aux institutions — assez lézardées, j'en conviens — sous lesquelles nous vivons tant bien que mal, en attendant qu'elles s'écroulent sur notre tête, et notamment à la plus solide de toutes, au mariage.

Laissez-moi m'en féliciter, mais à un point de vue tout spécial, exclusivement littéraire.

Si le mariage était aboli, presque toute la littérature d'imagination — et surtout les romans et les pièces de théâtre — perdraient la moitié de leur saveur, n'offriraient plus qu'un intérêt rétrospectif. Plus de jeunes filles contrariées dans leurs sentiments, plus de femmes malheureuses et persécutées, plus de fils naturels à tirades, plus de belles adultères changeant de toilettes à chaque acte, plus rien, quoi ! Vous croyez que je plaisante ? Rappelez-vous qu'après le rétablissement du divorce, un certain nombre de livres et de drames reçurent ainsi le coup mortel. J'ai applaudi autrefois, entre autres, avec tout le public, au Gymnase, une très forte comédie d'Émile Augier, *Madame Caverlet*, que, depuis la loi Naquet, il serait impossible de reprendre.

Et tenez, je viens précisément de lire *l'Ange*, de René Maizeroy, et je reste encore sous le charme de cette lecture. Dépêchez-vous d'en faire autant ; car, si le mariage tombait en désuétude, vous ne comprendriez plus rien à ce touchant récit.

Dépêchez-vous de le lire. Vous le pouvez tous et toutes. Je n'en pourrais pas dire autant des œuvres complètes de ce mauvais sujet de Maizeroy, et plus d'un volume de lui ne fut pas composé pour les petites filles « dont on coupe le pain en tartines », et n'aurait jamais pu paraître chez les éditeurs bien pensants, avec l'approbation de NN. SS. les Évêques. Mais, cette fois-ci, le charmant conteur a eu ce délicat et bon caprice de prendre une plume de cygne, d'écrire un livre absolument pur. Ayant à pénétrer dans l'âme d'une vierge, il a vu l'ange gardien qui veillait près d'elle, un doigt sur la bouche, et il a fait une chose exquise, un roman chaste, tout blanc.

La fable en est simple et peut se résumer très vite.

Au moment où son cœur vient de s'épanouir, à la veille d'être demandée en mariage, Laurette apprend que l'homme qu'elle croit son père, qu'elle aime comme un père, est un étranger pour elle, et que, jadis, sa mère a fui la maison conjugale, en emportant sa petite fille, pour suivre cet homme. Laurette n'est pas « individualiste ». Cette délicieuse enfant — peu moderne, je l'avoue — comprend encore ce que signifient les mots de respect filial, de sacrifice, de dévouement. Pour épargner à sa mère l'aveu de sa honte, Laurette renonce courageusement au bonheur. La cruelle révélation l'ayant rendue malade, elle déclare, dès le premier jour de sa convalescence, qu'elle a fait vœu, si elle guérissait, d'entrer dans les ordres. Celui qui la voulait pour femme est au désespoir, menace de se tuer. Laurette le calme, le console, mais elle est sans faiblesse, elle impose silence jusqu'au bout à son pauvre cœur, et elle enfouit sa jeunesse et sa beauté sous la robe grise et la cornette blanche des Filles de la Charité. Seulement, plus tard, le hasard remet devant ses yeux l'homme qu'elle a aimé; elle le retrouve, heureux près d'une jeune épouse. Et Laurette en meurt, voilà tout.

Voilà tout! Mais c'est délicieux, et il y a certaines pages d'une émotion si poignante que — je vous le dis tout bas — j'ai été forcé de m'arrêter, de retirer mon binocle et d'en essuyer les verres.

Encore une fois, hâtez-vous de lire l'Ange, de Maizeroy; car les temps sont proches, nous dit-on, où le sentiment de la famille apparaîtra comme un préjugé gothique et où une enfant qui se dévoue pour sauver l'honneur de sa mère semblera aussi extraordinaire qu'Agamemnon sacrifiant sa fille pour obtenir une brise carabinée.

Ce n'est pas pour demain, soit, et nous n'en sommes pas encore au mariage à la quinzaine ou à la nuit et à l'éducation des enfants dans le prytanée collectiviste. Néanmoins, un vent de réformes souffle de toutes parts, il n'y a pas à le nier, et toutes celles qu'il répand dans l'air ne sont pas tout à fait absurdes.

Ne vient-il pas de se glisser, ce vent révolutionnaire, jusque sous les portes — peu facilement hospitalières — du Palais Mazarin? Et ne parle-t-on pas de rendre aux comédiens, dans l'Académie des Beaux-Arts, les quelques places qu'ils y occupèrent autrefois? La proposition surprend tout d'abord; et puis l'on se demande : « Pourquoi pas? »

Le candidat qu'on met en avant, Mounet-Sully, est, certes, un artiste éminent; il excelle dans le genre noble; sa vie privée est irréprochable. Je m'honore d'être son ami. Je ne trouverais nullement choquant, pour ma part, qu'il s'assît sur le velours usé des banquettes de la fameuse Coupole; et l'habit à palmes vertes siérait fort bien à son noble visage et à sa crinière blanche.

Pourtant, à un point de vue général, quelques objections se dressent.

Si l'on veut ouvrir l'Institut aux comédiens, pourquoi le fermer aux virtuoses, aux chefs d'orchestre, qui peuvent être et sont souvent aussi de très grands artistes? M. Diémer et M. Planté ne donnent-ils pas aux dilettanti, en jouant du piano, des jouissances infinies? Est-il un flûtiste comparable à M. Taffanel? Est-ce que le titre d'académicien n'eût pas été très bien porté par Pasdeloup, qui a tant fait pour l'éducation musicale du public français?

Quoi qu'on en dise, l'acteur n'est — sauf de très rares exceptions et, en général, dans les genres inférieurs — qu'un interprète, qu'un exécutant, qui joue un drame avec sa personne, comme un violoniste joue un morceau de musique avec son instrument. A coup sûr l'un et l'autre peuvent être admirables. Adressons-leur bruyamment, directement, nos bravos, nos cris d'enthousiasme. Il convient de leur accorder d'autant plus largement cette récompense que leur triomphe est viager.

Mais ne trouvez-vous pas qu'il est juste de réserver un témoignage de la reconnaissance publique plus rare, plus exceptionnel, — l'Institut, si vous voulez, — aux artistes qui font une œuvre durable et qui laisseront après eux autre chose qu'un nom et qu'un souvenir?

Malgré toute ma bonne volonté, je ne puis m'imaginer le plaisir qu'éprouvaient nos pères en voyant jouer Talma ou en écoutant Paganini. Tout ce que je sais du grand tragédien et du grand violoniste, c'est qu'ils ont eu beaucoup de succès. Il ne reste donc rien d'eux; tandis que cette pure médaille, qu'un sculpteur presque obscur grava patiemment et avec amour, durera bien des siècles et portera le nom de l'artiste à la plus lointaine postérité, et que tel vers de Leconte de Lisle — qui connut peu, celui-là, la gloire bruyante et extérieure — est pour toujours un beau vers.

Voilà — j'en ai peur — des réflexions bien aristocratiques. J'ose les soumettre pourtant — oh! avec beaucoup de respect et de timidité! — à la modestie des comédiens. Que me dites-vous? Que ce n'est pas leur vertu principale? Taisez-vous. Je n'aime pas les mauvaises langues.

7 novembre 1895.

Cavaliers de Napoléon

A I-JE besoin de vous dire, d'abord, que, l'autre soir, trouvant sur ma table le magnifique in-quarto de Frédéric Masson, intitulé *Cavaliers de Napoléon*, je me suis jeté dessus, comme la pauvreté sur le monde, et que, toute affaire cessante, j'ai dévoré le gros volume? Vous connaissez ma passion pour l'épopée impériale, et vous pensez bien que la description d'une sabretache ou d'une bandoulière de giberne, datant de cette époque-là, m'intéresse infiniment plus que la dégringolade de la Bourse ou que les chances de durée du nouveau ministère.

Grâce à Frédéric Masson, historien d'une espèce fort rare, car il est, à la fois, enthousiaste et strictement véridique, grâce aussi aux admirables illustrations d'Édouard Detaille, je viens donc de passer en revue la cavalerie de la Grande Armée, et j'en suis encore ivre de plaisir.

Si je n'écoutais que mon cœur, je tâcherais maintenant, à mon tour, de faire défiler devant vous les innombrables escadrons, au grand galop de charge, et je vous décrirais, l'un après l'autre, les uniformes, sans vous faire grâce du moindre passepoil. Mais je ne puis prétendre que vous soyez tous aussi cocardiers que votre serviteur ; et peut-être vous est-il indifférent d'apprendre, par exemple, que l'Empereur, en 1809, priva les carabiniers du bonnet à poils qu'ils avaient porté jusqu'alors, les pourvut de la cuirasse ornée d'un soleil d'or et du casque de forme grecque à chenille écarlate, réservant ainsi, dans la cavalerie, le légendaire ourson à mentonnière aux seuls grenadiers à cheval de sa garde.

Ne souriez pas trop ironiquement, je vous prie, de mon goût pour de si minces détails. Homère n'en finit plus, quand il parle du bouclier d'Achille. Or, les guerres de l'Empire, c'est l'Iliade moderne. Les cavaliers des corps d'élite que je viens de citer sont — multipliés à de nombreux exemplaires — nos Ajax, nos Diomèdes, nos Idoménées. Il est nécessaire de faire exactement connaître à la postérité quels étaient les costumes et les armes de tous ces héros.

On ne saurait trop le répéter, — car cette pensée est notre consolation dans les heures tristes, vides et parfois honteuses que nous traversons, — rien n'est comparable, dans l'histoire d'aucun peuple, aux exploits accomplis par les armées françaises, d'Arcole à Waterloo. Les prouesses fabuleuses des paladins perdus dans la brume du passé, non seulement deviennent vraisemblables, mais pâlissent devant des faits comme la charge des chevau-légers polonais, en Espagne, le 30 décembre 1808, c'est-à-dire hier. Et les fastes de la Chevalerie n'offrent pas un exemple de bravoure plus folle et plus extraordinaire que l'action de cet escadron de cent cinquante sabres à peine s'élançant sous le feu de treize mille hommes et de seize pièces d'artillerie, traversant de bout en bout les troupes espagnoles, y jetant le désordre, perdant plus des deux tiers de son effectif et décidant de la victoire.

Quand je lis le récit de la charge de Somo-Sierra, il ne me semble pas du tout puéril, je l'avoue, de noter que ces intrépides jeunes gens étaient coiffés de l'étrange schapska cramoisi, timbré d'un soleil de cuivre où flamboyait une N couronnée, et qu'ils ne portaient pas encore, à cette époque, la lance dont ils devaient faire, par la suite, un si redoutable usage.

Les uniformes et les outils de guerre de la Grande Armée sont revêtus, à mes yeux, — et

aux yeux de quiconque a le sentiment de la gloire
nationale, — d'un prestige inouï, d'un caractère
sacré. Le fusil à pierre du dernier des voltigeurs
n'est pas moins vénérable pour moi que l'épée à
deux mains d'un chevalier de la Table Ronde; la
cravache de Murat est aussi auguste que Duran-
dal.

Aussi ai-je lu avec délices le beau livre de Frédéric Masson et soulevé, d'une main frémissante
et avec un battement de cœur, les papiers de soie
qui protègent les merveilleuses compositions de
Detaille. Toutes sont surprenantes de mouvement
et de vie; quelques-unes sont de petits chefs-
d'œuvre. Sans parler de la planche coloriée qui
fait face au titre et qui représente l'Empereur, l'œil
à sa lunette d'approche assujettie sur l'épaule d'un
sous-officier des guides, tandis que le Roi de
Naples, dans les fourrures et sous les panaches,
attend impatiemment un ordre, et qu'un groupe
de généraux, au second plan, se penche sur les
gros bouquins guerriers, sur les fameux « états de
situation » reliés en maroquin vert; sans parler
de ce délicieux tableautin, je ne dirai jamais assez
avec quelle science sans pédantisme, avec quel
art libre et sûr, l'artiste a su, partout ici, surprendre et fixer le cavalier et le cheval, l'homme
et la bête, dans toutes leurs attitudes gracieuses
et martiales.

Admirez ce peloton du 4e dragons qui s'avance,

avec calme, de face et au pas, et salue au passage
le poteau de la frontière que la victoire de demain déplacera; — et cette charge par échelons
du 12e hussards, si fougueuse, si pittoresque; —
et le geste triomphal du lieutenant Soufflot, du
20e chasseurs, — celui que j'ai connu centenaire,
— brandissant l'étendard qu'il vient d'arracher
aux Portugais, au combat de Mondégo.

Mais deux de ces *quadri* militaires, où l'artiste
s'est surpassé, m'ont particulièrement ému :

Nous voici d'abord à Eylau. Les grenadiers à
cheval de la garde impériale, commandés par
Lepic, leur colonel-major, attendent l'ordre de
charger, et il a neigé sur les bonnets à poils. Ils
sont là, immobiles, sur leurs énormes montures,
depuis de longues heures, depuis le début de
l'action. Mais le canon russe s'est rapproché. A
présent, il crache la mort dans leurs rangs. Un
cheval se cabre; un autre tombe, sanglant, écra-
sant son cavalier, secouant ses jambes frémis-
santes et ses durs sabots. Alors, une nouvelle dé-
charge, qui produit de pires ravages, répand un
peu de trouble, pour la première fois, parmi ces
impassibles; et quelques-uns des hauts bonnets
chargés de frimas se baissent sur l'encolure. Mais
Lepic est là, Lepic, le type du « vieux de la
vieille », le grognard par excellence. Il ne veut
pas qu'on puisse dire que ce régiment d'élite, qui,
sur mille hommes, compte trois cents légion-

naires, a faibli pendant une seule minute. Furieux,
il se retourne sur son cheval d'armes — le geste
est admirable d'énergie et de naturel, dans le
dessin de Detaille, — il lance à ses cavaliers un
regard terrible et, devançant Cambronne comme
orateur de champ de bataille, il leur crie ce commandement, abject et superbe : « Haut les têtes!
La mitraille n'est pas de la m....! »

L'autre planche, la plus belle du recueil peut-
être, nous montre un cuirassier de 1812 menant
une paire de chevaux boire au Niémen. Ce n'est
proprement qu'un paysage nocturne, mais d'une
tristesse pénétrante, affreuse. Le fleuve — que
l'Empereur et son armée franchiront demain pour
aller à leur perte — brille sous les pâles rayons
d'une lune large et ronde, qui roule dans les
nuées. Sur la rive lointaine, s'étendent dans
l'ombre les steppes infinis, lugubres, où vont disparaître tant d'hommes et tant de gloire, et, là-
bas, planent les bandes de corbeaux, qui déjà
s'assemblent et se préparent pour de monstrueux
festins.

Devant cette tragique estampe, — où se pres-
sentent les grands désastres, — on a le cœur
serré, on s'abandonne, malgré soi, aux plaintes
rétrospectives, aux regrets vains. Pourquoi Napoléon n'a-t-il pas hiverné en Pologne, attendu le
printemps?... Ah! campagne cent fois maudite!
Pauvre France!...

Alors, l'éternelle et poignante question se pose. Ne nous a-t-il donc fait que du mal, n'a-t-il été qu'un fléau, le conquérant, le despote, fou de gloire et de domination ? Et faut-il donc maudire son œuvre et son génie ? Cependant il a versé la plus capiteuse des ivresses à ceux qui suivirent ses aigles, et tous mouraient en l'acclamant. S'il n'avait pas existé, la France ne serait pas la grande nation ; et la République, qui hait sa mémoire et qui en a le droit, si elle nous mène vraiment vers une ère de paix et de liberté, la République elle-même, quand elle donne un drapeau à ses soldats, est pourtant forcée d'y faire broder en lettres d'or les noms des victoires impériales.

En admirant tout à l'heure, dans les dessins de Detaille, ces cavaliers qui firent la guerre au moment des triomphes prodigieux, ces cuirassiers, ces dragons, ces lanciers, ces chasseurs, ces hus-sards de 1806, si bien campés en selle, si fiers de leurs splendides uniformes, je ne pouvais m'em-pêcher de songer qu'ils avaient eu des sensations puissantes et délicieuses, qu'en eux s'épanouissait pleinement ce qu'il y a de plus noble dans l'homme, le courage, et qu'ils connurent absolu-ment la joie et l'orgueil de vivre.

Regardez aujourd'hui les jeunes gens qui pas-sent. Sur presque tous les visages, quelle tristesse amère et maladive !

Certes, tous ne sont pas ainsi. J'en trouve la

preuve dans un charmant et vaillant livre, que je signale en passant à tous les amis de l'armée, le *Journal d'un officier de cavalerie,* par Pierre de Milly-Tréfontaine. On sort de cette lecture rassuré. Ces pages-ci brûlent de la même flamme qui incendiait le cœur des Montbrun et des Lassalle.

Soudain des voix violentes m'interrompent :

« A la ferraille, les sabres rouillés ! Chez le fripier, les vieux colbacks ! L'esprit militaire se meurt. Tant mieux ! Nous marchons à pas de géants vers la concorde entre les peuples, vers l'universelle fraternité. »

A la bonne heure ! Mais si, demain, le pouvoir était entre les mains des utopistes qui poursuivent le plus ardemment ce beau rêve, ils ne pourraient — dans l'état actuel de l'Europe — licencier seulement quatre hommes et un caporal. Donc, en attendant mieux, je crois qu'il n'est pas inutile de parler encore à nos conscrits des soldats de Napoléon.

14 novembre 1895.

Jeux Parlementaires

IGUREZ-VOUS que, pour l'article que voici, j'étais, il y a quelques jours, d'humeur idyllique et champêtre. Le charme m'avait pénétré du livre de Jules Breton, *Un Peintre Paysan*. Souvenirs d'une douce enfance au village, impressions enthousiastes et naïves d'un grand peintre devant la nature, tant de pages — vers fleuris, prose parfumée — où s'épanouit l'âme d'un artiste qui, malgré l'âge, a conservé des trésors de jeunesse et de candeur, tout cela me prédisposait à l'églogue. Ma parole d'honneur! Samedi soir, après avoir lu ce volume exquis et soufflé ma bougie, j'ai cru m'endormir à l'ombre d'un hêtre et, toute la nuit, j'ai fait des songes pastoraux.

Mais le lendemain matin, quel réveil! Il s'agissait bien de rêves bucoliques, de poésie virgilienne! Je déchirai la bande d'un journal, et comme dans les ruelles du vieux Marseille, où une ménagère vous vide parfois son pot de chambre sur la tête, je fus brusquement inondé par cette nouvelle méphitique : « Arton est arrêté. »

La politique a ce privilège de nous causer des surprises nauséabondes. On rentre chez soi, par une nuit de printemps, en respirant une branche de lilas; et voici que la cour et les escaliers de la maison sont envahis par une équipe de vidangeurs.

Arton est arrêté! En d'autres termes, les scandales du Panama vont recommencer de plus belle. Décidément, ce Panama, c'est le cancer de la République parlementaire. Vainement on le fait soigner par d'anodines commissions d'enquêtes; vainement on le masque sous l'emplâtre des ordonnances de non-lieu et le sparadrap des acquittements. A chaque instant, la main brutale de la destinée arrache le pansement et remet la plaie à vif.

Quand je dis la destinée, c'est une façon de parler. Je ne suis pas un nigaud. Je sais fort bien qu'on a aidé le hasard dans cette affaire et que, depuis trois ans, l'homme aux chèques était suivi, dans ses déplacements et villégiatures, par l'œil bienveillant de la police.

Je n'ai pas oublié les étonnantes révélations

de l'agent, qui alla voir Arton à Venise, lui con-
seilla paternellement de ne pas s'afficher et l'en-
gagea, je suppose, à mettre une fausse barbe ou
des lunettes à verres fumés, quand il irait prendre
un sorbet au café Florian.

Je suis certain — et vous aussi, n'est-ce pas?
— que, sans l'arrivée au pouvoir du ministère
radical et sans l'imprudence des anciens panamistes, qui annonçaient la chute dudit ministère
à brève échéance, le pauvre petit Juif, tombé dans
la débine après avoir brassé tant de millions, con-
tinuerait paisiblement à vendre du thé avec prime
photographique — dors-tu content, Balzac? —
dans un coin perdu de Londres.

Il n'y a qu'un cri sur la capture opportune de
ce drôle gonflé de secrets. C'est un coup de maître.

Évidemment, j'eusse été plus fier d'être Français si j'avais été de ce monde en décembre 1805,
en apprenant que l'Empereur venait de tailler en
pièces l'armée austro-russe, près d'un certain village de Moravie, appelé Austerlitz. Mais il faut
être de son temps. La glorieuse épopée est loin;
nous sommes dans le bas « mélo ». Après Homère, d'Ennery. Applaudissons ce qu'on nous
offre, un coup de théâtre ingénieux et saisissant.
Depuis longtemps, l'Ambigu politique, le Boulevard du Crime parlementaire, ne nous avaient pas
présenté une situation aussi corsée; et l'ombre
de Machiavel, qui occupe la place de Sarcey dans

ce genre de spectacles, a donné le signal des applaudissements.

Admirez, je vous en prie, la forte charpente du drame. L'arrestation d'Arton, ce n'est, je le crois, que la péripétie. On nous réserve, pour le dénouement, un personnage capital, un *deus ex machinâ* : Cornélius Herz. Ah! M. Bourgeois est un dramaturge de premier numéro et manie supérieurement les ficelles. Parions — si la majorité fait mine de broncher — que les urines du diabétique de Bournemouth vont devenir limpides comme l'eau des sources et que ce prodigieux Argan — qui enterre ses médecins — sera brutalement dépouillé de sa robe de chambre et de son bonnet de coton.

Mais un naïf est là, que mes plaisanteries impatientent.

« Soyons sérieux, s'il vous plaît, me dit-il. L'arrestation de cet Arton me paraît grosse de conséquences. L'autre jour, dans son discours à l'inauguration du monument d'Émile Augier, un des nouveaux ministres a cité Montesquieu et rappelé que la République était fondée sur la vertu. Grave parole, en un pareil moment. Moi, je veux croire que le ministère est de bonne foi, qu'il prétend gouverner en plein jour, faire justice, châtier tous les prévaricateurs qui ont trafiqué de leurs votes, vendu leur conscience, et qu'il comprend que ce serait un honneur pour la France, si, au

lieu de cacher ses plaies sous de l'onguent miton-
mitaine, elle les cautérisait courageusement au fer
rouge. Comme vos ironies deviendraient ridicules, ô léger chroniqueur! si, dans quelques
jours, il y avait cinquante politiciens à Mazas! »

Hélas! honnête citoyen, électeur candide, je
voudrais partager vos illusions. J'applaudirais
avec vous, certes, et je m'excuserais très humblement, si nos chefs actuels empoignaient de solides balais et nettoyaient à fond le monde politique. Mais — c'est plus fort que moi — je n'ai
pas confiance.

D'abord, l'hécatombe serait-elle complète?
J'en doute fort. On aurait l'intention d'être sans
pitié, soit, pour les impurs de la droite et du centre.
Mais, voyons, l'homme n'est pas parfait. Quelques
pots-de-vin, petits ou gros, ont dû tout de même
être versés du côté gauche. Que faire? C'est bien
dur, c'est aussi fort dangereux de sacrifier les camarades. Rôle lourd à porter que celui de Brutus.
Et puis on se demandera — allons, c'est déjà fait
— s'il est même nécessaire de frapper. La seule
menace a courbé toutes les têtes. Toute la presse
adverse fait la morte, ou à peu près. La majorité
obéit au doigt et à l'œil. Les coupables voteront
avec cette épée de Damoclès — le carnet d'Arton — suspendue sur leur front livide; et les
hommes personnellement intègres — il y en a
beaucoup, j'en suis persuadé, et dans tous les

groupes — qui, par passion politique, n'ont pas
voulu jusqu'ici qu'on immolât les brebis galeuses
de leur parti, seront punis de leur ancienne faiblesse par la honte d'y persévérer, et suivront le
troupeau.

Oh! les radicaux n'auront pas à en être bien
glorieux, de ces adhésions obtenues par la terreur
et par le chantage. Mais ce sont là jeux parlementaires auxquels ils sont habitués, tout comme les
autres, et dont ils ne sentent plus la bassesse. Ils
gouverneront ainsi, ils dureront même, deman-
dant, obtenant des concessions et des lâchetés à
droite et à gauche. N'avons-nous pas vu déjà les
plus ardents socialistes, quand il s'agissait d'a-
bolir des lois d'exception, voter l'ajournement?
Les radicaux dureront donc, plus ou moins, —
peu importe, — et finiront, comme toujours, par
glisser sur une pelure d'orange. Car le Parlemen-
tarisme a l'estomac perdu; il avale tous les minis-
tères, mais il n'en digère aucun. Les radicaux
tomberont, et rien ne sera fait, les écuries d'Au-
gias ne seront pas nettoyées; et quand on consul-
tera les électeurs, on ne leur posera pas la seule
question intéressante :

« Voulez-vous être gouvernés par des honnêtes gens, oui ou non? »

Quel abominable spectacle, pourtant, que celui de ce Parlement qui tremble devant les aveux
possibles d'un Arton! Et cela se passe chez nous,

dans un pays où il y a, autant et plus qu'ailleurs, des hommes remplis d'honneur et de probité! Pourquoi se sont-ils désintéressés des affaires publiques? Pourquoi en ont-ils abandonné la direction à ce monde interlope des politiciens, où l'on ne compte — à de rares exceptions près — que des médiocres ou des suspects?

Je sais bien que le suffrage universel est aveugle. Mais est-ce qu'il est vraiment impossible de lui rouvrir les yeux? Est-ce que tout ce qu'il y a de sain et de propre en France ne va pas, à la fin, secouer son indifférence, son scepticisme et son dégoût, et s'unir, et balayer toutes ces impuretés et faire un peu le ménage de la patrie?

Hélas! on n'ose pas l'espérer.

Quelqu'un racontait, un jour, devant Théophile Gautier, je ne sais plus quelle histoire de brigands qui avaient arrêté une diligence et détroussé les voyageurs.

« C'est singulier, dit le sage poète. J'ai souvent entendu parler de bandes de voleurs, et jamais d'une bande d'honnêtes gens. »

Il avait bien raison. Les honnêtes gens ne savent pas se mettre en bande. Et tout le mal vient de là.

21 novembre 1895.

Mort d'Alexandre Dumas

—

A cette heure où la France prend le deuil d'un de ses plus glorieux fils, où s'éteint l'un des astres les plus brillants de sa couronne d'étoiles intellectuelles; à cette heure où j'apprends la mort subite et si inattendue d'Alexandre Dumas, j'ai, plus qu'un autre peut-être, le devoir de me faire l'interprète de la douleur de tous, et voici pourquoi :

Lorsque fut jouée *la Princesse de Bagdad,* je rédigeais un feuilleton dramatique, et j'eus le malheur d'écrire une page de critique dont le ton général offensa l'auteur. Eut-il le tort — bien excusable, au lendemain d'une soirée houleuse — de m'en vouloir de ma sincérité! Dans des cir-

constances semblables, nous avons tous maudit
nos juges. Mais seulement pendant la période
traditionnelle, pendant vingt-quatre heures. La
rancune de Dumas fut plus longue, et, plusieurs
années après, même quand je fus devenu son
confrère à l'Académie française, il y avait entre
nous un obstacle à la sympathie, un « froid »,
comme disent les bonnes gens, qui m'a rendu
très malheureux.

Oh! combien de fois j'ai regretté ce misérable
feuilleton! Méprisez-moi, gens à principes, âmes
inflexibles! Si c'eût été à refaire, j'aurais déclaré
que la *Princesse de Bagdad* était le plus bel ouvrage de celui à qui nous devons tant de chefs-
d'œuvre. J'étais désolé d'avoir contristé d'une
façon durable un grand écrivain, et de ne pouvoir
m'excuser et lui dire combien je l'admirais. Mais
la réserve hautaine de Dumas interdisait toute
expansion de ma part. Nous étions « brouillés »
— chose et mot absurdes — et je n'aurais pu
faire le premier pas sans manquer de dignité.
Or, je suis capable de bien des concessions, mais
pas de celle-là.

Dumas le comprit. Impressionnable comme
une femme et susceptible de ressentiment, il était
pourtant plein de grandeur d'âme et de générosité. Un incident survint, qui rompit la glace. Un
acte de moi, *le Pater*, à la veille d'être représenté
au Théâtre-Français, fut brutalement et sottement

interdit par mesure ministérielle, et je publiai
mon petit drame, tenant à mettre sous les yeux
du public les pièces du procès. Dès le lendemain,
je recevais d'Alexandre Dumas une cordiale et
noble lettre, où il me plaignait, m'approuvait et
me tendait fraternellement la main.

Ah! comme je répondis tout de suite, et avec
quelle effusion de cœur! S'il y eut un ou deux
mots illisibles dans ma lettre, c'est qu'une larme
d'attendrissement était tombée sur le papier.
Merci, ô politiciens, d'avoir tremblé, avec votre
courage ordinaire, devant les conséquences de la
représentation d'une pièce en un acte. Je vous
dois d'avoir fait cesser, entre un Maître illustre
et moi, ce malentendu. C'est grâce à vous, que,
pendant ces dernières années, me trouvant très
souvent auprès d'Alexandre Dumas aux séances
de l'Académie, à la Commission des Auteurs, à
la table hospitalière de notre ami commun Léon
Cléry, enfin en toutes occasions, j'ai pu entourer
le Maître de mon affectueux respect et que j'ai
eu la joie de m'apercevoir qu'il n'y était pas insensible.

Il y a quelques jours, à l'inauguration du monument d'Émile Augier, nous échangions encore
une poignée de main et des paroles amicales.
Bien qu'un peu souffrant depuis plusieurs semaines, il avait tenu à rehausser par sa présence
l'éclat de cette solennité littéraire et à honorer

personnellement la mémoire d'un émule que l'o-
pinion avait jadis voulu lui donner pour rival.
L'auteur du *Demi-Monde* venait saluer l'auteur
du *Gendre de M. Poirier*. Le puissant visage de
Dumas — encore plein d'expression et de vie,
hélas! — souriait au buste du mort, et c'était un
spectacle émouvant, — car malgré le caprice
momentané de la critique qui se montre fort injuste pour Augier, la mode passe, les chefs-d'œuvre
demeurent, — et les deux comédies que je viens
de citer resteront certainement comme les docu-
ments les plus considérables et les plus parfaits,
au théâtre, sur la société moderne.

Nul ne pouvait prévoir alors le coup de foudre
qui allait renverser le robuste Maître, sur qui l'âge
semblait n'exercer aucun ravage, cet hercule, fils
d'un autre hercule, de ce conteur shakespearien
qu'on appelait le Bon Géant et qui lui avait
transmis sa force physique et son génie. Alexandre
Dumas, qui me racontait, tout récemment, dans
une conversation intime, ses héroïques habitudes
d'hygiène, et qui semblait destiné à dépasser les
limites ordinaires de la vie, cet homme, si vigoureux, ne voyait pas, derrière lui, dans l'ombre, la
Mort, sinistre bûcheron, qui, déjà, prenait son
élan et levait sa cognée.

Du moins, il meurt en pleine gloire. Ses ouvrages — même les plus discutés — triomphent
en ce moment sur la scène française, cet *Ami des*

Femmes, notamment, qui fut mal compris naguère et dont on peut contester la donnée, mais où Dumas a jeté les mots étincelants et profonds avec la prodigalité de Tourville ordonnant, au combat de la Hogue, de charger les caronades de ses vaisseaux avec des sacs de louis d'or.

En recueillant, d'ailleurs, les aphorismes, les anecdotes spirituelles ou charmantes, et, aussi, d'une haute philosophie, qui fourmillent en son œuvre, on composerait, certes, un livre qui ne le céderait en rien aux célèbres *Maximes* de La Rochefoucauld.

C'est le cœur gros de chagrin que j'écris ces lignes, et l'on ne peut attendre de moi que je retrace aujourd'hui l'admirable carrière du grand écrivain que nous pleurons, et ses victorieuses étapes.

Alexandre Dumas est, sans conteste, le plus puissant des auteurs dramatiques de notre temps. Sa conception du théâtre est forte, simple et, au fond, absolument classique. Il a le dédain des intrigues ingénieuses, de ce qu'on appelle, dans l'argot des coulisses, les ficelles. Chez lui, l'action impétueuse court au dénouement, les tirades sont d'une mordante éloquence, le dialogue étincelle en éclairs d'épée. Ses personnages brûlent d'une vie intense, se profilent en types, s'affirment en caractères. Mais il n'est point seulement, comme la plupart des auteurs comiques, un satirique et

un peintre de mœurs. Il soutient des thèses, il
pose des questions, il prétend faire triompher des
idées, paradoxales quelquefois, audacieuses toujours, très souvent saines et vraies. C'est le plus
sincère et le plus indépendant des penseurs et des
moralistes.

Une preuve éclatante de la puissance de Dumas,
c'est que ses œuvres maîtresses — même la si
touchante, mais si lointaine, *Dame aux Camélias*
— n'ont pas encore subi, bien qu'aucune n'ait
guère quitté la scène, cette défaveur passagère,
qui semble la période critique, l'âge difficile des
pièces de théâtre. Mais, dussent-elles, par la suite,
être un instant submergées dans le chaos esthétique où nous nous agitons, je ne suis pas inquiet
de l'avenir pour elles, et je leur prédis de superbes
revanches. Elles ont des beautés impérissables, la
logique, la clarté, l'émotion, l'éloquence, le style
ferme et pur, l'esprit surtout, — oui, l'esprit, cette
jolie fleur de la pensée qui ne pousse qu'en terre
de France, — et, quoi qu'on en dise, nous ne nous
dégoûterons jamais de ce genre de beautés-là.

L'œuvre d'Alexandre Dumas est faite pour demeurer.

La disparition de ce mâle écrivain, de ce philosophe hardi, de ce cerveau sans entraves, va
causer, chez nous et au loin, une sincère tristesse.
Aussi bien sommes-nous consternés d'avoir vu,
en si peu de temps, tomber les plus grands et les

meilleurs — Taine, Renan, Leconte de Lisle, Pasteur, Alexandre Dumas ! — et nous nous demandons avec anxiété qui prendra leur place.

O jeunesse, assez de dilettantisme, de rêves confus et de vagues musiques ! Au travail ! Revenez à l'art robuste et viril, où la forme est sur la pensée, comme la chair sur les os, et faites œuvre d'hommes, il en est grand temps. Il ne faut pas que notre pays perde la place qu'il occupait, la première de l'aveu de tout l'univers, dans le domaine de la pensée. Voyez comme la Mort éclaircit les rangs de notre élite intellectuelle, du bataillon sacré des poètes et des penseurs.

Jeunes gens ! au drapeau !

28 novembre 1895.

Une Pétition

———

LES dieux m'en sont témoins, — Vénus particulièrement : — j'avais pris la ferme résolution de garder le silence sur Oscar Wilde. A mon modeste avis, la Presse française s'occupait beaucoup trop de cet infortuné, mais très répugnant personnage. Si je me décide à parler de lui, c'est que l'on m'y force.

Une pétition en sa faveur, adressée à la reine Victoria, fait, depuis quelques jours, le tour des journaux, et j'apprends, non sans surprise, que cette pétition sera, sans aucun doute, revêtue de ma signature.

Peut-être la civilité puérile et honnête aurait-elle exigé qu'on me consultât, avant d'imprimer

mon nom tout vif et ceux de quelques-uns de
mes plus illustres contemporains sur la liste des
écrivains français qui prétendent intercéder auprès de Sa Gracieuse Majesté pour obtenir, sinon
la grâce complète d'Oscar Wilde, au moins une
atténuation de sa peine. Mais, pardon! je retarde.
Nous ne sommes plus au temps de la courtoisie
et des égards. On s'est dit, tout simplement :
« Coppée est bonhomme. Il signera. Marchons. »
Je suis bon enfant, en effet, et je veux bien excuser
les gens pressés. Néanmoins, le procédé manque
de correction.

Si demain — malgré l'invraisemblance du fait
— on fourrait à Mazas un certain nombre de députés panamistes, je serais très mortifié, croyez-
le bien, qu'on annonçât que je fais des démarches
actives pour qu'ils bénéficient d'une ordonnance
de non-lieu. Si les sans-patrie — tout est possible
— se prenaient d'attendrissement, un de ces jours,
pour l'ex-capitaine Dreyfus, et se mettaient à gé-
mir sur son sort, rien ne me serait plus désa-
gréable que de voir mon nom compromis dans
cette affaire, sans ma permission expresse. C'est
convenu, je suis plein de clémence et de miséricorde; mais, avant d'accorder mon absolution,
je désire qu'on vienne faire un petit tour à mon
confessionnal.

Et, d'ailleurs, il y a des cas réservés.

Liquidons tout de suite celui d'Oscar Wilde.

Sincèrement, je trouve, avec tous les gens rai-
sonnables, que le supplice qu'on lui inflige est
excessif et cruel. Le malpropre esthète était très
suffisamment châtié, selon moi, par la seule sen-
tence de ses juges, qui le couvrait de déshonneur
et — par-dessus le marché — de ridicule. J'imagine que, si l'on s'est montré, là-bas, à ce point
sévère pour lui, c'est qu'on a voulu faire un
exemple et arrêter les progrès d'un vice abominable, qui — me suis-je laissé dire — tend à se
répandre en Angleterre. Je consens à plaindre
Oscar Wilde, comme bouc émissaire; mais les
souillures dont il est chargé m'inspirent autant
d'horreur que de dégoût.

Cependant, j'avais frémi en lisant le récit de
ses souffrances; et, lorsqu'on parla de la pétition,
— encore une fois je passe condamnation sur le
sans-gêne des pétitionnaires, — je me suis demandé si je la signerais ou non, et je me le demande encore aujourd'hui.

Mon premier mouvement — on dit que c'est
toujours le bon — fut celui de la pitié quand
même. Deux vers d'un vieux poème d'opéra
chantèrent dans ma mémoire :

> *Il est homme, il est malheureux.*
> *Ne m'en dites pas plus; le reste est inutile.*

Et je me rappelai aussi l'admirable épisode de
la Légende des Siècles, où le sultan Mourad va

droit au ciel, bien que chargé de toutes sortes
de crimes, parce qu'il est mort un instant après
avoir chassé les mouches qui irritaient la plaie
béante d'un porc fraîchement égorgé. Entre nous,
le souvenir de l'animal secouru par le sultan Mourad me paraissait même tout à fait opportun.

J'en étais là, quand voici qu'on publie le texte
de la pétition. Il m'étonne, et je me mets à ré-
fléchir. C'est « au nom de l'Humanité et de
l'Art » qu'on implore la grâce d'Oscar Wilde.
En ce qui concerne l'Humanité, nous sommes
d'accord, bien que le mot « animalité » m'eût
paru plus exact. Mais l'Art ?

Qu'est-ce que l'Art vient faire ici ?

Oscar Wilde a peut-être du génie. Comment
le saurais-je ? J'ignore la langue anglaise. Il y a
bien une traduction, toute récente, d'un de ses
ouvrages, le *Portrait de Dorian Gray,* et des gens
de goût m'assurent que ce conte fantastique n'est
pas sans mérite. Mais, depuis que des voyageurs
et des polyglottes m'ont affirmé qu'Edgar Poe
écrivait médiocrement et ne devait son succès
en France qu'à la version de Baudelaire, je ne sais
plus que penser. Ce que je sais fort bien, par
exemple, c'est qu'Oscar Wilde — avant ses malheurs — était absolument inconnu chez nous.
Il avait pourtant déjà fait un séjour à Paris et il
y avait laissé le souvenir d'un insupportable poseur, voilà tout. Depuis son aventure, — n'in-

sistons pas sur cette ignoble histoire, — depuis son aventure seulement, il a été promu homme de génie.

Convenez que c'est bizarre, tout de même.

Mais va pour le génie! En quoi le talent d'un écrivain excuse-t-il des actes qui — à tort ou à raison — sont punis par les lois de son pays? En quoi le châtiment qu'il subit, si exagéré, si injuste, si affreux que soit ce châtiment, excite-rait-il ma pitié plus que s'il était appliqué à tout autre coupable? On va me trouver, aujourd'hui, bien égalitaire. Mais, si j'ai de l'indulgence pour les aberrations de la chair, je la dépenserai plutôt en faveur d'une brute de forçat ou d'un misérable matelot embarqué sur quelque navire baleinier pour une longue campagne, qu'en faveur de ce poète pourri. Il a, moins que bien d'autres, le droit d'invoquer les circonstances atténuantes. Tout ce que ses avocats peuvent plaider, c'est l'état morbide, la manie érotique. Eh bien! il y a des asiles pour les fous. Apportez-moi un papier où vous proposeriez de mettre cet aliéné à Bedlam. Je suis prêt à signer à tour de bras.

Je n'ignore pas que, depuis Lombroso, nous sommes tous des irresponsables, des malades et des déments, qu'il n'y a plus ni crimes, ni délits, ni vices, ni quoi que ce soit, et que les scélérats et les dépravés méritent les plus grands ménagements. Admirable théorie, qui n'est impitoya-

ble que pour les victimes! Complétons le phy-
siologiste italien par le critique allemand; lisons
Max Nordau, et nous apprendrons que ceux de
l'élite intellectuelle sont précisément descendus
au pire degré de la dégénérescence. Et, alors,
en bonne logique, la société idéale serait une
immense maison de santé, où les tribunaux seraient remplacés par des commissions médicales,
le Code par le Codex, et l'amende et la prison
par le bromure et les douches.

Dans un tout autre sens que ces divagations
scientifiques, moi, j'irai plus loin et j'accorderai
que, peut-être bien, l'homme, en effet, n'est pas
libre, et que, devant une justice supérieure, absolue, qui plane au-dessus de nos misères, il se
peut qu'il n'y ait plus de coupables, ni d'innocents. Mais nous sommes ici en plein rêve. Or,
avant tout, il faut une société habitable. Que
ceux qui sont d'avis de supprimer la gendarme-
rie veuillent bien lever la main.

Pour revenir à la pétition en faveur de l'esthète, il est facile d'en prévoir l'effet sur l'opinion dans cette puritaine et traditionnelle Angleterre, où l'on ne touche pas à des lois datant de
Marie la Sanglante. On n'obtiendra rien dans
l'intérêt du prisonnier, et un cri d'hypocrite indignation s'élèvera de toutes parts contre l'immo-
ralité française. Avant de compromettre, au delà
de la Manche, le bon renom de mon pays, où la

législation plus sage pousse le mépris de pareilles turpitudes jusqu'à les ignorer, dame, j'hésite.

Hélas! faut-il que nous soyons entichés d'exotisme pour n'avoir pas attendu une meilleure occasion de manifester nos sympathies internationales! Il n'en manque pourtant pas, chez nous, et à l'étranger, d'injustices scandaleuses, de malheurs faits pour arracher des larmes. D'où vient donc la préférence malsaine qui passionne certains esprits pour cette histoire fangeuse, pour ce martyr abject?

En vérité, nous ferions mieux de laisser là cette sale affaire. Le drame n'est pas intéressant. Cela manque trop de femmes.

Faut-il, quand même, signer la pétition? La loi qui a frappé Oscar Wilde est barbare, la torture qu'il subit est atroce. Je suis ému en songeant à tout cela, comme je le serais devant une bête qui souffre. Allons! Qu'on me donne une plume et de l'encre. Mais, sous mon nom, je prétends inscrire le seul de mes titres qui convienne à la circonstance :

« Membre de la Société protectrice des animaux ».

30 novembre 1895.

Rigueurs Municipales

—

'ABSENCE du Conseil municipal de Paris aux obsèques du grand Parisien Alexandre Dumas ne mériterait peut-être qu'un haussement d'épaules; et, d'abord, on a seulement l'envie d'adresser à ce grognon et capricieux Conseil le reproche qu'on ferait à un petit enfant : « Tu boudes. Fi, le vilain! »

Gardons-nous de prendre trop au sérieux nos maussades quarteniers, et imitons en cela l'opinion qui, depuis quelques années, reste tout à fait indifférente devant leurs excentricités périodiques. On ne parle plus guère d'eux qu'une fois par an — pour les maudire — pendant les grandes chaleurs, quand ils nous préviennent paternellement que nos fontaines ne vont plus nous verser que de l'eau empoisonnée. Le reste du temps on ne pense pas à eux et on les laisse continuer en paix leur œuvre de néant.

Ils n'arrosent ni n'abreuvent Paris, ils ne le débarrassent pas de ses pestilences, ils ne le dotent pas d'un chemin de fer intérieur, ils n'entreprennent point de grands travaux et n'achèvent même pas ceux qui sont en cours d'exécution. Ce sont des échevins fainéants, des édiles mérovingiens. Le gros ouvrage, le seul qu'ils considéraient comme essentiel, est fini depuis longtemps. Écoles et hôpitaux sont laïcisés, et l'on a purgé les livres scolaires de tous les mots indécents, tels que le nom du nommé Dieu. Plus rien à faire qu'à tourner ses pouces, n'est-ce pas ? — avec, par-ci par-là, un peu de politique, pour n'en pas perdre l'habitude.

Malgré le peu d'intérêt qu'excitent les ridicules boutades du Conseil municipal, il n'est pourtant pas inutile de lui faire observer qu'il a choisi, à propos des funérailles d'Alexandre Dumas, une bien mauvaise occasion de politiquailler. Pourquoi ce farouche Conseil n'a-t-il pas déposé une couronne sur le cercueil du grand écrivain ? Pourquoi refuse-t-il de donner le nom de l'auteur du *Demi-Monde* à une rue de Paris ? Parce que Dumas, il y a vingt-cinq ans, a écrit une lettre non recueillie dans ses œuvres, absolument oubliée, mais dans laquelle, paraît-il, la Commune et le peintre Courbet étaient traités sans égards.

On reste confondu devant une telle étroitesse d'esprit, devant cette froide et basse rancune de sectaires.

Je n'ai qu'un souvenir confus de la lettre d'Alexandre Dumas. Elle était dure, sans doute; mais il suffirait, croyez-moi, de feuilleter les journaux d'alors, pour y retrouver bien des pages aussi violentes, et signées par de braves républicains, qui ont reçu ou recevront tous les honneurs civiques le jour de leur enterrement.

Dumas eut-il tort de céder à un mouvement de colère patriotique, quand il publia sa lettre, en pleine période de répression? Soit. Mais — j'en appelle à tous les témoins de ces funestes événements — qui donc, alors, était maître de soi? Dumas n'a jamais eu, d'ailleurs, la prétention d'être tendre, mais d'être juste, et même sévère dans sa justice. Il venait d'assister à ces abominations, et il les condamnait. C'était, en somme, son droit de philosophe et de citoyen.

La cruauté du châtiment peut appeler la pitié sur le criminel; elle n'atténue pas l'horreur du crime; et la double fusillade de la rue des Rosiers, la guerre civile, en présence de l'ennemi, les enrôlements forcés dans les bataillons de la Commune, le déboulonnage de la colonne Vendôme sous les yeux des Prussiens, le massacre des otages, l'incendie méthodique des monuments et des maisons, sont des crimes affreux, des crimes de lèse-patrie. Crimes pardonnés, effacés par l'amnistie, — je le veux bien, — mais non pas oubliés pour cela. J'admets toutes les excuses, j'applaudis à tous les actes de clémence; mais les faits sont les faits, et, si forte que soit la main de la loi, elle ne peut déchirer un seul feuillet du livre de l'histoire.

Il est facile à un politicien, confortablement installé dans son fauteuil municipal, de reprocher à l'auteur de vingt chefs-d'œuvre un cri de légitime indignation, jeté il y a un quart de siècle. Mais il n'était pas aisé, — je vous prie de le croire, monsieur le conseiller, — il était même tout à fait impossible à un homme de cœur et à un bon Français de rester froid devant les sanglantes folies de la Commune. Je les ai vues, moi, et je ne puis m'en souvenir, encore à l'heure qu'il est, sans un haut-le-cœur de dégoût.

On ne peut juger certains sentiments que d'après les siens propres. Forcé de m'évader de Paris à la hâte, dans les premiers jours de mai 1871, — car j'allais être arrêté et incorporé violemment dans les rangs des fédérés, — j'ai assisté, trois semaines après, du haut de la colline de Sèvres, à l'incendie de Paris; et, dans cette fournaise, il y avait ma mère paralytique, intransportable, et ma sœur aînée, restée auprès d'elle pour

la soigner. J'ai passé là une des heures les plus
atroces de ma vie. Le lendemain, à force d'in-
stances, j'obtenais un laisser-passer, j'accourais,
je traversais la ville sanglante et fumante, j'em-
brassais les miens; et, certes, alors, au récit de
la répression aveugle et des exécutions en masse,
je frémissais d'horreur et de pitié. — Mais je suis
franc; et, la veille, dans cette batterie de Brim-
borion, devant la ville et le ciel en flammes, quand
je songeais que les êtres que j'aimais le plus au
monde étaient au fond de ce brasier, et que je
ne pouvais les secourir, eh bien! je ne me sentais
pas du tout miséricordieux.

C'est dans un pareil état d'âme, j'imagine,
qu'Alexandre Dumas a dû noircir le papier malchanceux qui lui attire les rigueurs du Conseil
municipal et qui a privé son corbillard d'une couronne de chrysanthèmes et de roses de Nice ache-
tées aux frais de la Ville. Encore une fois, je ne
me rappelle que très vaguement la fameuse lettre;
mais, voyons, que pouvait-elle contenir — en
termes plus ou moins vifs — de si énorme et de
scandaleux?

J'ai bien peur que Dumas n'y ait parlé un peu
légèrement de ce gros Courbet, dont les noires
et lourdes peintures attristent une des salles du
Louvre et qui avait rêvé la gloire d'Érostrate.
Scier la Colonne vers la base, en sifflet, et la
briser en morceaux sur un lit de fumier, détruire,

aux applaudissements et aux éclats de rire des Allemands victorieux, ce monument triomphal, fait avec le bronze pris à Austerlitz et à Iéna, c'était pourtant plein de goût et d'à-propos. Il est singulier que Dumas n'ait pas compris combien l'idée du maître d'Ornans était heureuse; cela surprend d'un aussi grand esprit.

Soyez sûrs encore qu'il aura porté sur la Commune un jugement hâtif et superficiel; que, vu d'ensemble, ce beau mouvement populaire lui aura fait l'effet d'un immense accès de délire alcoolique, et que, par exemple, l'auteur de la *Dame aux Camélias,* victime de ses préjugés monarchiques, aura été très choqué de rencontrer alors, par les rues, un tas de farceurs déguisés en colonels. Comment a-t-il pu méconnaître à ce point cette sublime Commune, qui — nous le savons assez, et plus qu'assez, car on nous le corne sans cesse aux oreilles — a sauvé la République? Comment n'a-t-il pas prévu que, sans la Commune, la France ne jouirait pas aujourd'hui des bienfaits dont elle est accablée, de cet ordre admirable dans les finances, de ce Parlement respecté, de cette magistrature au-dessus de tout soupçon, de cette presse vertueuse, de cette disparition progressive du vice, du crime et de la misère, de cette élévation du niveau moral dans toutes les classes, en un mot, de cet état de gloire et de prospérité que l'Europe entière nous envie?

Ayons le courage de le dire. De la part d'un homme tel qu'Alexandre Dumas, un aveuglement si complet, une absence si absolue du sens prophétique sont impardonnables, et les belles œuvres qu'il lègue à la littérature française ne sont pas une excuse et une compensation suffisantes. Les principes avant tout! Nos austères conseillers avaient le devoir d'infliger un blâme public à la mémoire de ce grand coupable. Ils ont agi sagement en ne saluant pas son cercueil et en refusant d'écrire son nom sur une plaque émaillée, en lettres blanches sur fond bleu.

Donner son nom à une rue! C'est une récompense que nos incorruptibles édiles réserveront désormais aux seuls écrivains qui comprendront les beautés de l'esprit de parti et de la passion politique. Qu'un poète de génie donne demain à la France l'épopée qui lui manque. Si, dans un ingénieux épisode, il ne nous montre pas Raoul Rigault comme une pure victime des révolutions, dans le genre d'André Chénier, et s'il ne nous représente pas le massacre des otages comme un acte de vivacité, regrettable, si l'on veut, mais insignifiant, tant pis pour le poète épique; il n'aura pas même l'honneur, après sa mort, de baptiser un cul-de-sac.

Cependant je regrette que nos dignes conseillers, malgré tant d'excellentes raisons qu'ils avaient de s'abstenir, ne soient point venus jeter,

sur la tombe de Dumas, les immortelles rouges
de la libre-pensée. Je le regrette pour eux, d'a-
bord, car ils ont dû souffrir de rater un enterrement civil de cette importance. Je le regrette
aussi pour moi, car j'aime à voir bisquer les
mangeurs de prêtres ; et, sur tout le parcours du
convoi funèbre, il y avait beaucoup de pauvres
femmes qui, devant le char couvert de fleurs,
humblement, respectueusement, dans leur ignorance des orgueils posthumes, faisaient quand
même le signe de la croix.

5 décembre 1895.

La Fontaine

L A belle collection d'études critiques sur les grands écrivains français que publie la librairie Hachette vient de s'enrichir d'un excellent volume, *La Fontaine*, par Georges Lafenestre. Je m'en suis régalé tous ces jours-ci, et je vous engage à en faire autant. Cette attrayante lecture vous purgera quelque peu l'esprit de toutes les choses honteuses que la Presse y dépose en ce moment, listes de chéquards, récits d'ambassades suspectes et autres scandales dont notre musée politique éprouve le besoin d'embellir sa Chambre des Horreurs.

Tâchons d'oublier pendant quelques instants toutes ces désolantes turpitudes. Réfugions-nous *in angulo cum libello.*

Mais quel livre choisir? Quel poète sera capable de nous distraire? La Fontaine, parbleu, puisque l'un de ses plus enthousiastes admirateurs nous invite à le relire. Les hommes sont trop dégoûtants à voir aujourd'hui; détournons d'eux nos regards, suivons le fabuliste, et qu'il nous mène chez les animaux. Leurs mœurs ne sont pas, sans doute, beaucoup plus édifiantes que les nôtres; mais, eux, du moins, sont dans leur droit en obéissant à leurs instincts.

Si ce chien est obscène, si ce porc est vorace, ce n'est pas leur faute, et la cruauté de ce chat, qui joue avec un oiseau à l'agonie, est innocente. Quand les bêtes font le mal, c'est avec une terrible et mystérieuse candeur, et il semble alors que la nature nous les montre pour nous inspirer l'horreur de nos vices. Elles nous offrent, au contraire, les bêtes sincères, des exemples admirables, quand elles accomplissent leurs fonctions bienfaisantes; et cette femme du monde, qui abandonne ses enfants aux domestiques, devrait rougir en présence d'une poule.

Quant à moi, plus je vais et plus les animaux m'intéressent, plus je demeure pensif devant leur irréprochable naïveté, plus je suis charmé par l'honnête franchise de tous leurs actes. Ils me consolent de rencontrer, à chaque pas, tant de prétentieux et tant d'hypocrites.

Les animaux de La Fontaine — hâtons-nous

de le dire — n'ont point la touchante simplicité
des animaux véritables, puisqu'ils nous ressemblent et que Balzac a trouvé, dans le livre des
Fables, le plan même de sa *Comédie humaine*.
Georges Lafenestre, qui aime passionnément La
Fontaine, — pas plus que moi, par exemple, —
va jusqu'à dire, dans sa belle étude, qu'aucun
créateur, excepté Shakespeare et Balzac, n'a
donné la vie à une telle foule de personnages, ne
leur a prêté des caractères si variés, ne leur a fait
jouer des scènes si diverses. C'est absolument
vrai. Le peuple de La Fontaine a des poils et des
plumes; mais c'est vraiment là un peuple, une
société tout entière, avec son roi, sa cour, sa noblesse, son clergé, ses bourgeois, ses ouvriers et
ses paysans.

Sans doute, les animaux de La Fontaine sont
peints dans le goût de l'époque, et le lion notamment, leur souverain, porte une crinière qui
rappelle la perruque du Roi-Soleil. Cependant,
le drame aux cent actes où ils se meuvent est
d'une éternelle vérité.

N'entendez-vous pas, à l'heure qu'il est, l'insupportable coassement des grenouilles parlementaires? Soyez sûrs que, tôt ou tard, Jupiter
leur imposera silence en leur envoyant quelque
farouche dictateur, — qui sait? — peut-être un
dictateur socialiste. Est-ce que les députés panamistes qui ont mis M. Wilson en quarantaine ne

vous font pas songer aux *Animaux malades de la peste* ? Je vous assure que, sous la Coupole, nous ne prenons pas notre uniforme plus au sérieux qu'il ne faut. Mais je me souviens du renard devant les raisins, chaque fois que je retrouve, dans les journaux, les plaisanteries périodiques et traditionnelles sur les habits d'académiciens. Ils sont trop verts. Nous savons bien que les canonicats n'existent plus ; mais il est encore de bonnes places pour les malins. Voyageurs affamés qui faites route vers quelque croisade révolutionnaire, n'espérez pas recueillir autre chose que des vœux chez cet ancien professeur de barricades, retiré dans le fromage d'une grasse sinécure.

Certes, Taine est admirable, lorsque, avec tant de sens historique, il reconnaît, dans la ménagerie du Bonhomme, tous les types du XVIIe siècle ; mais ne dédaignons pas pour cela l'ingénieux caricaturiste Grandville, quand il habille tout le personnel des *Fables* à la mode de Louis-Philippe, et remplace les épées par des parapluies. On pourrait, tous les vingt ans, charger un écrivain et un dessinateur de recommencer le travail de Taine et celui de Grandville. Ils n'auraient qu'à rouvrir l'arche du Noé champenois, à en faire sortir toutes les bêtes à physionomie humaine, à leur attribuer les usages et à les déguiser sous les costumes du jour.

Les fables de La Fontaine sont une source inépuisable d'allusions satiriques ; elles prouvent combien l'homme change peu, combien ses passions et ses sentiments sont immuables, et que les lois et les mœurs subissent à peine de lentes et légères modifications, et encore pas toujours heureuses.

Ayez un procès, et vous constaterez à vos dépens que l'apologue de l'Huître et des Plaideurs n'a rien perdu de son actualité. On a fait, depuis lors, une révolution ; mais je ne sache pas que la procédure soit moins encombrée de coûteuses chinoiseries. De très bons esprits regrettent même la coutume des civilisations primitives, les magistrats jugeant sans code et selon l'équité, les sentences sommaires des cadis orientaux et leurs distributions de coups de bâton.

Mais revenons au livre de Georges Lafenestre. Chez lui, le lettré exquis, le critique délicat est doublé d'un bon poète, et je vous recommande tout spécialement les pages où il parle magistralement du style et des rythmes de La Fontaine. On se plaint beaucoup, aujourd'hui, dans certains milieux littéraires, des lois sévères de la prosodie française ; et la Muse des poètes nouveaux — muse assez anémique, pourtant, et qui n'a pas beaucoup de gorge — ne veut plus se sangler dans cet étroit corset. De toutes parts, il n'est question que du « vers libre ».

Pourquoi pas ? A la condition qu'il reste harmonieux.

Il n'y a rien de nouveau sous le soleil. Ce vers, qui a toute l'aisance et toute la souplesse de la prose et demeure quand même un vers, et un vers très musical, La Fontaine en a trouvé le secret. Par malheur, il l'a emporté avec lui. Pas de poète moins soumis aux règles et, parfois même, plus incorrect. En matière de métrique, il pousse l'indépendance jusqu'au sans-gêne. Il use et abuse de l'enjambement, place la césure selon son caprice, change de mesure comme il lui plaît, rime au petit bonheur. Mais c'est délicieux, et l'oreille est toujours satisfaite. On sent ici, certainement, un art profond et subtil; néanmoins, il est impossible d'en surprendre les procédés. Peut-être n'y en a-t-il pas, mais bien un don de nature, un infaillible instinct. Que *le Chêne et le Roseau* ou *les Deux Pigeons* soient des chefs-d'œuvre d'une perfection absolue, cela saute aux yeux; mais je défie tous les prosodistes de me dire pourquoi.

Qu'un réformateur de la métrique française nous découvre un « vers libre » qui vaille celui de La Fontaine, et nous applaudirons. Il ne restera plus à ce poète nouveau, pour égaler le fabuliste, qu'à répandre comme lui, dans ses « vers libres », des trésors de sagesse, d'émotion, de rêverie, de malice et de grâce.

On prétend que La Fontaine travaillait beaucoup, écrivait brouillons sur brouillons, corri-

geait sans cesse. Pourtant, chacune de ses fables
a la fraîche beauté d'une fleur, éclose du matin.
Cela tient du charme, de la sorcellerie. Aussi La
Fontaine est-il inimitable et intraduisible. Son génie est même tellement original, qu'il échappe,
je le crois bien, à la plupart des étrangers, si bien
qu'ils sachent notre langue; et les pesantes critiques qu'a écrites sur notre poète l'Allemand
Lessing ne doivent surprendre personne.

Je causerais jusqu'à demain sur le Bonhomme.
Mais il faut se borner, et je ne puis suivre, à mon
grand regret, Georges Lafenestre dans son étude
si fine et si judicieuse sur l'imagination et sur la
sensibilité de La Fontaine. Je veux du moins m'associer à la protestation du bon critique contre l'opinion de ceux qui — comme Jean-Jacques Rousseau et comme Lamartine, hélas! — ont prétendu
que la morale de La Fontaine était basse et ignoble
et l'ont si légèrement accusé d'égoïsme et de ser-
vilité. Faut-il, grand Dieu! qu'ils l'aient mal lu
et mal compris, pour avoir dit une telle énor-
mité, lorsque, à chaque page de son merveilleux
livre, l'auteur laisse éclater sa sympathie pour les
humbles et les opprimés, son mépris pour les
fourbes et les tyrans, et quand on sent palpiter,
dans toutes ces charmantes fictions, un sentiment
si vrai de la justice, tant d'indulgence et de tendresse? Faut-il être assez injuste et assez prévenu
pour supposer, un seul moment, que ce grand

poète donne raison au loup féroce et à l'avare fourmi contre l'innocent agneau et la prodigue cigale?

C'est une lacune, souvent observée chez de très grands esprits, que l'absence complète d'ironie. Rousseau ni Lamartine n'ont été sensibles à celle qui circule d'un bout à l'autre de l'œuvre de La Fontaine. Avec beaucoup de courage, si l'on tient compte de l'époque et de la société où il vivait, il s'est servi de cette arme redoutable, mais il n'a jamais frappé que les oppresseurs, les méchants et les sots.

12 décembre 1895.

Deux Jeunes

OMME je suppose que, parmi les lecteurs du *Journal* avec qui je cause depuis trois ans, je compte un certain nombre d'amis, je ne vois pas quelle raison de fausse modestie m'empêcherait de leur confier le très vif plaisir que je viens d'éprouver.

Deux volumes ont paru récemment, *Leurs Sœurs,* par Henri Lavedan, et *le Jardin du Passé,* par Paul Margueritte; et ces deux volumes me sont dédiés.

Je n'ai pas à faire l'éloge des auteurs. Ici même, chaque semaine, à la place qu'occupe aujourd'hui ma très indigne prose, vous lisez les charmants dialogues d'Henri Lavedan, ces drames en rac-

courci, ces comédies de dix minutes, et tous vous
avez été frappés par la vérité, amusés par l'ironie,
émus par la sensibilité que ce rare esprit y prodigue; et, en ce qui concerne Paul Margueritte,
vous n'ignorez pas non plus que celui à qui nous
devons *la Force des Choses* et *la Tourmente* a pris
place désormais dans la première élite des romanciers contemporains.

Vraiment, je ne dirai jamais assez combien la
sympathie dont ces deux jeunes maîtres me donnent un témoignage public, a doucement caressé
mon cœur. A tous les deux, certes, j'ai montré,
depuis longtemps, mon goût pour leur talent et
mon inclination vers leur personne. Je les tiens
pour mes amis; mais ils ne sont pas mes intimes,
et encore moins — si j'ose me servir d'un mot qui
m'a toujours déplu — mes élèves. Envers moi, pas
plus qu'envers tout autre, ils n'ont contracté de
dette intellectuelle, puisque, chez l'un comme
chez l'autre, l'inspiration et la forme valent surtout par la saveur personnelle, par la franche originalité. Ils n'ont pas besoin de moi; je ne puis
rien pour eux. Le signe affectueux qu'ils m'a-
dressent est tout à fait désintéressé. Sans se connaître, — du moins à ce que je crois, — ils ont
eu, en même temps, la même pensée, celle de me
saluer cordialement comme un aîné qu'ils estiment. Pourquoi ne les en remercierais-je pas devant tous? Pourquoi ne leur dirais-je bien haut que

la manifestation si spontanée de leur amitié m'est très douce et que me voilà tout content et tout fier?

Car — ne vous y trompez point — ce sont deux personnalités littéraires de la plus haute valeur que Henri Lavedan et Paul Margueritte, et, parmi leurs contemporains, on trouverait difficilement mieux. Très différents de tempérament et de nature d'esprit, ils offrent cependant une ressemblance par la discrète fierté de leur vie et leur admirable énergie au travail. Bien que Lavedan, qui est auteur dramatique, se soit forcément mêlé davantage au mouvement parisien, ce sont tous deux des isolés, ayant ce don, indispensable à l'artiste consciencieux, de supporter la solitude. Je constate avec plaisir que, même à l'époque de leurs premiers essais, ils ne se sont embrigadés dans aucune coterie, n'ont point alourdi leurs ouvrages de prétentieuses préfaces, n'ont pas fait de critique, ont fui l'atmosphère stupéfiante des cénacles.

Le propre de certains débutants d'aujourd'hui — comme le remarque justement M. René Doumic dans son spirituel livre sur les *Jeunes* — c'est qu'ils semblent prendre à tâche de lasser la patience et d'énerver l'attente. Toujours des programmes, des promesses, — et faites sur quel ton d'assurance! — mais d'œuvres, peu ou point. Les manifestes où ils annoncent la prochaine explosion de leur génie, rappellent la célèbre enseigne du barbier : « Demain, on rasera gratis ».

Les plus agités de nos esthètes, qui prophétisent si bruyamment, chaque jour, l'avènement d'un art nouveau, sont précisément ceux — il convient d'en prendre acte — à qui nous faisons depuis plus longtemps crédit. Nous voulons bien attendre encore l'échéance tant de fois ajournée ; mais ils nous permettront d'avoir une préférence pour les braves gens qui paient comptant.

C'est le cas d'Henri Lavedan et de Paul Margueritte. Bien qu'ils se soient produits dans le monde des lettres juste à l'époque où commençait à sévir cette fureur de théories et de discussions d'art, ils n'ont pris part à aucune. Ils se sont épargnés cette perte de temps et ont évité ce ridicule. Ils ont prouvé le mouvement en marchant. Ils ne nous ont pas promis du nouveau ; ils nous en ont donné.

Ces dialogues de Lavedan, ces tableautins d'une touche si libre et d'une couleur si vive, sont d'une originalité incontestable. Ne me dites pas qu'il n'a point inventé cette forme de brève satire. Ses prédécesseurs se sont servis du même moule, soit, mais la pâte qu'il y verse est relevée d'épices dont il a, seul, le secret ; et ni Gustave Droz, ni Ludovic Halévy, ni Gyp — qui sont les maîtres du genre — ne l'ont empêché d'y être vraiment lui-même.

Ce qui me frappe, dans ces dialogues étonnants, c'est que, sous l'esprit et la grâce, je sens l'indignation frémir. Ces viveurs, ces jouisseurs, ces assouvis, dont la haute société moderne fournit au peintre de mœurs tant de déplorables modèles et dont il nous donne des portraits d'une si cruelle exactitude, je suis certain qu'il les déteste.

Un lecteur inattentif et superficiel pourra, seul, prendre Lavedan pour un sceptique. Rien en lui du coupable dilettante qui tourne ses pouces devant la décadence de son siècle et trouve le spectacle divertissant. Dans bien des pages de Lavedan, — et particulièrement dans son dernier livre, *Leurs Sœurs,* — le ton change, s'attendrit, la douce émotion palpite. Ce terrible moqueur a conservé toutes les saines croyances, et c'est parce qu'il voit autour de lui tant d'égoïstes et de blasés vivre sans amour et sans bonté, oublier le devoir et manquer à l'honneur, qu'il est pour eux si sévère. Partout, sous son ironie, j'entends gronder la bonne colère de l'honnête homme.

Quant à Paul Margueritte, il est certainement un des plus parfaits parmi nos conteurs, — et nous en avons beaucoup, et d'excellents. Il a commencé par suivre le bataillon des naturalistes, mais pas longtemps. N'a-t-il pas signé, en prenant son congé, « la protestation des cinq » contre le maître de Médan? Tout le monde l'a oubliée, cette fameuse protestation, Margueritte tout le premier, et Zola lui-même, j'en suis certain. Feu de paille, ces querelles littéraires. Pourtant, de l'école abandonnée et reniée, Margueritte a gardé la bonne habitude de l'observation exacte, du travail d'après nature.

Il demeure un réaliste, mais un réaliste délicat, ayant du goût, du tact, sentant et aimant les nuances, écrivant d'une plume ferme et légère. L'art si difficile de conter, c'est-à-dire d'évoquer à la fois des physionomies, des sentiments, et aussi le milieu, l'atmosphère ambiante, le temps qu'il fait, l'heure qu'il est, l'art de montrer en même temps l'homme et la nature, les cœurs et les paysages, cet art que Guy de Maupassant a poussé jusqu'au degré suprême, Margueritte, lui aussi, en est absolument maître.

Mais je ne trouve point chez lui — et je ne m'en plains pas — le pessimisme noir, le fond de cruauté qui me gâtent un peu l'admirable prosateur de *Boule-de-Suif* et de *Bel-Ami*. A coup sûr, la lecture des livres de Margueritte n'inspire pas la joie de vivre. Très délicat, il n'est pas heureux. La vie, pour lui comme pour tous, si incomplète et si médiocre, l'a fait souffrir et lui a laissé dans le cœur bien du dégoût. Mais sa nature est douce. Nullement romanesque, il est resté tendre. Sa mélancolie se tempère d'indulgence et son amertume de résignation. En un mot, c'est un poète et, pour se consoler des tristesses de la réalité, il a recours aux nostalgiques ivresses du rêve et du souvenir.

En étudiant le talent de ces deux écrivains, je fais encore une découverte qui m'enchante; c'est que l'un et l'autre ne se servent jamais que d'une langue très simple. Chez eux, aucun pédantisme, aucune prétention à grossir le vocabulaire, à réformer la syntaxe. Sans doute, Lavedan, par la nature spéciale de ses observations, a dû largement accueillir les mots d'argot, mais l'anatomie de sa phrase est absolument classique; et le style de Margueritte est d'une pureté enchanteresse. Ils ont cent fois raison. Le difficile, ce n'est pas d'écrire autrement que les autres, mais mieux que les autres.

Ai-je ici parlé de Henri Lavedan et de Paul Margueritte comme ils méritent qu'on parle d'eux? J'y ai tâché, du moins; car, en me dédiant leurs derniers livres, ils m'ont donné une vive joie, je le répète; et, de ma vie littéraire, qui fut laborieuse, une des récompenses les plus chères est l'amitié de ces deux vrais « jeunes », qui n'ont point gagné de cheveux blancs à pérorer sur l'esthétique et qui ont accepté la seule discipline salutaire pour l'homme de lettres :

Obéir toujours à sa nature et faire de son mieux.

19 décembre 1895.

Étrennes et Pourboires

E qui est donc ce vers alexandrin, qui, du reste, n'a rien d'extraordinaire:

Je hais les almanachs et je hais les cadrans?

De moi, qui sait? Pourtant ne le cherchez pas dans mes œuvres complètes, car il me semble bien qu'il n'a jamais été imprimé que dans ma mémoire; et je l'ai peut-être lu quelque part. Mais enfin, tel que le voilà, il est absolument d'accord avec le mélancolique état d'esprit où je me trouve, ce soir de Saint-Sylvestre. La belle avance d'être si exactement renseigné sur le quantième du mois, le jour de la semaine et l'heure qu'il est! Que le diable emporte ce calendrier qui m'affirme que l'année va finir, et maudite soit cette pendule dont les deux aiguilles vont se rejoindre sur le chiffre XII et qui, tout à l'heure, sonnera solennellement le dernier minuit de 1895.

Ne le sais-je pas assez et même trop, que les heures s'envolent? Est-ce que je ne sens pas, à chaque émotion nouvelle, comme le héros de Balzac, se recroqueviller et se réduire sur ma poitrine la peau de chagrin mystérieuse? Que ne suis-je un de ces Bédouins du Sud algérien, qui vivent une vie monotone dans un pays où la température est toujours à peu près la même, où les nuits et les jours sont de longueur pareille, où l'on songe moins qu'ailleurs à la fuite du temps, un de ces Arabes qui ignorent leur âge et qui, lorsqu'on les interroge à ce sujet, répondent vaguement et avec indifférence : « Je suis né dans l'année où il y a eu beaucoup de dattes, » ou bien : « à l'époque où beaucoup de moutons sont morts de l'épidémie! »

Ah! ce sont des sages. Ils se hâtent d'oublier le nombre des Ramadhans qu'ils ont célébrés; tandis que moi, je sais trop bien, pour mon malheur, le chiffre de mes Jours de l'An, depuis ceux de ma toute petite enfance, quand mon père, grenadier de la garde nationale, me donnait à déchiffrer le compliment colorié que venait de lui offrir le tambour de la compagnie, jusqu'au Jour de l'An de demain, qui va mettre à sec mon porte-monnaie.

Ne craignez rien. Je ne prétends pas vous res-servir la diatribe traditionnelle contre les étrennes. Au contraire, j'approuve cet usage, bien que j'en sois — vous vous en doutez — une des victimes durement éprouvées. Mais tant mieux! Le petit monde en profite. L'étrenne n'est pas l'aumône, elle peut être acceptée sans honte et gaiement; et les jours de bonne aubaine ne sont déjà pas si nombreux pour les pauvres diables. Dans la Salente sociale qu'on nous fait entrevoir à travers la brume de tant de prophéties, il n'y aura sans doute plus de riches ni de pauvres, et les étrennes seront supprimées. Quand même nous ne jouirions pas alors devant la fortune d'une égalité aussi parfaite que celle qu'on nous promet, nous serions, les uns trop rigoureusement justes pour donner des cadeaux, les autres trop scrupuleusement fiers pour en recevoir. Oh! je sais bien que chacun aura droit à son écuelle de haricots et qu'il n'y aura même plus d'argent monnayé. N'importe, ce sera triste; et, en attendant cet âge d'or, conservons, s'il vous plaît, ces vieilles coutumes de largesse périodique, ces jours de détente de l'égoïsme, où le moins généreux est tout de même obligé d'avoir quelque courage à la

poche et de mettre dans la main du misérable
un peu d'argent inespéré, de cet argent qui, selon
la jolie expression populaire, tombe du ciel.

Il y a des abus, c'est vrai. Par exemple si, demain, par hasard, j'entre dans un café où je n'ai
jamais mis les pieds, le garçon me soulagera d'une
pièce ronde en me présentant, sur une soucoupe,
un cigare de deux sous cravaté de rose. Bah! je
m'exécuterai de bonne grâce. L'action d'accepter
un « bakchich » ne me choque que chez les députés; et j'ajoute que le suffrage universel ne partage pas mes répugnances, puisqu'il a renvoyé à
la Chambre plusieurs concussionnaires absous et
encouragés.

En général, je me méfie de l'homme austère
— on le rencontre fréquemment — qui s'indigne
contre la coutume des étrennes et des pourboires.
Certes, il a toujours à vous donner d'excellentes
raisons tirées de la saine morale et de la haute
politique; il tonitrue et fulmine au nom de la dignité humaine. Mais, presque toujours, je finis
par découvrir en lui un simple pingre.

C'est convenu, le goût de l'épargne est notre
vertu nationale, et la principale force de la France
réside au fond de milliers de bas de laine. Cependant, l'économie sordide est un vice abject,
et l'avarice un péché capital. Or, nous tombons
trop souvent dans ce vice et dans ce péché.

Paul Féval, qui avait beaucoup d'esprit, s'étonnait, un jour, devant moi, que, dans les émeutes, on eût tout d'abord recours à la violence, à la force armée. « Pour dissiper les rassemblements, proposait le romancier, il serait si simple de faire une quête. »

Guérissons-nous du vilain défaut de pingrerie, et, tout au moins, à l'occasion du Jour de l'An, donnons autant que nous pourrons, et même plus; car la vraie bonté doit toujours être un peu imprudente.

Les ladres invoquent encore un prétexte pour s'excuser d'avoir — comme on dit au faubourg — les mains nickelées. « Nous avons peur d'offenser, disent-ils, nous craignons qu'on nous refuse. » Qu'ils se rassurent. Les humbles gens ne sont pas si susceptibles et acceptent sans rougir ce qui est donné de bon cœur. Cependant, il m'est arrivé — oh! une seule fois — de me demander si je pouvais, décemment, mettre la main au gousset et si mon offre de gratification ne serait pas considérée comme un outrage.

Voici dans quelles circonstances.

C'était en Italie, le pays de la « buona mancia » par excellence, et je voyageais en touriste depuis plusieurs semaines. Déjà j'avais perdu toute pudeur à proposer un pourboire. Dans les premiers jours, j'avais bien été un peu timide. Quand un vénérable prêtre ou un moine très décoratif venait de me servir de cicérone et de me montrer son église ou son couvent, je lui demandais avec politesse :

« A qui pourrais-je remettre mon obole pour les pauvres ? »

Mais toujours le tonsuré m'avait si carrément répondu : « A moi-même, » en me tendant une main largement ouverte, que j'avais bien vite supprimé ma question superflue et que je savais désormais à quoi m'en tenir.

Néanmoins, visitant un jour la bibliothèque d'une assez grande ville, je fus repris par mes hésitations du début. Dès mon entrée, un petit homme, convenablement mis et parlant un français assez correct, était accouru à ma rencontre, m'avait tout de suite appris qu'il était le conservateur et s'était mis à ma disposition avec une courtoisie parfaite.

Je gardai l'incognito et ne déclinai ni mon nom, ni mon titre d'écrivain. Mais ma réserve ne refroidit point du tout le zèle empressé du gracieux bibliothécaire. En des termes qui révélaient un homme instruit, un véritable lettré, il me parla des richesses et des curiosités confiées à ses soins, m'en fit les honneurs, prit sur les rayons et me permit de feuilleter plusieurs volumes précieux, m'étonna par son goût et son érudition.

J'étais fort embarrassé, pendant notre promenade à travers la Cité des Livres; car, malgré l'expérience que j'avais acquise déjà des habitudes italiennes, je ne pouvais me faire à l'idée que, tout à l'heure, il me faudrait donner la pièce à cet homme de conversation et de bonne compagnie, à ce savant distingué, à ce délicat bibliophile.

La visite terminée, je me confondis en remerciements et, toujours perplexe, je me dirigeai vers la porte de sortie. Il m'accompagna avec force courbettes et révérences. Je passai sur le palier; il m'y suivit, saluant toujours. Et, alors, je vis briller dans ses yeux une lueur d'inquiétude, une petite flamme d'angoisse, qui dissipa mes derniers scrupules. Je glissai donc un billet de deux lires dans la main du « cher confrère », dont le visage s'épanouit soudain. Satisfait du voyageur inconnu, il redoubla de prévenance, descendit, avec moi, jusqu'au bas de l'escalier, et même, — comme le temps s'était gâté, — me prêta son parapluie, que je lui renvoyai par le chasseur de l'hôtel.

Je n'ai raconté cette anecdote que pour prouver à mes lecteurs qu'on ne court en général aucun risque à graisser la patte au pauvre monde. Il est bien entendu qu'on doit tenir compte des usages du pays où l'on se trouve. Ce que le bibliothécaire italien — très mal rétribué, sans doute — acceptait avec reconnaissance, serait, à coup sûr, repoussé avec indignation par un fonctionnaire de chez nous, même du rang le plus modeste.

Pourtant, je ne jurerais pas qu'en plus haut lieu le pourboire soit toujours aussi mal accueilli. Mais alors, tenez pour certain qu'il ne s'agit pas de quarante sous.

2 janvier 1896.

Le beau Dimanche

DIMANCHE dernier, il faisait frisquet. Frisquet, pas davantage. Vent du Nord-Est un peu vif, pas trop, ciel clair et gai soleil. Ce n'était pas encore le froid dont nous sommes menacés, le fameux « bon froid sec » cher aux sanguins et aux apoplectiques, mais que j'ai en horreur; car, en général, il m'inflige tout de suite la toux et le coin du feu. Dimanche dernier, l'hiver — si tardif, cette année — annonçait seulement ses imminentes rigueurs. Temps parfait pour la flânerie! Je suis allé faire quelques centaines de pas dans le jardin du Luxembourg.

Les gens du voisinage avaient voulu, comme

moi, profiter de la belle après-midi et se prome-
naient, paisibles et endimanchés. C'était la foule,
pas assez compacte pour incommoder, nombreuse
cependant, la foule telle que je l'aime pour m'y
mêler, pour sentir autour de moi beaucoup de vie.
Elle circulait avec lenteur, avec cet on ne sait
quoi de calme, de reposé qui distingue les piétons
du dimanche. Elle allait à travers le noble jardin,
autour du bassin à l'eau ridée par la brise, près
des boulingrins au gazon toujours vert, le long
des gracieuses terrasses.

Les chaises, les bancs étaient abandonnés, à
cause de la température trop fraîche. Tout le
monde marchait, prenait un peu d'exercice salutaire, tranquillement, l'air heureux et comme
égayé par la pure lumière.

En presque tous ces passants, je reconnaissais
des bourgeois, des gens occupés toute la semaine,
mais des bourgeois de cette région spéciale de la
rive gauche, où les physionomies sont moins âpres,
moins dures que dans les fiévreux quartiers des
affaires et du travail. Quelques visages, fatigués
et pensifs, révélaient des hommes d'étude, des
professeurs, des étudiants sérieux, tous habitants
du Pays Latin. Mais même les figures plus vulgaires
de commerçants et de boutiquiers n'avaient rien
d'antipathique. Elles faisaient songer aux professions qui touchent aux choses de l'esprit — li-
braires, imprimeurs, papetiers — et dans les-

quelles le négociant est en constant rapport avec des intellectuels.

La plupart de ces promeneurs étaient accompagnés de leur femme, de leur famille. On avait fait de la toilette, — c'était dimanche, — mais une toilette sans luxe, sans détails voyants. Madame portait tout de même un peu de fourrure, et même un bout d'aigrette sur son chapeau ; Monsieur était coiffé de son numéro un et avait eu sans doute de la peine à boutonner ses gants neufs ; et leur fils, le jeune lycéen, qui marchait devant eux en portant un minuscule trois-mâts, ne devait pas sentir le froid sous sa capote cossue aux boutons bien astiqués. Mais tout ce bien-être n'avait rien d'insolent, de tapageur, semblait honnête et légitime.

On devinait là beaucoup d'existences sagement conduites, suffisamment confortables, mais simples et sans vanité. Évidemment, tous ces braves gens allaient tout à l'heure rentrer au logis par le plus long, satisfaits de leur promenade ; ils achèteraient, en passant, un gâteau chez le pâtissier et ils feraient, en famille, un bon petit dîner, servi à point dans une salle à manger bien chaude, peut-être arrosé d'une bouteille d'extra.

En attendant, parmi la magnificence du jardin royal, ils jouissaient de cette clémence de l'hiver, cueillaient voluptueusement l'heure enchantée.

Je l'ai goûtée avec eux ; c'était exquis.

Au-dessus des grands arbres de la terrasse de
l'Ouest, le soleil, froid et pur, descendait lentement, dans un ciel à peine rosé, couleur de mauve.
Avant de disparaître, il enveloppait dans une caresse le vieux palais, les pierres historiques, les
pelouses encore fraîches, les blanches statues, les
masses violettes des quinconces défeuillés, et bai-
gnait doucement, amoureusement, dans de l'or
fluide et clair, le beau rêve de nature et d'art réalisé par la reine, fille des Médicis. Il inondait aussi
de sa lumière la foule qui grouillait et se mêlait
sans cesse dans le décor florentin ; il la parait, la
transfigurait pour ainsi dire, faisant briller les velours et les satins dans les vêtements des femmes,
allumant sur elles l'or d'un bijou, le diamant d'une
boucle d'oreille, et même donnant quelque lustre
aux sombres costumes masculins, tirant un éclair
de la pomme d'argent d'une canne, d'un haut-
de-forme neuf et luisant, d'une bottine vernie.

Et, sur tous ces bourgeois en flânerie, l'astre
semblait verser du bonheur.

L'influence de ce beau dimanche me portait
sans doute à l'optimisme ; car j'avais la sensation
charmante que tous ces promeneurs étaient d'honnêtes gens, et — pensée très consolante et très
douce — d'honnêtes gens heureux. En y réflé-
chissant à présent, à tête reposée, je crois encore
que je ne me trompais guère. Il y avait là beaucoup de têtes de sous-chefs exacts qu'on décore

à la veille de la retraite ; de professeurs de « seconde » consciencieux et corrigeant avec soin les
« copies » de leurs élèves ; de commerçants qui
mettent vingt-cinq ans avant d'acquérir une petite fortune et de se retirer à la campagne. Les
femmes aussi étaient d'aspect rassurant. Au bras
de son mari, aucune d'elles n'avait cette œillade
prête pour le premier venu, — que j'ai souvent
observée, — et par laquelle la perverse fille d'Ève,
se sentant à l'abri de l'insulte, s'amuse à recueillir
les désirs au passage.

Je rêvais, pour tout ce monde, des existences
où le devoir et l'honneur tenaient la plus grande
place, des mœurs presque provinciales, des sentiments sans violences, mais durables et profonds,
et le seul bonheur permis à notre pauvre humanité, un bonheur moyen, fait de nécessités su-
bies, de résignations et de chères habitudes.

Je n'étais pas absolument dans le vrai, c'est
clair. Au fond de tous ces cœurs, il devait s'a-
giter bien des passions mauvaises, bien des douleurs — et bien des hontes. Moins qu'ailleurs,
cependant ; moins que chez les trop riches et chez
les trop pauvres, qui sont, en quelque sorte, condamnés au vice et à ses conséquences fatales. En
tout cas, par ce beau jour, dans ce bain de fraîche
lumière, ces passants oubliaient, un moment, ce
qu'il pouvait y avoir en eux de triste et d'impur.
Assurément, c'était aujourd'hui, pour eux tous,

repos de l'action toujours dangereuse, trêve des soucis, halte du mal.

Et, vieux garçon, traînant ma rêverie solitaire parmi tous ces couples et toutes ces familles, je me mis à philosopher.

« Telle est, me disais-je, la grande majorité des hommes. Ils ne sont pas exigeants, acceptent la vie comme elle est, incomplète et médiocre, font leur devoir, pratiquent les vertus essentielles, et quand l'heure est suave et délicieuse comme celle-ci ils en jouissent par tous les sens, redeviennent des enfants et trouvent que l'existence est bonne. C'est aujourd'hui partout comme dans le Luxembourg. Les provinciaux se promènent sur le mail de la petite ville, et les campagnards sur la grande route, le long des terres de culture d'où s'élèvent les vols de corbeaux. Tous sont dans le même état d'âme. Heureux de la belle journée, ils ont tous, en ce moment, dans le cœur, un grand apaisement, un instinctif besoin de concorde et de bonté. Cependant, le pacte qui règle les rapports entre tous ces hommes est sur le point d'être déchiré, et demain ils seront peut-être en proie aux horreurs de la pire de toutes les guerres, de la guerre sociale. Et pourquoi ? Parce qu'il y a, en haut, trop de luxe et d'oisiveté; en bas, trop de misère et de désespoir. Hélas! la solution de l'affreux problème est-elle donc impossible? Aucun esprit sain ne peut rêver l'égalité

chimérique. Mais nous avons conscience que les
lois et les mœurs sont beaucoup trop dures; et
nos plaisirs les plus innocents sont empoisonnés
par la pensée de tant de souffrances imméritées.
Pourquoi éprouvé-je une douceur infinie devant
ces modestes flâneurs du dimanche? C'est que
je reconnais en eux — ou du moins, je me l'imagine — des sages qui acceptent encore la vie
simple, et qui l'aiment. La vie simple! ce serait
le remède spécifique pour panser, sinon pour
guérir, nos plaies sociales; et c'est pour avoir renoncé à vivre tout doucement — comme j'en
prête le mérite à ces passants du Luxembourg —
que notre vieille société est en péril. La vie simple!
Que c'est loin de nous! Ces promeneurs, con-
tents d'une belle après-midi d'hiver, m'en ont
donné l'illusion. Mais ce n'était qu'une illusion.
Jamais, au contraire, les appétits ne se sont rués
plus ignoblement à l'assaut de toutes les jouissances; et ils s'y rueront jusqu'au jour où la misère
exaspérée empoignera l'échelle par en bas et nous
mettra tous de niveau, dans la boue du fossé! »

Et, comme j'arrivais à cette conclusion découragée, le soleil, devenu tout rouge derrière
les quinconces, saigna brusquement sur la foule
et sur le paysage. Le charme était rompu. Les
yeux de tous les passants reflétaient la lueur sinistre, et le vieux palais, aux vitres enflammées,
semblait dévoré par un feu intérieur.

Nous reverrons ces regards et cet incendie-là,
mes belles dames et mes bons messieurs, aimables jouisseurs si bien installés dans votre égoïsme,
nous les reverrons, croyez-moi, si nous devons
assister au « Grand Soir » prédit par les écri-
tures révolutionnaires.

9 janvier 1896.

Autour de la Coupole

————

AUJOURD'HUI, nous parlerons de choses littéraires, si vous le permettez.

Je le sais bien, cela manque d'actualité, ainsi que disait le père Buloz à Pierre Leroux, qui lui apportait un article intitulé *Dieu;* et les amateurs de scandale préféreraient, sans doute, que je les entretinsse des « vrais crachats de phtisique » vendus au malheureux petit Lebaudy pour se faire réformer du service militaire, ou de quelque autre des dégoûtantes anecdotes qui passionnent, en ce moment, l'opinion, et qui nous font assister à une si laide explosion de la méchanceté humaine.

La période de l'histoire contemporaine que

nous traversons peut se comparer à la visite hebdomadaire de la blanchisseuse dans un petit ménage. On n'en finit pas de compter les caleçons, les chemises de nuit et les mouchoirs de poche, et tout le logis est empesté par le relent du linge sale. Ce mauvais moment à passer est nécessaire, me dira-t-on, et je considère, en effet, la propreté comme une vertu. Mais l'expérience me rend méfiant.

Naguère, la grande lessive du Panama a vraiment été trop mal faite. Ceux que nous en avions chargés furent trop économes de cristaux et de savon de Marseille; ils ne manièrent pas avec assez d'énergie la brosse et le battoir, et le linge politique qu'ils nous ont renvoyé n'est vraiment pas mettable. Or, c'est au même bateau que nous envoyons maintenant nos paquets de chantage et d'escroqueries. Voulez-vous parier que le nettoyage sera pitoyable et qu'il en sera de même tant que nous ne nous déciderons pas à changer de blanchisseur?... Mais gare! J'allais devenir séditieux!

En attendant, et tant que durera ce nauséabond déballage, le meilleur parti à prendre, c'est d'ouvrir de temps en temps la fenêtre et de verser de l'eau de Cologne sur une pelle rougie au feu. Je vais faire quelque chose dans ce genre-là, en causant avec vous, aujourd'hui, de menus événements littéraires.

Parlons un peu, par exemple, de l'Académie. C'est un sujet de tout repos; et — disons-le en passant — les farouches égalitaires du journalisme qui réclament périodiquement la suppression de l'antique Compagnie sont des ingrats. Ils veulent tarir une source très abondante de « copie », et, pareils aux « complices de Bouillé », dont il est question dans un couplet de la *Marseillaise,* d'ailleurs tombé en désuétude, ils prétendent déchirer le sein de leur mère.

Que deviendraient-ils sans le Dictionnaire, les habits à palmes vertes et les épées à poignée de nacre? Car, enfin, on n'a pas souvent une affaire Lebaudy à se mettre sous la dent, tandis que l'Académie est toujours là, excellente matière à déclamations ou à plaisanteries, texte inépuisable de prose indignée ou ironique.

Comme nous sommes tous, en définitive, — ou à peu près tous, — sous la Coupole, de vieux écrivains, pleins de bienveillance pour nos confrères de la presse et sachant combien il leur est pénible de manquer de sujets d'articles, nous poussons la complaisance pour eux jusqu'à mourir, de temps à autre. Alors, c'est tout de suite un tas de nécrologies, de notices biographiques, d'oraisons funèbres; et, comme le défunt n'est pas toujours très célèbre, on pioche vigoureusement le Larousse dans tous les bureaux de rédaction.

Puis, la succession du fauteuil est ouverte, les

candidats se manifestent. Vous les discutez alors,
ô mes camarades, quelquefois même vous les dé-
couvrez, car vous n'aviez même pas, jusque-là,
soupçonné leur existence. Et en avant le Larousse,
encore! Et, de nouveau, la « copie » coule à flots,
passionnée et inexacte. Les intrigues se nouent,
autour de l'élection. On les raconte, on en in-
vente, s'il n'y en a pas. Enfin, c'est la séance de
réception du successeur, c'est son discours, qui
est toujours un morceau d'apparat, une pièce
montée. Le récipiendaire, si prudent qu'il soit, y
lâche souvent une parole imprudente. C'est Pierre
Loti, si vous voulez, déclarant qu'il ne lit jamais.
Vous vous rappelez qu'on lui en a fait un crime.
Et pourtant, il avait au moins feuilleté les œuvres
de son prédécesseur avant d'en parler, différant
en cela des jeunes esthètes qui jugent Dumas
sans l'avoir lu. Enfin, il y a toujours, dans un discours académique, les éléments d'une discussion,
d'une polémique; et c'est tout profit pour les
gazettes.

Donc, mes chers camarades, amusez-vous, et,
à propos de la séance qui se tiendra le jour même
où paraîtront ces lignes, aiguisez vos épigrammes
contre les Quarante. Ils seront les premiers à en
sourire, si elles ont du sel, si elles ont surtout de
la nouveauté, — ce qui devient, entre nous, un
peu difficile. — Mais, je vous en prie, ne soyez
pas trop féroces pour la vieille institution. Elle

est, en somme, fort inoffensive; et puis elle date
de la France d'autrefois, qui avait, je vous assure,
de bonnes habitudes, par exemple, celle de faire
la lessive en famille et de ne pas étaler ses impuretés en public, au risque d'infecter tous les passants.

Pour le moment, au bout du Pont des Arts,
nous nous occupons peu des scandales du jour,
et nous sommes tout à la réception de Jules Lemaître. J'ose espérer qu'on ne nous reprochera
pas ce choix; car voilà un parfait homme de lettres, ou je ne m'y connais pas.

Poète, conteur, professeur, conférencier, auteur dramatique, critique littéraire, feuilletoniste
théâtral, il est tout cela, excellent dans plusieurs
genres, original et distingué dans tous. Polygraphe, dites-vous? Polygraphe tant que vous
voudrez, si vous entendez par là un cerveau en-
cyclopédique, une intelligence complète et toujours prête, comprenant et pénétrant tout, au
premier examen, jusqu'au fond des choses, jusqu'au tuf, analysant l'idée d'autrui avec l'agilité
d'un singe épluchant une châtaigne, allant, dans
les œuvres du jour, souvent si obscures et si con-
fuses, tout droit au talent, comme l'abeille à la
fleur. Polygraphe! N'employez pas ce vilain mot
pour un des esprits les plus français de ce temps,
jamais superficiel et toujours léger, outillé mer-
veilleusement, parfois amusé d'un rien comme un

enfant, parfois s'élevant très haut ou descendant jusqu'à la profondeur sur la pente d'une sagesse mélancolique et désabusée, pour un écrivain exquis et naturel, un maître en l'art des nuances, ayant un style qui est à lui seul, un style plein de souplesse et de grâce.

Certes, il y a de charmants vers dans *les Médaillons* et dans les *Petites Orientales*. Le conte en prose intitulé *Serenus* est un petit chef-d'œuvre; et le théâtre de Jules Lemaître abonde en curieuses tentatives, en scènes hardies et nouvelles. Mais son œuvre, son monument, c'est la série de ses *Portraits contemporains* et de ses *Impressions de théâtre*.

Elle est déjà considérable, elle s'augmentera encore, et beaucoup, — car Lemaître n'est encore que sur le plateau de la vie, — et il nous laissera tout simplement une histoire excellente de la littérature contemporaine. Soyez-en sûrs, on rouvrira plus tard, à chaque instant, ces volumes comme nous rouvrons aujourd'hui les *Causeries du Lundi* de l'étonnant Sainte-Beuve, dont presque aucune page n'a vieilli, et l'on sera charmé de retrouver, dans une langue familière sans négligence et gardant, au milieu de toutes les fantaisies, une pureté vraiment classique, tant de portraits vivants, d'analyses lumineuses, de jugements fins, sûrs, décisifs.

Nous avons donc eu parfaitement raison, à

l'Académie, d'accorder à Jules Lemaître, selon la jolie formule trouvée, l'autre jour, par Henry Houssaye, l'immortalité dont nous disposons. Il va nous en remercier sans doute par un beau discours; mais, quand même je ne me serais pas interdit, par égard pour notre Compagnie, toute indiscrétion sur ce qui se passe dans son intimité, je ne pourrais rien vous dire d'avance de cette harangue. Je faisais partie de la commission chargée de l'entendre en première lecture; mais j'ai dû m'excuser au dernier moment pour jeter sur le papier mon adieu au pauvre Verlaine.

La vie austère et l'œuvre probe et grave de Victor Duruy, à qui succède Jules Lemaître, ne lui offriront certainement pas l'occasion de s'abandonner à la verve enjouée, quelquefois même un peu gamine, qui charme, tous les dimanches soirs, ses lecteurs des *Débats;* et il se refusera cette audace — qui eût été pourtant séduisante — de risquer, devant la correcte Compagnie, un mot d'argot enveloppé dans une jolie phrase. Mais je ne suis pas inquiet. Son talent si varié nous donnera quand même de belles pages. Lemaître fera revivre éloquemment dans nos souvenirs la sage et noble figure du grand honnête homme qu'était Victor Duruy, et il sculptera, dans le marbre d'une prose sévère, ce buste de vieux Romain.

Et, dans huit jours, n'est-ce pas, mon cher Lemaître, — pour prouver que l'Académie, quoi qu'on en dise, ne se recrute pas trop mal, — nous voterons tous les deux pour Anatole France, le raffiné et l'ingénu, le dilettante et le poète, le mandarin et le petit enfant, pour cet Anatole France, qui mérite plus que personne, aujourd'hui, le beau titre que Baudelaire donnait à Théophile Gautier dans la dédicace des *Fleurs du Mal* : parfait magicien ès-lettres françaises.

16 janvier 1896.

Frédérick Lemaître

L'AUTRE jour, dans les nouvelles théâ-
trales, quelques lignes ont arrêté mon
attention. Elles m'ont appris qu'un
groupe d'admirateurs de Frédérick Lemaître si-
gnait une pétition au Conseil municipal pour lui
rappeler la promesse faite par les anciens conseillers de donner le nom du grand comédien à la
rue de Bondy où il eut très longtemps sa demeure
et où il est mort, il y a aujourd'hui vingt ans.

Pour parler franchement, je n'approuve qu'à
moitié cette habitude moderne de changer le
nom des rues. C'est assez ennuyeux, d'abord,
pour les habitants et les commerçants, forcés de
renouveler leurs cartes de visite et leurs « en-

tête » de factures ; puis, cela trouble les cochers
de fiacre ; enfin, cet honneur municipal n'est pas
bien solide. On a si tôt fait de remplacer une
plaque émaillée par une autre.

La rue où je suis né, par exemple, a été déjà
débaptisée deux fois. Lorsque j'y vins au monde,
elle s'appelait rue Saint-Maur-Saint-Germain. Or,
il existait une autre rue Saint-Maur, la rue Saint-
Maur-Popincourt, et, pour supprimer le double
emploi et éviter la confusion, on donna au lieu de
ma naissance le nom de rue des Missions.

Est-ce qu'il vous semble très scandaleux ? Non,
n'est-ce pas ? A moi non plus. Il choqua pourtant
certains édiles libres-penseurs, qui lui trouvèrent
un arrière-parfum de cléricalisme. On enleva de-
rechef la plaque bleue, et l'on en plaça une nouvelle, ainsi libellée : « Rue de l'Abbé-Grégoire ».

Vous devinez ici l'intention taquine. A l'une
des rues de ce quartier plein de prêtres et de religieuses, on donna le nom d'un abbé, mais de
quel abbé ? De Grégoire, du terrible convention-
nel ! Le spirituel conseiller qui inventa cette farce
a dû beaucoup en rire avec ses collègues et leur
taper sur le ventre en disant : « Elle est bien
bonne ! » Seulement je crains que son épigramme
n'ait pas eu toute sa portée. Les bonnes sœurs
qui passent par là avec leurs bandes d'orphelines
ne sont pas ferrées sur l'histoire de la Révolution
française, et elles s'imaginent — je le parierais —

que cette inscription « rue de l'Abbé-Grégoire »
est un hommage rendu à quelque vénérable ec-
clésiastique, mort, dans les environs, en odeur de
sainteté.

La rue de Bondy, qu'il s'agit maintenant de
débaptiser, évoque le souvenir d'une forêt de
mauvais renom, où l'on détroussait jadis les voyageurs ; et si nos conseillers tiennent à observer
les nuances, comme ils l'ont fait en changeant
« les Missions » en « Abbé-Grégoire », je leur
proposerais volontiers, pour la rue de Bondy, qui
fait songer à une bande de voleurs, le nom de
« rue du Panama » ou de « rue des Chéquards ».
Mais on met en avant le souvenir d'un admirable
artiste, et je m'incline, ayant d'ailleurs en espérance cette ironique satisfaction de voir des politiciens honorer le créateur du type immortel de
Robert Macaire.

La première fois que j'ai applaudi Frédérick
Lemaître, j'étais bien jeune, et il était déjà vieux,
— vieux avant l'âge et très écroulé ! — Je n'ai vu
que sa ruine, mais quelle ruine ! Un Colisée !

A cette époque, le boulevard du Crime existait
encore, et c'était un lieu de délices que les vieux
Parisiens comme votre serviteur regretteront jusqu'à leur dernier soupir. Depuis la Porte-Saint-
Martin jusqu'au Petit-Lazari, une série, presque
ininterrompue, de théâtres flamboyait tous les
soirs, et, devant leurs façades enflammées, grouil-

lait une kermesse continuelle. Quel tapage! Les
marchandes criaient : « Demandez la Valence! »
les marchands de coco faisaient tinter leur sonnette, les gamins s'appelaient dans la foule avec
le « pilouit » des vitriers. On respirait là une atmosphère très grisante, un peu orgiaque, qui
sentait la toilette de jolie femme, le programme
fraîchement imprimé, la sueur du peuple, la fuite
du gaz et l'écorce d'orange. Dans les cafés lumineux, dont les tables débordaient très loin
sur le large trottoir, des dramaturges, tout en
brassant les dominos, collaboraient à voix haute,
piochaient un plan de mélo pour la Gaîté ou de
vaudeville pour les Folies; des acteurs illustres
entraient, distribuaient de hautaines poignées de
main, restaient longtemps debout pour être plus
commodément admirés par les consommateurs.
A chaque entr'acte, c'était une ruée du public,
qui réclamait des grogs ou de la bière. En été
surtout, — car alors, même en été, les salles de
spectacles étaient pleines, — une joie émanait de
cette foule de femmes en robe claire et d'hommes
en pantalon blanc... Mais je bavarderais jusqu'à
demain sur ce coin si amusant et si pittoresque
du Paris de 1858, que les démolisseurs d'alors
ont eu grand tort de ne pas épargner.

Un vieux parent qui m'aimait beaucoup — je
le trouvais vieux parce que j'avais seize ans et
qu'il en avait trente-deux ou trente-trois — me

menait souvent au théâtre, et c'est grâce à lui
que j'ai pu admirer les gloires du boulevard du
Crime, Mélingue, l'héroïque mousquetaire, Bo-
cage aux sourcils circonflexes, Laferrière, toujours
en collant gris et en bottes à glands, l'inégal et
souvent génial Rouvière, tant d'autres, et surtout
le premier, le maître à tous, le grand Frédérick.

Je dois l'avouer, quelques-uns de ces fameux
artistes — du côté des dames, notamment — me
paraissaient bien un peu fanés. Mon cousin, qui
avait commencé de bonne heure à être un amateur enragé de spectacle, voyait toujours les acteurs défraîchis avec ses yeux de vingt ans.

« Tiens, ce soir, gamin, me disait-il avec enthousiasme, je vais te « payer » Déjazet. Quelle
femme! Dire qu'elle approche de la soixantaine!
Tu ne t'en douterais pas... Toujours jeune... Et
quelle voix! Il n'y a qu'elle pour détailler le couplet. »

Nous entrions dans la petite salle près du Café
Turc; et, devant la pauvre vieille déguisée en
marquis, si maigriotte, peinte comme un tableau,
les jambes raidies, toutes les rides du cou serrées
dans la cravate, et dont le filet de voix au verjus
s'entendait à peine, bien qu'accompagné seulement par un quatuor de cordes qui ne faisait pas
plus de bruit qu'un demi-violon, dame! je trouvais que mon cousin était un peu aveuglé par ses
souvenirs.

J'eus, tout d'abord, la même impression, le jour où il me « paya » Frédérick.

Le vieux comédien donnait alors à l'Ambigu une suite de représentations, et il y joua tour à tour, pendant quelques soirées, plusieurs de ses meilleurs rôles. C'est là que je l'ai vu dans *Trente ans ou la Vie d'un joueur,* dans *Don César de Bazan,* dans *le Vieux Caporal.*

Je le répète, il n'était plus qu'une ruine. Ce masque puissant, jadis si beau et qu'avait si souvent bouleversé la mimique de toutes les passions, s'affaissait, au repos, en une grimace maussade de fatigue et de dégoût. Le célèbre toupet à la Louis-Philippe ne couronnait plus qu'un front sabré de rides profondes. Sur l'œil, encore brillant, mais éraillé et plein d'eau, la paupière lourde se fermait à demi. Sous le menton toujours hautain, pendait le fanon des vieillards; et, de la bouche aux coins tombants et encombrée par un râtelier, la voix ne sortait plus qu'avec effort, assourdie et comme lointaine.

A l'entrée en scène de Frédérick, les spectateurs étaient étreints par un sentiment d'inquiétude et de compassion. « Il n'ira jamais jusqu'au bout, » pensait-on. Que c'était mal connaître les vieux chevaux de sang, qui galopent jusqu'à la mort et tombent, tout blancs d'écume! Tout de suite, par l'impérieuse autorité du regard et du geste, le vieil acteur s'emparait de son public et le subjuguait. L'art profond et minutieux avec lequel il avait composé son rôle éclatait alors, et, pour ne citer qu'un détail, la façon dont il empoignait son fusil, dans *le Vieux Caporal,* et le faisait tournoyer en le jetant d'une main dans l'autre avant de se mettre au port d'arme, était digne d'un vétéran ayant suivi, dans toutes les campagnes, les aigles de la Grande Armée.

Mais, dans ce merveilleux acteur, il y avait plus et mieux que de l'art. Dès que le drame se nouait et arrivait à quelque situation violente, Frédérick se transfigurait. Il donnait un coup de collier, un coup de génie; il se livrait tout entier au sentiment pathétique, exprimé par l'auteur en phrases quelconques; il vivait, il sentait son rôle avec toute sa pensée, tous ses nerfs, tout son cœur. Cet homme, épuisé et vieilli par une vie d'excès et de désordre, retrouvait la force et l'agilité de la jeunesse. Il bondissait, emplissait la scène de ses gestes amples et souples, de ses pas de géant. C'étaient de vraies larmes, c'était la flamme de la passion, qui étincelaient dans ses yeux. Son visage rougissait de vraie colère, pâlissait de réelle terreur, s'attendrissait de sincère pitié. Sa voix, si éteinte tout à l'heure, abondait en cris, en râles, en sanglots. C'était la vérité même, puisque c'était la vie, mais la vérité, telle qu'il faut la montrer à la foule, c'est-à-dire la vérité magnifiée par l'art, la vérité poétique, poignante, grandiose!

Sauf Mounet-Sully dans *OEdipe-Roi,* et surtout
au dénouement où il s'élève au *summum* de la force
tragique, aucun acteur ne m'a jamais donné d'é-
motion pareille. Je garde de Frédérick Lemaître
un souvenir ineffaçable, et je n'ai pas besoin de
dire que j'approuve d'avance tout ce qui sera fait
pour honorer sa mémoire.

Qu'on donne son nom à une rue de Paris, à
merveille. Mais, auparavant, il faudrait peut-être
songer à sa sépulture. Je sais que des mains pieuses,
celles de la veuve d'un de ses fils, aujourd'hui
modeste duègne à l'Odéon, entretiennent décemment le tombeau de Frédérick Lemaître, au
cimetière Montmartre; mais on m'assure que ce
tombeau n'est pas orné d'un buste, ni même
d'un simple médaillon.

Il y a là, n'est-il pas vrai? un oubli facile à réparer, et je le signale — avec une entière confiance — aux gens de théâtre et à tous ceux —
nombreux encore, malgré les vides faits par vingt
années — qui ont admiré et applaudi ce très
grand, cet incomparable artiste.

23 janvier 1896.

Table

TABLE

Achevé d'imprimer

le neuf avril mil huit cent quatre-vingt-seize

PAR

ALPHONSE LEMERRE

25, RUE DES GRANDS-AUGUSTINS, 25

A PARIS

1.-2.-3. — 2603.

ŒUVRES COMPLÈTES
DE
FRANÇOIS COPPÉE
Édition in-18 jésus, papier vélin

POÉSIE

PARIS. — Imprimerie A. LEMERRE, 25, rue des Grands-Augustins. 3.-2603